LE PORTRAIT DE DORIAN GRAY

PAR

OSCAR WILDE

(TRADUIT DE L'ANGLAIS)

Deuxième Édition

ALBERT SAVINE, ÉDITEUR

PARIS

12, RUE DES PYRAMIDE

1893

PRÉFACE

Un artiste est un créateur de belles choses.

Révéler l'Art en cachant l'artiste, tel est le but de l'Art.

Le critique est celui qui peut traduire dans une autre manière ou avec de nouveaux procédés l'impression que lui laissèrent de belles choses.

L'autobiographie est à la fois la plus haute et la plus basse des formes de la critique.

Ceux qui trouvent de laides intentions en de belles choses sont corrompus sans être séduisants. Et c'est une faute.

Ceux qui trouvent de belles intentions dans les belles choses sont les cultivés. Il reste à ceux-ci l'espérance.

Ce sont les élus pour qui les belles choses signifient simplement la Beauté. Un livre n'est point moral ou immoral. Il est bien ou mal écrit. C'est tout.

Le dédain du XIXe siècle pour le réalisme est tout pareil à la rage de Caliban apercevant sa face dans un miroir.

Le dédain du XIXe siècle pour le Romantisme est semblable à la rage de Caliban n'apercevant pas sa face dans un miroir.

La vie morale de l'homme forme une part du sujet de l'artiste, mais la moralité de l'art consiste dans l'usage parfait d'un moyen imparfait.

L'artiste ne désire prouver quoi que ce soit. Même les choses vraies peuvent être prouvées.

L'artiste n'a point de sympathies éthiques. Une sympathie morale dans un artiste amène un maniérisme impardonnable du style.

L'artiste n'est jamais pris au dépourvu. Il peut exprimer toute chose.

Pour l'artiste, la pensée et le langage sont les instruments d'un art.

Le vice et la vertu en sont les matériaux. Au point de vue de la forme, le type de tous les arts est la musique. Au point de vue de la sensation, c'est le métier de comédien. Tout art est à la fois surface et symbole.

Ceux qui cherchent sous la surface le font à leurs risques et périls.

Ceux-là aussi qui tentent de pénétrer le symbole.

C'est le spectateur, et non la vie, que l'Art reflète réellement.

Les diversités d'opinion sur une oeuvre d'art montrent que cette oeuvre est nouvelle, complexe et viable.

Alors que les critiques diffèrent, l'artiste est en accord avec lui-même.

Nous pouvons pardonner à un homme d'avoir fait une chose utile aussi longtemps qu'il ne l'admire pas. La seule excuse d'avoir fait une chose inutile est de l'admirer intensément.

L'Art est tout à fait inutile.

OSCAR WILDE.

TABLE

I.	7
II.	23
III.	42
IV.	57
V.	74
VI.	88
VII.	97
VIII.	111
IX.	127
X.	139
XI.	149
XII.	170
XIII.	178
XIV.	186
XV.	200
XVI.	211
XVII.	221
XVIII.	229
XIX.	241
XX.	252

LE PORTRAIT DE DORIAN GRAY

I

L'atelier était plein de l'odeur puissante des roses, et quand une légère brise d'été souffla parmi les arbres du jardin, il vint par la porte ouverte, la senteur lourde des lilas et le parfum plus subtil des églantiers.

D'un coin du divan fait de sacs persans sur lequel il était étendu, fumant, selon sa coutume, d'innombrables cigarettes, lord Henry Wotton pouvait tout juste apercevoir le rayonnement des douces fleurs couleur de miel d'un arbour, dont les tremblantes branches semblaient à peine pouvoir supporter le poids d'une aussi flamboyante splendeur; et de temps à autre, les ombres fantastiques des oiseaux fuyants passaient sur les longs rideaux de tussor tendus devant la large fenêtre, produisant une sorte d'effet japonais momentané, le faisant penser à ces peintres de Tokio à la figure de jade pallide, qui, par le moyen d'un art nécessairement immobile, tentent d'exprimer le sens de la vitesse et du mouvement. Le murmure monotone des abeilles cherchant leur chemin dans les longues herbes non fauchées ou voltigeant autour des poudreuses baies dorées d'un chèvrefeuille isolé, faisait plus oppressant encore ce grand calme. Le sourd grondement de Londres semblait comme la note bourdonnante d'un orgue éloigné.

Au milieu de la chambre sur un chevalet droit, s'érigeait le portrait grandeur naturelle d'un jeune homme d'une extraordinaire beauté, et en face, était assis, un peu plus loin, le peintre lui-même, Basil Hallward, dont la disparition soudaine quelques années auparavant, avait causé un grand émoi public et donné naissance à tant de conjectures.

Comme le peintre regardait la gracieuse et charmante figure que son art avait si subtilement reproduite, un sourire de plaisir passa sur sa face et parut s'y attarder. Mais il tressaillit soudain, et fermant les yeux, mit les doigts sur ses paupières comme s'il eût voulu emprisonner dans son cerveau quelque étrange rêve dont il eût craint de se réveiller.

—Ceci est votre meilleure oeuvre, Basil, la meilleure chose que vous ayez jamais faite, dit lord Henry languissamment. Il faut l'envoyer l'année prochaine à l'exposition Grosvenor. L'Académie est trop grande et trop vulgaire. Chaque fois que j'y suis allé, il y avait la tant de monde qu'il m'a été impossible de voir les tableaux, ce qui était épouvantable, ou tant de tableaux que je n'ai pu y voir le monde, ce qui était encore plus horrible. Grosvenor est encore le seul endroit convenable....

—Je ne crois pas que j'enverrai ceci quelque part, répondit le peintre en rejetant la tête de cette singulière façon qui faisait se moquer de lui ses amis d'Oxford. Non, je n'enverrai ceci nulle part.

Lord Henry leva les yeux, le regardant avec étonnement à travers les minces spirales de fumée bleue qui s'entrelaçaient fantaisistement au bout de sa cigarette opiacée.

—Vous n'enverrez cela nulle part? Et pourquoi mon cher ami? Quelle raison donnez-vous? Quels singuliers bonshommes vous êtes, vous autres peintres? Vous remuez le monde pour acquérir de la réputation; aussitôt que vous l'avez, vous semblez vouloir vous en débarrasser. C'est ridicule de votre part, car s'il n'y a qu'une chose au monde pire que la renommée, c'est de n'en pas avoir. Un portrait comme celui-ci vous mettrait au-dessus de tous les jeunes gens de l'Angleterre, et rendrait les vieux jaloux, si les vieux pouvaient encore ressentir quelque émotion.

—Je sais que vous rirez de moi, répliqua-t-il, mais je ne puis réellement l'exposer. J'ai mis trop de moi-même là-dedans.

Lord Henry s'étendit sur le divan en riant....

—Je savais que vous ririez, mais c'est tout à fait la même chose.

—Trop de vous-même!... Sur ma parole, Basil, je ne vous savais pas si vain; je ne vois vraiment pas de ressemblance entre vous, avec votre rude et forte figure, votre chevelure noire comme du charbon et ce jeune Adonis qui a l'air fait d'ivoire et de feuilles de roses. Car, mon cher, c'est Narcisse lui-même, tandis que vous!... Il est évident que votre face respire l'intelligence et le reste.... Mais la beauté, la réelle beauté finit où commence l'expression intellectuelle. L'intellectualité est en elle-même un mode d'exagération, et détruit l'harmonie de n'importe quelle face. Au moment où l'on s'asseoit pour penser, on devient tout nez, ou tout front, ou quelque chose d'horrible. Voyez les hommes ayant réussi dans une profession savante, combien ils sont parfaitement hideux! Excepté, naturellement, dans l'Église. Mais dans l'Église, ils ne pensent point. Un évêque dit à l'âge de quatre-vingts ans ce qu'on lui apprit à dire à dix-huit et la conséquence naturelle en est qu'il a toujours l'air charmant. Votre mystérieux jeune ami dont vous ne m'avez jamais dit le nom, mais dont le portrait me fascine réellement, n'a jamais pensé. Je suis sûr de cela. C'est une admirable créature sans cervelle qui pourrait toujours ici nous remplacer en hiver les fleurs absentes, et nous rafraîchir l'intelligence en été. Ne vous flattez pas, Basil: vous ne lui ressemblez pas le moins du monde.

—Vous ne me comprenez point, Harry, répondit l'artiste. Je sais bien que je ne lui ressemble pas; je le sais parfaitement bien. Je serais même fâché de lui ressembler. Vous levez les épaules?... Je vous dis la vérité. Une fatalité pèse sur les distinctions physiques et intellectuelles, cette sorte de fatalité qui suit à la piste à travers l'histoire les faux pas des rois. Il vaut mieux ne pas être différent de ses contemporains. Les laids et les sots sont les mieux partagés sous ce rapport dans ce monde. Ils peuvent s'asseoir à leur aise et bâiller au spectacle. S'ils ne savent rien de la victoire, la connaissance de la défaite leur est épargnée. Ils vivent comme nous voudrions vivre, sans être troublés, indifférents et tranquilles. Il n'importunent personne, ni ne sont importunés.

Mais vous, avec votre rang et votre fortune, Harry, moi, avec mon cerveau tel qu'il est, mon art aussi imparfait qu'il puisse être, Dorian Gray avec sa beauté, nous souffrirons tous pour ce que les dieux nous ont donné, nous souffrirons terriblement....

—Dorian Gray? Est-ce son nom, demanda lord Henry, en allant vers Basil Hallward.

—Oui, c'est son nom. Je n'avais pas l'intention de vous le dire.

—Et pourquoi?

—Oh! je ne puis vous l'expliquer. Quand j'aime quelqu'un intensément, je ne dis son nom à personne. C'est presque une trahison. J'ai appris à aimer le secret. Il me semble que c'est la seule chose qui puisse nous faire la vie moderne mystérieuse ou merveilleuse. La plus commune des choses nous paraît exquise si quelqu'un nous la cache. Quand je quitte cette ville, je ne dis à personne où je vais: en le faisant, je perdrais tout mon plaisir. C'est une mauvaise habitude, je l'avoue, mais en quelque sorte, elle apporte dans la vie une part de romanesque.... Je suis sûr que vous devez me croire fou à m'entendre parler ainsi?...

—Pas du tout, répondit lord Henry, pas du tout, mon cher Basil. Vous semblez oublier que je suis marié et que le seul charme du mariage est qu'il fait une vie de déception absolument nécessaire aux deux parties. Je ne sais jamais où est ma femme, et ma femme ne sait jamais ce que je fais. Quand nous nous rencontrons—et nous nous rencontrons de temps à autre, quand nous dinons ensemble dehors, ou que nous allons chez le duc—nous nous contons les plus absurdes histoires de l'air le plus sérieux du monde. Dans cet ordre d'idées, ma femme m'est supérieure. Elle n'est jamais embarrassée pour les dates, et je le suis toujours; quand elle s'en rend compte, elle ne me fait point de scène; parfois je désirerais qu'elle m'en fît; mais elle se contente de me rire au nez.

—Je n'aime pas cette façon de parler de votre vie conjugale, Harry, dit Basil Hallward en allant vers la porte conduisant au jardin. Je vous crois un très bon mari honteux de ses propres vertus. Vous êtes un être vraiment extraordinaire. Vous ne dites jamais une chose morale, et jamais vous ne faites une chose mauvaise. Votre cynisme est simplement une pose.

—Etre naturel est aussi une pose, et la plus irritante que je connaisse, s'exclama en riant lord Henry.

Les deux jeunes gens s'en allèrent ensemble dans le jardin et s'assirent sur un long siège de bambou posé à l'ombre d'un buisson de lauriers. Le soleil glissait sur les feuilles polies; de blanches marguerites tremblaient sur le gazon.

Après un silence, lord Henry tira sa montre.

—Je dois m'en aller, Basil, murmura-t-il, mais avant de partir, j'aimerais avoir une réponse à la question que je vous ai posée tout à l'heure.

—Quelle question, dit le peintre, restant les yeux fixés à terre?

—Vous la savez....

—Mais non, Harry.

—Bien, je vais vous la redire. J'ai besoin que vous m'expliquiez pourquoi vous ne voulez pas exposer le portrait de Dorian Gray. Je désire en connaître la vraie raison.

—Je vous l'ai dite.

—Non pas. Vous m'avez dit que c'était parce qu'il y avait beaucoup trop de vous-même dans ce portrait. Cela est enfantin....

—Harry, dit Basil Hallward, le regardant droit dans les yeux, tout portrait peint compréhensivement est un portrait de l'artiste, non du modèle. Le modèle est purement l'accident, l'occasion. Ce n'est pas lui qui est révélé par le peintre; c'est plutôt le peintre qui, sur la toile colorée, se révèle lui-même. La raison pour laquelle je n'exhiberai pas ce portrait consiste dans la terreur que j'ai de montrer par lui le secret de mon âme!

Lord Henry se mit à rire....

—Et quel est-il?

—Je vous le dirai, répondit Hallward, la figure assombrie.

—Je suis tout oreilles, Basil, continua son compagnon.

—Oh! c'est vraiment peu de chose, Harry, repartit le peintre et je crois bien que vous ne le comprendrez point. Peut-être à peine le croirez-vous....

Lord Henry sourit; se baissant, il cueillit dans le gazon une marguerite aux pétales roses et l'examinant:

—Je suis tout à fait sûr que je comprendrai cela, dit-il, en regardant attentivement le petit disque doré, aux pétales blancs, et quant à croire aux choses, je les crois toutes, pourvu qu'elles soient incroyables.

Le vent détacha quelques fleurs des arbustes et les lourdes grappes de lilas se balancèrent dans l'air languide. Une cigale stridula près du mur, et, comme un fil bleu, passa une longue et mince libellule dont on entendit frémir les brunes ailes de gaze. Lord Henry restait silencieux comme s'il avait voulu percevoir les battements du coeur de Basil Hallward, se demandant ce qui allait se passer.

—Voici l'histoire, dit le peintre après un temps. Il y a deux mois, j'allais en soirée chez Lady Brandon. Vous savez que nous autres, pauvres artistes, nous avons à nous montrer dans le monde de temps à autre, juste assez pour prouver que nous ne sommes pas des sauvages. Avec un habit et une cravate blanche, tout le monde, même un agent de change, peut en arriver à avoir la réputation d'un être civilisé. J'étais donc dans le salon depuis une dizaine de minutes, causant avec des douairières lourdement parées ou de fastidieux académiciens, quand soudain je perçus obscurément que quelqu'un m'observait. Je me tournai à demi et pour la première fois, je vis Dorian Gray. Nos yeux se rencontrèrent et je me sentis pâlir. Une singulière terreur me poignit.... Je compris que j'étais en face de quelqu'un dont la simple personnalité était si fascinante que, si je me laissais faire, elle m'absorberait en entier, moi, ma nature, mon âme et mon talent même. Je ne veux aucune ingérence extérieure dans mon existence. Vous savez, Harry, combien ma vie est indépendante. J'ai toujours été mon maître—je l'avais, tout au moins toujours été, jusqu'au jour de ma rencontre avec Dorian Gray. Alors...mais je ne sais comment vous expliquer ceci.... Quelque chose semblait me dire que ma vie allait traverser une crise terrible. J'eus l'étrange sensation que le destin me réservait d'exquises joies et des chagrins exquis. Je m'effrayai et me disposai à quitter le salon. Ce n'est pas ma conscience qui me faisait agir ainsi, il y avait une sorte de lâcheté dans mon action. Je ne vis point d'autre issue pour m'échapper.

—La conscience et la lâcheté sont réellement les mêmes choses, Basil. La conscience est le surnom de la fermeté. C'est tout.

—Je ne crois pas cela, Harry, et je pense que vous ne le croyez pas non plus. Cependant, quel qu'en fut alors le motif—c'était peut-être l'orgueil, car je suis très orgueilleux—je me précipitai vers la porte. Là, naturellement, je me heurtai contre lady Brandon. «Vous n'avez pas l'intention de partir si vite, M. Hallward», s'écria-t-elle.... Vous connaissez le timbre aigu de sa voix?...

—Oui, elle me fait l'effet d'être un paon en toutes choses, excepté en beauté, dit lord Henry, effeuillant la marguerite de ses longs doigts nerveux....

—Je ne pus me débarrasser d'elle. Elle me présenta à des Altesses, et à des personnes portant Etoiles et Jarretières, à des dames mûres, affublées de tiares gigantesques et de nez de perroquets.... Elle parla de moi comme de son meilleur ami. Je l'avais seulement rencontrée une fois auparavant, mais elle s'était mis en tête de me lancer. Je crois que l'un de mes tableaux avait alors un grand succès et qu'on en parlait dans les journaux de deux sous qui sont, comme vous le savez, les étendards d'immortalité du dix-neuvième siècle. Soudain, je me trouvai face à face avec le jeune homme dont la personnalité m'avait si singulièrement intrigué; nous nous touchions presque; de nouveau nos regards se rencontrèrent. Ce fut indépendant de ma volonté, mais je demandai à Lady Brandon de nous présenter l'un à l'autre. Peut-être après tout, n'était-ce pas si téméraire, mais simplement inévitable. Il est certain que nous nous serions parlé sans présentation préalable; j'en suis sûr pour ma part, et Dorian plus tard me dit la même chose; il avait senti, lui aussi, que nous étions destinés à nous connaître.

—Et comment lady Brandon vous parla-t-elle de ce merveilleux jeune homme, demanda l'ami. Je sais qu'elle a la marotte de donner un précis rapide de chacun de ses invités. Je me souviens qu'elle me présenta une fois à un apoplectique et triculent gentleman, couvert d'ordres et de rubans et sur lui, me souffla à l'oreille, sur un mode tragique, les plus abasourdissants détails, qui durent être perçus de chaque personne alors dans le salon. Cela me mit en fuite; j'aime connaître les gens par moi-même.... Lady Brandon traite exactement ses invités comme un commissaire-priseur ses marchandises. Elle explique les manies et coutumes de chacun, mais oublie naturellement tout ce qui pourrait vous intéresser au personnage.

—Pauvre lady Brandon! Vous êtes dur pour elle, observa nonchalamment Hallward.

—Mon cher ami, elle essaya de fonder un salon et elle ne réussit qu'à ouvrir un restaurant. Comment pourrais-je l'admirer?... Mais, dites-moi, que vous confia-t-elle sur M. Dorian Gray?

—Oh! quelque chose de très vague dans ce genre: «Charmant garçon! Sa pauvre chère mère et moi, étions inséparables. Tout à fait oublié ce qu'il fait, ou plutôt, je crains...qu'il ne fasse rien! Ah! si, il joue du piano.... Ne serait-ce pas plutôt du violon, mon cher M. Gray?»

Nous ne pûmes tous deux nous empêcher de rire et du coup nous devînmes amis.

—L'hilarité n'est pas du tout un mauvais commencement d'amitié, et c'est loin d'en être une mauvaise fin, dit le jeune lord en cueillant une autre marguerite.

Hallward secoua la tête....

— Vous ne pouvez comprendre, Harry, murmura-t-il, quelle sorte d'amitié ou quelle sorte de haine cela peut devenir, dans ce cas particulier. Vous n'aimez personne, ou, si vous le préférez, personne ne vous intéresse.

— Comme vous êtes injuste! s'écria lord Henry, mettant en arrière son chapeau et regardant au ciel les petits nuages, qui, comme les floches d'écheveau d'une blanche soie luisante, fuyaient dans le bleu profond de turquoise de ce ciel d'été.

«Oui, horriblement injuste!.. J'établis une grande différence entre les gens. Je choisis mes amis pour leur bonne mine, mes simples camarades pour leur caractère, et mes ennemis pour leur intelligence; un homme ne saurait trop attacher d'importance au choix de ses ennemis; je n'en ai point un seul qui soit un sot; ce sont tous hommes d'une certaine puissance intellectuelle et, par conséquent, ils m'apprécient. Est-ce très vain de ma part d'agir ainsi! Je crois que c'est plutôt...vain.»

— Je pense que ça l'est aussi Harry. Mais m'en référant à votre manière de sélection, je dois être pour vous un simple camarade.

— Mon bon et cher Basil, vous m'êtes mieux qu'un camarade....

— Et moins qu'un ami: Une sorte de...frère, je suppose!

— Un frère!.. Je me moque pas mal des frères!.. Mon frère aîné ne veut pas mourir, et mes plus jeunes semblent vouloir l'imiter.

— Harry! protesta Hallward sur un ton chagrin.

— Mon bon, je ne suis pas tout à fait sérieux. Mais je ne puis m'empêcher de détester mes parents; je suppose que cela vient de ce que chacun de nous ne peut supporter de voir d'autres personnes ayant les mêmes défauts que soi-même. Je sympathise tout à fait avec la démocratie anglaise dans sa rage contre ce qu'elle appelle les vices du grand monde. La masse sent que l'ivrognerie, la stupidité et l'immoralité sont sa propriété, et si quelqu'un d'entre nous assume l'un de ces défauts, il paraît braconner sur ses chasses.... Quand ce pauvre Southwark vint devant la «Cour du Divorce» l'indignation de cette même masse fut absolument magnifique—et je suis parfaitement convaincu que le dixième du peuple ne vit pas comme il conviendrait.

—Je n'approuve pas une seule des paroles que vous venez de prononcer, et, je sens, Harry, que vous ne les approuvez pas plus que moi.

Lord Henry caressa sa longue barbe brune taillée en pointe, et tapotant avec sa canne d'ébène orné de glands sa bottine de cuir fin:

—Comme vous êtes bien anglais Basil! Voici la seconde fois que vous me faites cette observation. Si l'on fait part d'une idée à un véritable Anglais—ce qui est toujours une chose téméraire—il ne cherche jamais à savoir si l'idée est bonne ou mauvaise; la seule chose à laquelle il attache quelque importance est de découvrir ce que l'on en pense soi-même. D'ailleurs la valeur d'une idée n'a rien à voir avec la sincérité de l'homme qui l'exprime. A la vérité, il y a de fortes chances pour que l'idée soit intéressante en proportion directe du caractère insincère du personnage, car, dans ce cas elle ne sera colorée par aucun des besoins, des désirs ou des préjugés de ce dernier. Cependant, je ne me propose pas d'aborder les questions politiques, sociologiques ou métaphysiques avec vous. J'aime mieux les personnes que leurs principes, et j'aime encore mieux les personnes sans principes que n'importe quoi au monde. Parlons encore de M. Dorian Gray. L'avez-vous vu souvent?

—Tous les jours. Je ne saurais être heureux si je ne le voyais chaque jour. Il m'est absolument nécessaire.

—Vraiment curieux! Je pensais que vous ne vous souciez d'autre chose que de votre art....

—Il est tout mon art, maintenant, répliqua le peintre, gravement; je pense quelquefois, Harry, qu'il n'y a que deux ères de quelque importance dans l'histoire du monde. La première est l'apparition d'un nouveau moyen d'art, et la seconde l'avènement d'une nouvelle personnalité artistique. Ce que la découverte de la peinture fut pour les Vénitiens, la face d'Antinoüs pour l'art grec antique, Dorian Gray me le sera quelque jour. Ce n'est pas simplement parce que je le peins, que je le dessine ou que j'en prends des esquisses; j'ai fait tout cela d'abord. Il m'est beaucoup plus qu'un modèle. Cela ne veut point dire que je sois peu satisfait de ce que j'ai fait d'après lui ou que sa beauté soit telle que l'Art ne la puisse rendre. Il n'est rien que l'Art ne puisse rendre, et je sais fort bien que l'oeuvre que j'ai faite depuis ma rencontre avec Dorian Gray est une belle oeuvre, la meilleure de ma vie. Mais, d'une manière indécise et curieuse—je m'étonnerais que vous puissiez me comprendre—sa personne m'a suggéré une manière d'art entièrement nouvelle, un mode d'expression entièrement nouveau. Je vois les choses différemment; je les pense différemment. Je puis maintenant vivre une existence qui m'était cachée auparavant. «Une forme rêvée en des jours de pensée» qui a dit cela? Je ne m'en souviens plus; mais c'est exactement ce que Dorian Gray m'a été. La simple présence visible de cet adolescent —car il ne me semble guère qu'un adolescent, bien qu'il ait plus de vingt ans—la simple présence visible de cet adolescent!... Ah! je m'étonnerais que vous puissiez vous rendre compte de ce que cela signifie! Inconsciemment, il définit pour moi les lignes d'une école nouvelle, d'une école qui unirait la passion de l'esprit romantique à la perfection de l'esprit grec. L'harmonie du corps et de l'âme, quel rêve!... Nous, dans notre aveuglement, nous avons séparé ces deux choses et avons inventé un réalisme qui est vulgaire, une idéalité qui est vide! Harry! Ah! si vous pouviez savoir ce que m'est Dorian Gray!.. Vous vous souvenez de ce paysage, pour lequel Agnew m'offrit une somme si considérable, mais dont je ne voulus me séparer. C'est une des meilleures choses que j'aie jamais faites. Et savez-vous pourquoi? Parce que, tandis que je le peignais, Dorian Gray était assis à côté de moi. Quelque subtile influence passa de lui en moi-même, et pour la première fois de ma vie, je surpris dans le paysage ce je ne sais quoi que j'avais toujours cherché...et toujours manqué.

—Basil, cela est stupéfiant! Il faut que je voie ce Dorian Gray!...

Hallward se leva de son siège et marcha de long en large dans le jardin.... Il revint un instant après....

—Harry, dit-il, Dorian Gray m'est simplement un motif d'art; vous, vous ne verriez rien en lui; moi, j'y vois tout. Il n'est jamais plus présent dans ma pensée que quand je ne vois rien de lui me le rappelant. Il est une suggestion comme je vous l'ai dit, d'une nouvelle manière. Je le trouve dans les courbes de certaines lignes, dans l'adorable et le subtil de certaines nuances. C'est tout.

—Alors, pourquoi ne voulez-vous point exposer son portrait, demanda de nouveau lord Henry.

—Je ne crois pas cela, Harry, et je pense que vous ne le croyez pas non le vouloir, j'ai mis dans cela quelque expression de toute cette étrange idolâtrie artistique dont je ne lui ai jamais parlé. Il n'en sait rien; il l'ignorera toujours. Mais le monde peut la deviner, et je ne veux découvrir mon âme aux bas regards quêteurs; mon coeur ne sera jamais mis sous un microscope.... Il y a trop de moi-même dans cette chose, Harry—trop de moi-même!...

—Les poètes ne sont pas aussi scrupuleux que vous l'êtes; ils savent combien la passion utilement divulguée aide à la vente. Aujourd'hui un coeur brisé se tire à plusieurs éditions.

—Je les hais pour cela, clama Hallward.... Un artiste doit créer de belles choses, mais ne doit rien mettre de lui-même en elles. Nous vivons dans un âge où les hommes ne voient l'art que sous un aspect autobiographique. Nous avons perdu le sens abstrait de la beauté. Quelque jour je montrerai au monde ce que c'est et pour cette raison le monde ne verra jamais mon portrait de Dorian Gray.

—Je pense que vous avez tort, Basil, mais je ne veux pas discuter avec vous. Je ne m'occupe que de la perte intellectuelle.... Dites-moi, Dorian Gray vous aime-t-il?..

Le peintre sembla réfléchir quelques instants.

—Il m'aime, répondit-il après une pause, je sais qu'il m'aime.... Je le flatte beaucoup, cela se comprend. Je trouve un étrange plaisir à lui dire des choses que certes je serais désolé d'avoir dites. D'ordinaire, il est tout à fait charmant avec moi, et nous passons des journées dans l'atelier à parler de mille choses. De temps à autre, il est horriblement étourdi et semble trouver un réel plaisir à me faire de la peine. Je sens, Harry, que j'ai donné mon âme entière à un être qui la traite comme une fleur à mettre à son habit, comme un bout de ruban pour sa vanité, comme la parure d'un jour d'été....

—Les jours d'été sont bien longs, souffla lord Henry.... Peut-être vous fatiguerez-vous de lui plutôt qu'il ne le voudra. C'est une triste chose à penser, mais on ne saurait douter que l'esprit dure plus longtemps que la beauté. Cela explique pourquoi nous prenons tant de peine à nous instruire. Nous avons besoin, pour la lutte effrayante de la vie, de quelque chose qui demeure, et nous nous emplissons l'esprit de ruines et de faits, dans l'espérance niaise de garder notre place. L'homme bien informé: voilà le moderne idéal.... Le cerveau de cet homme bien informé est une chose étonnante. C'est comme la boutique d'un bric-à-brac, où l'on trouverait des monstres et...de la poussière, et toute chose cotée au-dessus de sa réelle valeur.

«Je pense que vous vous fatiguerez le premier, tout de même.... Quelque jour, vous regarderez votre ami et il vous semblera que «ça n'est plus ça»; vous n'aimerez plus son teint, ou toute autre chose.... Vous le lui reprocherez au fond de vous-même et finirez par penser qu'il s'est mal conduit envers vous. Le jour suivant, vous serez parfaitement calme et indifférent. C'est regrettable, car cela vous changera.... Ce que vous m'avez dit est tout à fait un roman, un roman d'art, l'appellerai-je, et le désolant de cette manière de roman est qu'il vous laisse un souvenir peu romanesque....»

—Harry, ne parlez pas comme cela. Aussi longtemps que Dorian Gray existera, je serai dominé par sa personnalité. Vous ne pouvez sentir de la même façon que moi. Vous changez trop souvent.

—Eh mon cher Basil, c'est justement à cause de cela que je sens. Ceux qui sont fidèles connaissent seulement le côté trivial de l'amour; c'est la trahison qui en connaît les tragédies.

Et lord Henry frottant une allumette sur une jolie boîte d'argent, commença à fumer avec la placidité d'une conscience tranquille et un air satisfait, comme s'il avait défini le monde en une phrase.

Un vol piaillant de passereaux s'abattit dans le vert profond des lierres.... Comme une troupe d'hirondelles, l'ombre bleue des nuages passa sur le gazon.... Quel charme s'émanait de ce jardin! Combien, pensait lord Henry, étaient délicieuses les émotions des autres! beaucoup plus délicieuses que leurs idées, lui semblait-il. Le soin de sa propre âme et les passions de ses amis, telles lui paraissaient être les choses notables de la vie. Il se représentait, en s'amusant à cette pensée, le lunch assommant que lui avait évité sa visite chez Hallward; s'il était allé chez sa tante, il eût été sûr d'y rencontrer lord Goodbody, et la conversation entière aurait roulé sur l'entretien des pauvres, et la nécessité d'établir des maisons de secours modèles. Il aurait entendu chaque classe prêcher l'importance des différentes vertus, dont, bien entendu, l'exercice ne s'imposait point à elles-mêmes. Le riche aurait parlé sur la nécessité de l'épargne, et le fainéant éloquemment vaticiné sur la dignité du travail.... Quel inappréciable bonheur d'avoir échappé à tout cela! Soudain, comme il pensait à sa tante, une idée lui vint. Il se tourna vers Hallward....

—Mon cher ami, je me souviens.

—Vous vous souvenez de quoi, Harry?

—Où j'entendis le nom de Dorian Gray.

—Où était-ce? demanda Hallward, avec un léger froncement de sourcils....

—Ne me regardez pas d'un air si furieux, Basil.... C'était chez ma tante, Lady Agathe. Elle me dit qu'elle avait fait la connaissance d'un «merveilleux» jeune homme qui voulait bien l'accompagner dans le East-End et qu'il s'appelait Dorian Gray. Je puis assurer qu'elle ne me parla jamais de lui comme d'un beau jeune homme. Les femmes ne se rendent pas un compte exact de ce que peut être un beau jeune homme; les braves femmes tout au moins.... Elle me dit qu'il était très sérieux et qu'il avait un bon caractère. Je m'étais du coup représenté un individu avec des lunettes et des cheveux plats, des taches de rousseur, se dandinant sur d'énormes pieds.... J'aurais aimé savoir que c'était votre ami.

—Je suis heureux que vous ne l'ayez point su.

—Et pourquoi?

—Je ne désire pas que vous le connaissiez.

—Vous ne désirez pas que je le connaisse?...

—Non....

—M. Dorian Gray est dans l'atelier, monsieur, dit le majordome en entrant dans le jardin.

—Vous allez bien être forcé de me le présenter, maintenant, s'écria en riant lord Henry.

Le peintre se tourna vers le serviteur qui restait au soleil, les yeux clignotants:

—Dites à M. Gray d'attendre, Parker; je suis à lui dans un moment.

L'homme s'inclina et retourna sur ses pas.

Hallward regarda lord Henry....

—Dorian Gray est mon plus cher ami, dit-il. C'est une simple et belle nature. Votre tante a eu parfaitement raison de dire de lui ce que vous m'avez rapporté.... Ne me le gâtez pas; n'essayez point de l'influencer; votre influence lui serait pernicieuse. Le monde est grand et ne manque pas de gens intéressants. Ne m'enlevez pas la seule personne qui donne à mon art le charme qu'il peut posséder; ma vie d'artiste dépend de lui. Faites attention, Harry, je vous en conjure....

Il parlait à voix basse et les mots semblaient jaillir de ses lèvres malgré sa volonté....

—Quelle bêtise me dites-vous, dit lord Henry souriant, et prenant Hallward par le bras, il le conduisit presque malgré lui dans la maison.

II

En entrant, ils aperçurent Dorian Gray. Il était assis au piano, leur tournant le dos, feuilletant les pages d'un volume des «Scènes de la Forêt» de Schumann.

—Vous allez me les prêter, Basil, cria-t-il.... Il faut que je les apprenne. C'est tout à fait charmant.

—Cela dépend comment vous poserez aujourd'hui, Dorian....

—Oh! Je suis fatigué de poser, et je n'ai pas besoin d'un portrait grandeur naturelle, riposta l'adolescent en évoluant sur le tabouret du piano d'une manière pétulante et volontaire....

Une légère rougeur colora ses joues quand il aperçut lord Henry, et il s'arrêta court....

—Je vous demande pardon, Basil, mais je ne savais pas que vous étiez avec quelqu'un....

—C'est lord Henry Wotton, Dorian, un de mes vieux amis d'Oxford. Je lui disais justement quel admirable modèle vous étiez, et vous venez de tout gâter....

—Mais mon plaisir n'est pas gâté de vous rencontrer, M. Gray, dit lord Henry en s'avançant et lui tendant la main. Ma tante m'a parlé souvent de vous. Vous êtes un de ses favoris, et, je le crains, peut-être aussi... une de ses victimes....

—Hélas! Je suis à présent dans ses mauvais papiers, répliqua Dorian avec une moue drôle de repentir. Mardi dernier, je lui avais promis de l'accompagner à un club de Whitechapel et j'ai parfaitement oublié ma promesse. Nous devions jouer ensemble un duo...; un duo, trois duos, plutôt!.. Je ne sais pas ce qu'elle va me dire; je suis épouvanté à la seule pensée d'aller la voir.

—Oh! Je vous raccommoderai avec ma tante. Elle vous est toute dévouée, et je ne crois pas qu'il y ait réellement matière à fâcherie. L'auditoire comptait sur un duo; quant ma tante Agathe se met au piano, elle fait du bruit pour deux....

—C'est méchant pour elle...et pas très gentil pour moi, dit Dorian en éclatant de rire....

Lord Henry l'observait.... Certes, il était merveilleusement beau avec ses lèvres écarlates finement dessinées, ses clairs yeux bleus, sa chevelure aux boucles dorées. Tout dans sa face attirait la confiance; on y trouvait la candeur de la jeunesse jointe à la pureté ardente de l'adolescence. On sentait que le monde ne l'avait pas encore souillé. Comment s'étonner que Basil Hallward l'estimât pareillement?..

—Vous êtes vraiment trop charmant pour vous occuper de philanthropie, M. Gray, trop charmant....

Et lord Henry, s'étendant sur le divan, ouvrit son étui à cigarettes.

Le peintre s'occupait fiévreusement de préparer sa palette et ses pinceaux.... Il avait l'air ennuyé; quand il entendit la dernière remarque de lord Henry il le fixa.... Il hésita un moment, puis se décidant:

—Harry, dit-il, j'ai besoin de finir ce portrait aujourd'hui. M'en voudriez-vous si je vous demandais de partir...? Lord Henry sourit et regarda Dorian Gray.

—Dois-je m'en aller, M. Gray? interrogea-t-il.

—Oh! non, je vous en prie, lord Henry. Je vois que Basil est dans de mauvaises dispositions et je ne puis le supporter quand il fait la tête.... D'abord, j'ai besoin de vous demander pourquoi je ne devrais pas m'occuper de philanthropie.

—Je ne sais ce que je dois vous répondre, M. Gray. C'est un sujet si assommant qu'on ne peut en parler que sérieusement.... Mais je ne m'en irai certainement pas, puisque vous me demandez de rester. Vous ne tenez pas absolument à ce que je m'en aille, Basil, n'est-ce pas? Ne m'avez-vous dit souvent que vous aimiez avoir quelqu'un pour bavarder avec vos modèles?

Hallward se mordit les lèvres....

—Puisque Dorian le désire, vous pouvez rester. Ses caprices sont des lois pour chacun, excepté pour lui.

Lord Henry prit son chapeau et ses gants.

—Vous êtes trop bon, Basil, mais je dois m'en aller. J'ai un rendez-vous avec quelqu'un à l'«Orléans»... adieu, M. Gray. Venez me voir une de ces après-midi à Curzon-Street. Je suis presque toujours chez moi vers cinq heures. Ecrivez-moi quand vous viendrez: je serais désolé de ne pas vous rencontrer.

—Basil, s'écria Dorian Gray, si lord Henry Wotton s'en va, je m'en vais aussi. Vous n'ouvrez jamais la bouche quand vous peignez et c'est horriblement ennuyeux de rester planté sur une plate-forme et d'avoir l'air aimable. Demandez-lui de rester. J'insiste pour qu'il reste.

—Restez donc, Harry, pour satisfaire Dorian et pour me satisfaire, dit Hallward regardant attentivement le tableau. C'est vrai, d'ailleurs, je ne parle jamais quand je travaille, et n'écoute davantage, et je comprends que se soit agaçant pour mes infortunés modèles. Je vous prie de rester.

—Mais que va penser la personne qui m'attend à l'«Orléans»?

Le peintre se mit à rire.

—Je pense que cela s'arrangera tout seul.... Asseyez-vous, Harry.... Et maintenant, Dorian, montez sur la plate-forme; ne bougez pas trop et tâchez de n'apporter aucune attention à ce que vous dira lord Henry. Son influence est mauvaise pour tout le monde, sauf pour lui-même....

Dorian Gray gravit la plate-forme avec l'air d'un jeune martyr grec, en faisant une petite moue de mécontentement à lord Henry qu'il avait déjà pris en affection; il était si différent de Basil, tous deux ils formaient un délicieux contraste...et lord Henry avait une voix si belle.... Au bout de quelques instants, il lui dit:

—Est-ce vrai que votre influence soit aussi mauvaise que Basil veut bien le dire?

—J'ignore ce que les gens entendent par une bonne influence, M. Gray. Toute influence est immorale...immorale, au point de vue scientifique....

—Et pourquoi?

—Parce que je considère qu'influencer une personne, c'est lui donner un peu de sa propre âme. Elle ne pense plus avec ses pensées naturelles, elle ne brûle plus avec ses passions naturelles. Ses vertus ne sont plus siennes. Ses péchés, s'il y a quelque chose de semblable à des péchés, sont empruntés. Elle devient l'écho d'une musique étrangère, l'acteur d'une pièce qui ne fut point écrite pour elle. Le but de la vie est le développement de la personnalité. Réaliser sa propre nature: c'est ce que nous tâchons tous de faire. Les hommes sont effrayés d'eux-mêmes aujourd'hui. Ils ont oublié le plus haut de tous les devoirs, le devoir que l'on se doit à soi-même. Naturellement ils sont charitables. Ils nourissent le pauvre et vêtent le loqueteux; mais ils laissent crever de faim leurs âmes et vont nus. Le courage nous a quittés; peut-être n'en eûmes-nous jamais! La terreur de la Société, qui est la base de toute morale, la terreur de Dieu, qui est le secret de la religion: voilà les deux choses qui nous gouvernent. Et encore....

—Tournez votre tête un peu plus à droite, Dorian, comme un bon petit garçon, dit le peintre enfoncé dans son oeuvre, venant de surprendre dans la physionomie de l'adolescent un air qu'il ne lui avait jamais vu.

—Et encore, continua la voix musicale de lord Henry sur un mode bas, avec cette gracieuse flexion de la main qui lui était particulièrement caractéristique et qu'il avait déjà au collège d'Eton, je crois que si un homme voulait vivre sa vie pleinement et complètement, voulait donner une forme à chaque sentiment, une expression à chaque pensée, une réalité à chaque rêve—je crois que le monde subirait une telle poussée nouvelle de joie que nous en oublierions toutes les maladies médiévales pour nous en retourner vers l'idéal grec, peut-être même à quelque chose de plus beau, de plus riche que cet idéal! Mais le plus brave d'entre nous est épouvanté de lui-même. Le reniement de nos vies est tragiquement semblable à la mutilation des fanatiques. Nous sommes punis pour nos refus. Chaque impulsion que nous essayons d'anéantir, germe en nous et nous empoisonne. Le corps pèche d'abord, et se satisfait avec son péché, car l'action est un mode de purification. Rien ne nous reste que le souvenir d'un plaisir ou la volupté d'un regret. Le seul moyen de se débarrasser d'une tentation est d'y céder. Essayez de lui résister, et votre âme aspire maladivement aux choses qu'elle s'est défendues; avec, en plus, le désir pour ce que des lois monstrueuses ont fait illégal et monstrueux.

«Ceci a été dit que les grands évènements du monde prennent place dans la cervelle. C'est dans la cervelle, et là, seulement, que prennent aussi place les grands péchés du monde. Vous, M. Gray, vous-même avec votre jeunesse rose-rouge, et votre enfance rose-blanche, vous avez eu des passions qui vous ont effrayé, des pensées qui vous rempli de terreur, des jours de rêve et des nuits de rêve dont le simple rappel colorerait de honte vos joues....

— Arrêtez, dit Dorian Gray hésitant, arrêtez! vous m'embarrassez. Je ne sais que vous répondre. J'ai une réponse à vous faire que je ne puis trouver. Ne parlez pas! Laissez-moi penser! Par grâce! Laissez-moi essayer de penser!

Pendant presque dix minutes, il demeura sans faire un mouvement, les lèvres entr'ouvertes et les yeux étrangement brillants. Il semblait avoir obscurément conscience que le travaillaient des influences tout à fait nouvelles, mais elles lui paraissaient venir entièrement de lui-même. Les quelques mots que l'ami de Basil lui avait dits—mots dits sans doute par hasard et chargés de paradoxes voulus—avaient touché quelque corde secrète qui n'avait jamais été touchée auparavant mais qu'il sentait maintenant palpitante et vibrante en lui.

La musique l'avait ainsi remué déjà; elle l'avait troublé bien des fois. Ce n'est pas un nouveau monde, mais bien plutôt un nouveau chaos qu'elle crée en nous....

Les mots! Les simples mots! Combien ils sont terribles! Combien limpides, éclatants ou cruels! On voudrait leur échapper. Quelle subtile magie est donc en eux?... On dirait qu'ils donnent une forme plastique aux choses informes, et qu'ils ont une musique propre à eux-mêmes aussi douce que celle du luth ou du violon! Les simples mots! Est-il quelque chose de plus réel que les mots?

Oui, il y avait eu des choses dans son enfance qu'il n'avait point comprises; il les comprenait maintenant. La vie lui apparut soudain ardemment colorée. Il pensa qu'il avait jusqu'alors marché à travers les flammes! Pourquoi ne s'était-il jamais douté de cela?

Lord Henry le guettait, son mystérieux sourire aux lèvres. Il connaissait le moment psychologique du silence.... Il se sentait vivement intéressé. Il s'étonnait de l'impression subite que ses paroles avaient produite; se souvenant d'un livre qu'il avait lu quand il avait seize ans et qui lui avait révélé ce qu'il avait toujours ignoré, il s'émerveilla de voir Dorian Gray passer par une semblable expérience. Il avait simplement lancé une flèche en l'air. Avait-elle touché le but?.. Ce garçon était vraiment intéressant.

Hallward peignait avec cette remarquable sûreté de main, qui le caractérisait; il possédait cette élégance, cette délicatesse parfaite qui, en art, proviennent toujours de la vraie force. Il ne faisait pas attention au long silence planant dans l'atelier.

—Basil, je suis fatigué de poser, cria tout à coup Dorian Gray. J'ai besoin de sortir et d'aller dans le jardin. L'air ici est suffocant....

—Mon cher ami, j'en suis désolé. Mais quand je peins, je ne pense à rien autre chose. Vous n'avez jamais mieux posé. Vous étiez parfaitement immobile, et j'ai saisi l'effet que je cherchais: les lèvres demi-ouvertes et l'éclair des yeux.... Je ne sais pas ce que Harry a pu vous dire, mais c'est à lui certainement que vous devez cette merveilleuse expression. Je suppose qu'il vous a complimenté. Il ne faut pas croire un mot de ce qu'il dit.

—Il ne m'a certainement pas complimenté. Peut-être est-ce la raison pour laquelle je ne veux rien croire de ce qu'il m'a raconté.

—Bah!... Vous savez bien que vous croyez tout ce que je vous ai dit, riposta Lord Henry, le regardant avec ses yeux langoureux et rêveurs. Je vous accompagnerai au jardin. Il fait une chaleur impossible dans cet atelier.... Basil, faites-nous donc servir quelque chose de glacé, une boisson quelconque aux fraises.

—Comme il vous conviendra, Harry.... Sonnez Parker; quand il viendra, je lui dirai ce que vous désirez.... J'ai encore à travailler le fond du portrait, je vous rejoindrai bientôt. Ne me gardez pas Dorian trop longtemps. Je n'ai jamais été pareillement disposé à peindre. Ce sera sûrement mon chef-d'oeuvre;...et ce l'est déjà.

Lord Henry, en pénétrant dans le jardin, trouva Dorian Gray la face ensevelie dans un frais bouquet de lilas en aspirant ardemment le parfum comme un vin précieux.... Il s'approcha de lui et mit la main sur son épaule....

—Très bien, lui dit-il; rien ne peut mieux guérir l'âme que les sens, comme rien ne saurait mieux que l'âme guérir les sens.

L'adolescent tressaillit et se retourna.... Il était tête nue, et les feuilles avaient dérangé ses boucles rebelles, emmêlé leurs fils dorés. Dans ses yeux nageait comme de la crainte, cette crainte que l'on trouve dans les yeux des gens éveillés en sursaut.... Ses narines finement dessinées palpitaient, et quelque trouble caché aviva le carmin de ses lèvres frissonnantes.

—Oui, continua lord Henry, c'est un des grands secrets de la vie, guérir l'âme au moyen des sens, et les sens au moyen de l'âme. Vous êtes une admirable créature. Vous savez plus que vous ne pensez savoir, tout ainsi que vous pensez connaître moins que vous ne connaissez.

Dorian Gray prit un air chagrin et tourna la tête. Certes, il ne pouvait s'empêcher d'aimer le beau et gracieux jeune homme qu'il avait en face de lui. Sa figure olivâtre et romanesque, à l'expression fatiguée, l'intéressait. Il y avait quelque chose d'absolument fascinant dans sa voix languide et basse. Ses mains même, ses mains fraîches et blanches, pareilles à des fleurs, possédaient un charme curieux. Ainsi que sa voix elles semblaient musicales, elles semblaient avoir un langage à elles. Il lui faisait peur, et il était honteux d'avoir peur.... Il avait fallu que cet étranger vint pour le révéler à lui même. Depuis des mois, il connaissait Basil Hallward et son amitié ne l'avait pas changé; quelqu'un avait passé dans son existence qui lui avait découvert le mystère de la vie. Qu'y avait-il donc qui l'effrayait ainsi. Il n'était ni une petite fille, ni un collégien; c'était ridicule, vraiment.... — Allons nous asseoir à l'ombre, dit lord Henry. Parker nous a servi à boire, et si vous restez plus longtemps au soleil vous pourriez vous abîmer le teint et Basil ne voudrait plus vous peindre. Ne risquez pas d'attraper un coup de soleil, ce ne serait pas le moment.

—Qu'est-ce que cela peut faire, s'écria Dorian Gray en riant comme il s'asseyait au fond du jardin.

—C'est pour vous de toute importance, M. Gray.

—Tiens, et pourquoi?

—Parce que vous possédez une admirable jeunesse et que la jeunesse est la seule chose désirable.

—Je ne m'en soucie pas.

—Vous ne vous en souciez pas...maintenant. Un jour viendra, quand vous serez vieux, ridé, laid, quand la pensée aura marqué votre front de sa griffe, et la passion flétri vos lèvres de stigmates hideux, un jour viendra, dis-je, où vous vous en soucierez amèrement. Où que vous alliez actuellement, vous charmez. En sera-t-il toujours ainsi? Vous avez une figure adorablement belle, M. Gray.... Ne vous fâchez point, vous l'avez.... Et la Beauté est une des formes du Génie, la plus haute même, car elle n'a pas besoin d'être expliquée; c'est un des faits absolus du monde, comme le soleil, le printemps, ou le reflet dans les eaux sombres de cette coquille d'argent que nous appelons la lune; cela ne peut être discuté; c'est une souveraineté de droit divin, elle fait des princes de ceux qui la possèdent...vous souriez?... Ah! vous ne sourirez plus quand vous l'aurez perdue.... On dit parfois que la beauté n'est que superficielle, cela peut être, mais tout au moins elle est moins superficielle que la Pensée. Pour moi, la Beauté est la merveille des merveilles. Il n'y a que les gens bornés qui ne jugent pas sur l'apparence. Le vrai mystère du monde est le visible, non l'invisible.... Oui, M. Gray, les Dieux vous furent bons. Mais ce que les Dieux donnent, ils le reprennent vite. Vous n'avez que peu d'années à vivre réellement, parfaitement, pleinement; votre beauté s'évanouira avec votre jeunesse, et vous découvrirez tout à coup qu'il n'est plus de triomphes pour vous et qu'il vous faudra vivre désormais sur ces menus triomphes que la mémoire du passé rendra plus amers que des défaites. Chaque mois vécu vous approche de quelque chose de terrible. Le temps est jaloux de vous, et guerroie contre vos lys et vos roses.

«Vous blêmirez, vos joues se creuseront et vos regards se faneront. Vous souffrirez horriblement.... Ah! réalisez votre jeunesse pendant que vous l'avez!...

«Ne gaspillez pas l'or de vos jours, en écoutant les sots essayant d'arrêter l'inéluctable défaite et gardez-vous de l'ignorant, du commun et du vulgaire.... C'est le but maladif, l'idéal faux de notre âge. Vivez! vivez la merveilleuse vie qui est en vous! N'en laissez rien perdre! Cherchez de nouvelles sensations, toujours! Que rien ne vous effraie.... Un nouvel Hédonisme, voilà ce que le siècle demande. Vous pouvez en être le tangible symbole. Il n'est rien avec votre personnalité que vous ne puissiez faire. Le monde vous appartient pour un temps!

«Alors que je vous rencontrai, je vis que vous n'aviez point conscience de ce que vous étiez, de ce que vous pouviez être.... Il y avait en vous quelque chose de si particulièrement attirant que je sentis qu'il me fallait vous révéler à vous-même, dans la crainte tragique de vous voir vous gâcher...car votre jeunesse a si peu de temps à vivre...si peu!... Les fleurs se déssèchent, mais elles refleurissent.... Cet arbours sera aussi florissant au mois de juin de l'année prochaine qu'il l'est à présent. Dans un mois, cette clématite portera des fleurs pourprées, et d'année en année, ses fleurs de pourpre illumineront le vert de ses feuilles.... Mais nous, nous ne revivrons jamais notre jeunesse. Le pouls de la joie qui bat en nous à vingt ans, va s'affaiblissant, nos membres se fatiguent et s'alourdissent nos sens!... Tous, nous deviendrons d'odieux polichinelles, hantés par la mémoire de ce dont nous fûmes effrayés, par les exquises tentations que nous n'avons pas eu le courage de satisfaire.... Jeunesse! Jeunesse! Rien n'est au monde que la jeunesse!...

Les yeux grands ouverts, Dorian Gray écoutait, s'émerveillant.... La branche de lilas tomba de sa main à terre. Une abeille se précipita, tourna autour un moment, bourdonnante, et ce fut un frisson général des globes étoilés des mignonnes fleurs. Il regardait cela avec cet étrange intérêt que nous prenons aux choses menues quand nous sommes préoccupés de problèmes qui nous effraient, quand nous sommes ennuyés par une nouvelle sensation pour laquelle nous ne pouvons trouver d'expression, ou terrifiés par une obsédante pensée à qui nous nous sentons forcés de céder.... Bientôt l'abeille prit son vol. Il l'aperçut se posant sur le calice tacheté d'un convolvulus tyrien. La fleur s'inclina et se balança dans le vide, doucement....

Soudain, le peintre apparut à la porte de l'atelier et leur fit des signes réitérés.... Ils se tournèrent l'un vers l'autre en souriant....

—Je vous attends. Rentrez donc. La lumière est très bonne en ce moment et vous pouvez apporter vos boissons. Ils se levèrent et paresseusement, marchèrent le long du mur. Deux papillons verts et blancs voltigeaient devant eux, et dans un poirier situé au coin du mur, une grive se mit à chanter.

—Vous êtes content, M. Gray, de m'avoir rencontré?... demanda lord Henry le regardant.

—Oui, j'en suis content, maintenant; j'imagine que je le serai toujours!...

—«Toujours!... C'est un mot terrible qui me fait frémir quand je l'entends: les femmes l'emploient tellement. Elles abîment tous les romans en essayant de les faire s'éterniser. C'est un mot sans signification, désormais. La seule différence qui existe entre un caprice et une éternelle passion est que le caprice...dure plus longtemps»...

Comme ils entraient dans l'atelier, Dorian Gray mit sa main sur le bras de lord Henry:

—Dans ce cas, que notre amitié ne soit qu'un caprice, murmura-t-il, rougissant de sa propre audace....

Il monta sur la plate-forme et reprit sa pose....

Lord Harry s'était étendu dans un large fauteuil d'osier et l'observait.... Le va et vient du pinceau sur la toile et les allées et venues de Hallward se reculant pour juger de l'effet, brisaient seuls le silence.... Dans les rayons obliques venant de la porte entr'ouverte, une poussière dorée dansait. La senteur lourde des roses semblait peser sur toute chose.

Au bout d'un quart d'heure, Hallward s'arrêta de travailler, en regardant alternativement longtemps Dorian Gray et le portrait, mordillant le bout de l'un de ses gros pinceaux, les sourcils crispés....

—Fini! cria-t-il, et se baissant, il écrivit son nom en hautes lettres de vermillon sur le coin gauche de la toile.

Lord Henry vint regarder le tableau. C'était une admirable oeuvre d'art d'une ressemblance merveilleuse.

—Mon cher ami, permettez-moi de vous féliciter chaudement, dit-il. C'est le plus beau portrait des temps modernes. M. Gray, venez-vous regarder.

L'adolescent tressaillit comme éveillé de quelque rêve.

—Est-ce réellement fini? murmura-t-il en descendant de la plate-forme.

—Tout à fait fini, dit le peintre. Et vous avez aujourd'hui posé comme un ange. Je vous suis on ne peut plus obligé.

—Cela m'est entièrement dû, reprit lord Henry. N'est-ce pas, M. Gray?

Dorian ne répondit pas; il arriva nonchalamment vers son portrait et se tourna vers lui.... Quand il l'aperçut, il sursauta et ses joues rougirent un moment de plaisir. Un éclair de joie passa dans ses yeux, car il se *reconnut* pour la première fois. Il demeura quelque temps immobile, admirant, se doutant que Hallward lui parlait, sans comprendre la signification de ses paroles. Le sens de sa propre beauté surgit en lui comme une révélation. Il ne l'avait jusqu'alors jamais perçu. Les compliments de Basil Hallward lui avait semblé être simplement des exagérations charmantes d'amitié. Il les avait écoutés en riant, et vite oubliés...son caractère n'avait point été influencé par eux. Lord Henry Wotton était venu avec son étrange panégyrique de la jeunesse, l'avertissement terrible de sa brièveté. Il en avait été frappé à point nommé, et à présent, en face de l'ombre de sa propre beauté, il en sentait la pleine réalité s'épandre en lui. Oui, un jour viendrait où sa face serait ridée et plissée, ses yeux creusés et sans couleur, la grâce de sa figure brisée et déformée. L'écarlate de ses lèvres passerait, comme se ternirait l'or de sa chevelure. La vie qui devait façonner son âme abîmerait son corps; il deviendrait horrible, hideux, baroque....

Comme il pensait à tout cela, une sensation aiguë de douleur le traversa comme une dague, et fit frissonner chacune des délicates fibres de son être....

L'améthyste de ses yeux se fonça; un brouillard de larmes les obscurcit.... Il sentit qu'une main de glace se posait sur son coeur....

—Aimez-vous cela, cria enfin Hallward, quelque peu étonné du silence de l'adolescent, qu'il ne comprenait pas....

—Naturellement, il l'aime, dit lord Henry. Pourquoi ne l'aimerait-il pas. C'est une des plus nobles choses de l'art contemporain. Je vous donnerai ce que vous voudrez pour cela. Il faut que je l'aie!...

—Ce n'est pas ma propriété, Harry.

—A qui est-ce donc alors?

—A Dorian, pardieu! répondit le peintre.

—Il est bien heureux....

—Quelle chose profondément triste, murmurait Dorian, les yeux encore fixés sur son portrait. Oh! oui, profondément triste!... Je deviendrai vieux, horrible, affreux!... Mais cette peinture restera toujours jeune. Elle ne sera jamais plus vieille que ce jour même de Juin.... Ah! si cela pouvait changer; si c'était moi qui toujours devais rester jeune, et si cette peinture pouvait vieillir!... Pour cela, pour cela je donnerais tout!... Il n'est rien dans le monde que je ne donnerais.... Mon âme, même!...

—Vous trouveriez difficilement un pareil arrangement, cria lord Henry, en éclatant de rire....

—Eh! eh! je m'y opposerais d'ailleurs, dit le peintre.

Dorian Gray se tourna vers lui.

—Je le crois, Basil.... Vous aimez votre art mieux que vos amis. Je ne vous suis ni plus ni moins qu'une de vos figures de bronze vert. A peine autant, plutôt....

Le peintre le regarda avec étonnement. Il était si peu habitué à entendre Dorian s'exprimer ainsi. Qu'était-il donc arrivé? C'est vrai qu'il semblait désolé; sa face était toute rouge et ses joues allumées.

—Oui, continua-t-il. Je vous suis moins que votre Hermès d'ivoire ou que votre Faune d'argent. Vous les aimerez toujours, eux. Combien de temps m'aimerez-vous? Jusqu'à ma première ride, sans doute.... Je sais maintenant que quand on perd ses charmes, quels qu'ils puissent être, on perd tout. Votre oeuvre m'a appris cela! Oui, lord Henry Wotton a raison tout-à-fait. La jeunesse est la seule chose qui vaille. Quand je m'apercevrai que je vieillis, je me tuerai!

Hallward pâlit et prit sa main.

—Dorian! Dorian, cria-t-il, ne parlez pas ainsi! Je n'eus jamais un ami tel que vous et jamais je n'en aurai un autre! Vous ne pouvez être jaloux des choses matérielles, n'est-ce pas? N'êtes-vous pas plus beau qu'aucune d'elles?

—Je suis jaloux de toute chose dont la beauté ne meurt pas. Je suis jaloux de mon portrait!... Pourquoi gardera-t-il ce que moi je perdrai. Chaque moment qui passe me prend quelque chose, et embellit ceci. Oh! si cela pouvait changer! Si ce portrait pouvait vieillir! Si je pouvais rester tel que je suis!... Pourquoi avez-vous peint cela? Quelle ironie, un jour! Quelle terrible ironie!

Des larmes brûlantes emplissaient ses yeux.... Il se tordait les mains. Soudain il se précipita sur le divan et ensevelit sa face dans les coussins, à genoux comme s'il priait....

—Voilà votre oeuvre, Harry, dit le peintre amèrement.

Lord Henry leva les épaules.

—Voilà le vrai Dorian Gray vous voulez dire!...

—Ce n'est pas....

—Si ce n'est pas, comment cela me regarde-t-il alors?...

—Vous auriez dû vous en aller quand je vous le demandais, souffla-t-il.

—Je suis resté parce que vous me l'avez demandé, riposta lord Henry.

—Harry, je ne veux pas me quereller maintenant avec mes deux meilleurs amis, mais par votre faute à tous les deux, vous me faites détester ce que j'ai jamais fait de mieux et je vais l'anéantir. Qu'est-ce après tout qu'une toile et des couleurs? Je ne veux point que ceci puisse abîmer nos trois vies.

Dorian Gray leva sa tête dorée de l'amas des coussins et, sa face pâle baignée de larmes, il regarda le peintre marchant vers une table située sous les grands rideaux de la fenêtre. Qu'allait-il faire? Ses doigts, parmi le fouillis des tubes d'étain et des pinceaux secs, cherchaient quelque chose.... Cette lame mince d'acier flexible, le couteau à palette.... Il l'avait trouvée! Il allait anéantir la toile....

Suffoquant de sanglots, le jeune homme bondit du divan, et se précipitant vers Hallward, arracha le couteau de sa main, et le lança à l'autre bout de l'atelier.

—Basil, je vous en prie!... Ce serait un meurtre!

—Je suis charmé de vous voir apprécier enfin mon oeuvre, dit le peintre froidement, en reprenant son calme. Je n'aurais jamais attendu cela de vous....

—L'apprécier?... Je l'adore, Basil. Je sens que c'est un peu de moi-même.

- Alors bien! Aussitôt que «vous» serez sec, «vous» serez verni, encadré, et expédié chez «vous». Alors, vous ferez ce que vous jugerez bon de «vous-même».

Il traversa la chambre et sonna pour le thé.

—Vous voulez du thé, Dorian? Et vous aussi, Harry? ou bien présentez-vous quelque objection à ces plaisirs simples.

—J'adore les plaisirs simples, dit lord Henry. Ce sont les derniers refuges des êtres complexes. Mais je n'aime pas les...scènes, excepté sur les planches. Quels drôles de corps vous êtes, tous deux! Je m'étonne qu'on ait défini l'homme un animal raisonnable; pour prématurée, cette définition l'est. L'homme est bien des choses, mais il n'est pas raisonnable.... Je suis charmé qu'il ne le soit pas après tout.... Je désire surtout que vous ne vous querelliez pas à propos de ce portrait; tenez Basil, vous auriez mieux fait de me l'abandonner. Ce méchant garçon n'en a pas aussi réellement besoin que moi....

—Si vous le donniez à un autre qu'à moi, Basil, je ne vous le pardonnerais jamais, s'écria Dorian Gray; et je ne permets à personne de m'appeler un méchant garçon....

—Vous savez que ce tableau vous appartient, Dorian. Je vous le donnai avant qu'il ne fût fait.

—Et vous savez aussi que vous avez été un petit peu méchant, M. Gray, et que vous ne pouvez vous révolter quand on vous fait souvenir que vous êtes extrêmement jeune.

—Je me serais carrément révolté ce matin, lord Henry.

—Ah! ce matin!... Vous avez vécu depuis....

On frappa à la porte, et le majordome entra portant un service à thé qu'il disposa sur une petite table japonaise. Il y eut un bruit de tasses et de soucoupes et la chanson d'une bouillotte cannelée de Géorgie.... Deux plats chinois en forme de globe furent apportés par un valet. Dorian Gray se leva et servit le thé. Les deux hommes s'acheminèrent paresseusement vers la table, et examinèrent ce qui était sous les couvercles des plats.

—Allons au théâtre ce soir, dit lord Henry. Il doit y avoir du nouveau quelque part.

—J'ai promis de dîner chez White, mais comme c'est un vieil ami, je puis lui envoyer un télégramme pour lui dire que je suis indisposé, ou que je suis empêché de venir par suite d'un engagement postérieur. Je pense que cela serait plutôt une jolie excuse; elle aurait tout le charme de la candeur.

—C'est assommant de passer un habit, ajouta Hallward; et quand on l'a mis, on est parfaitement horrible.

—Oui, répondit lord Henry, rêveusement, le costume du XIXe siècle est détestable. C'est sombre, déprimant.... Le péché est réellement le seul élément de quelque couleur dans la vie moderne.

—Vous ne devriez pas dire de telles choses devant Dorian, Henry.
—Devant quel Dorian?... Celui qui nous verse du thé ou celui du portrait?...

—Devant les deux.

—J'aimerais aller au théâtre avec vous, lord Henry, dit le jeune homme.

—Eh bien, venez, et vous aussi, n'est-ce pas, Basil.

—Je ne puis pas, vraiment.... Je préfère rester, j'ai un tas de choses à faire.

—Bien donc; vous et moi, M. Gray, nous sortirons ensemble.

—Je le désire beaucoup....

Le peintre se mordit les lèvres et, la tasse à la main, il se dirigea vers le portrait.

—Je resterai avec le réel Dorian Gray, dit-il tristement.

—Est-ce là le réel Dorian Gray, cria l'original du portrait, s'avançant vers lui. Suis-je réellement comme cela?

—Oui, vous êtes comme cela.

—C'est vraiment merveilleux, Basil.

—Au moins, vous l'êtes en apparence.... Mais cela ne changera jamais, ajouta Hallward.... C'est quelque chose.

—Voici bien des affaires à propos de fidélité! s'écria lord Henry. Même en amour, c'est purement une question de tempérament, cela n'a rien à faire avec notre propre volonté. Les jeunes gens veulent être fidèles et ne le sont point; les vieux veulent être infidèles et ne le peuvent; voilà tout ce qu'on en sait.

—N'allez pas au théâtre ce soir, Dorian, dit Hallward.... Restez dîner avec moi.

—Je ne le puis, Basil.

—Pourquoi?

—Parce que j'ai promis à lord Henry Wotton d'aller avec lui.

—Il ne vous en voudra pas beaucoup de manquer à votre parole; il manque assez souvent à la sienne. Je vous demande de n'y pas aller.

Dorian Gray se mit à rire en secouant la tête....

—Je vous en conjure....

Le jeune homme hésitait, et jeta un regard vers lord Henry qui les guettait de la table où il prenait le thé, avec un sourire amusé.

—Je veux sortir, Basil, décida-t-il.

—Très bien, repartit Hallward, et il alla remettre sa tasse sur le plateau. Il est tard, et comme vous devez vous habiller, vous feriez bien de ne pas perdre de temps. Au revoir, Harry. Au revoir, Dorian. Venez me voir bientôt, demain si possible.

—Certainement....

—Vous n'oublierez pas....

—Naturellement....

—Et...Harry?

—Moi non plus, Basil.

—Souvenez-vous de ce que je vous ai demandé, quand nous étions dans le jardin ce matin....

—Je l'ai oublié....

—Je compte sur vous.

—Je voudrais bien pouvoir compter sur moi-même, dit en riant lord Henry.... Venez, M. Gray, mon cabriolet est en bas et je vous déposerai chez vous. Adieu, Basil! Merci pour votre charmante après-midi.

Comme la porte se fermait derrière eux, le peintre s'écroula sur un sofa, et une expression de douleur se peignit sur sa face.

III

Le lendemain, à midi et demi, lord Henry Wotton se dirigeait de Curzon Street vers Albany pour aller voir son oncle, lord Fermor, un vieux garçon bon vivant, quoique de rudes manières, qualifié d'égoïste par les étrangers qui n'en pouvaient rien tirer, mais considéré comme généreux par la Société, car il nourrissait ceux qui savaient l'amuser. Son père avait été notre ambassadeur à Madrid, au temps où la reine Isabelle était jeune et Prim inconnu. Mais il avait quitté la diplomatie par un caprice, dans un moment de contrariété venu de ce qu'on ne lui offrit point l'ambassade de Paris, poste pour lequel il se considérait comme particulièrement désigné en raison de sa naissance, de son indolence, du bon anglais de ses dépêches et de sa passion peu ordinaire pour le plaisir. Le fils, qui avait été le secrétaire de son père, avait démissionné en même temps que celui-ci, un peu légèrement avait-on pensé alors, et quelques mois après être devenu chef de sa maison il se mettait sérieusement à l'étude de l'art très aristocratique de ne faire absolument rien. Il possédait deux grandes maisons en ville, mais préférait vivre à l'hôtel pour avoir moins d'embarras, et prenait la plupart de ses repas au club. Il s'occupait de l'exploitation de ses mines de charbon des comtés du centre, mais il s'excusait de cette teinte d'industrialisme en disant que le fait de posséder du charbon avait pour avantage de permettre à un gentleman de brûler décemment du bois dans sa propre cheminée. En politique, il était Tory, excepté lorsque les Tories étaient au pouvoir; à ces moments-là, il ne manquait jamais de les accuser d'être un «tas de radicaux». Il était un héros pour son domestique qui le tyrannisait, et la terreur de ses amis qu'il tyrannisait à son tour. L'Angleterre seule avait pu produire un tel homme, et il disait toujours que le pays «allait aux chiens». Ses principes étaient démodés, mais il y avait beaucoup à dire en faveur de ses préjugés.

Quand lord Henry entra dans la chambre, il trouva son oncle, assis, habillé d'un épais veston de chasse, fumant un cigare et grommelant sur un numéro du *Times*.

—Eh bien! Harry, dit le vieux gentleman, qui vous amène de si bonne heure? Je croyais que vous autres dandis n'étiez jamais levés avant deux heures, et visibles avant cinq.

—Pure affection familiale, je vous assure, oncle Georges, j'ai besoin de vous demander quelque chose.

—De l'argent, je suppose, dit lord Fermor en faisant la grimace. Enfin, asseyez-vous et dites-moi de quoi il s'agit. Les jeunes gens, aujourd'hui, s'imaginent que l'argent est tout.

—Oui, murmura lord Henry, en boutonnant son pardessus; et quand ils deviennent vieux ils le savent, mais je n'ai pas besoin d'argent. Il n'y a que ceux qui paient leurs dettes qui en ont besoin, oncle Georges, et je ne paie jamais les miennes. Le crédit est le capital d'un jeune homme et on en vit d'une façon charmante. De plus, j'ai toujours affaire aux fournisseurs de Dartmoor et ils ne m'inquiètent jamais. J'ai besoin d'un renseignement, non pas d'un renseignement utile bien sûr, mais d'un renseignement inutile.

—Bien! je puis vous dire tout ce que contient un *Livre-Bleu* anglais, Harry, quoique aujourd'hui tous ces gens-là n'écrivent que des bêtises. Quand j'étais diplomate, les choses allaient bien mieux. Mais j'ai entendu dire qu'on les choisissait aujourd'hui après des examens. Que voulez-vous? Les examens, monsieur, sont une pure fumisterie d'un bout à l'autre. Si un homme est un gentleman, il en sait bien assez, et s'il n'est pas un gentleman, tout ce qu'il apprendra sera mauvais pour lui!

—M. Dorian Gray n'appartient pas au *Livre-Bleu*, oncle George, dit lord Henry, languide.

—M. Dorian Gray? Qui est-ce? demanda lord Fermor en fronçant ses sourcils blancs et broussailleux.

—Voilà ce que je viens apprendre, oncle Georges. Ou plutôt, je sais qui il est. C'est le dernier petit-fils de lord Kelso. Sa mère était une Devereux, Lady Margaret Devereux; je voudrais que vous me parliez de sa mère. Comment était elle? à qui fut-elle mariée? Vous avez connu presque tout le monde dans votre temps, aussi pourriez-vous l'avoir connue. Je m'intéresse beaucoup à M. Gray en ce moment. Je viens seulement de faire sa connaissance.

—Le petit-fils de Kelso! répéta le vieux gentleman. Le petit-fils de Kelso...bien sûr...j'ai connu intimement sa mère. Je crois bien que j'étais à son baptême. C'était une extraordinairement belle fille, cette Margaret Devereux. Elle affola tous les hommes en se sauvant avec un jeune garçon sans le sou, un rien du tout, monsieur, subalterne dans un régiment d'infanterie ou quelque chose de semblable. Certainement, je me rappelle la chose comme si elle était arrivée hier. Le pauvre diable fut tué en duel à Spa quelques mois après leur mariage. Il y eut une vilaine histoire là-dessus. On dit que Kelso soudoya un bas aventurier, quelque brute belge, pour insulter son beau-fils en public, il le paya, monsieur, oui il le paya pour faire cela et le misérable embrocha son homme comme un simple pigeon. L'affaire fut étouffée, mais, ma foi, Kelso mangeait sa côtelette tout seul au club quelque temps après. Il reprit sa fille avec lui, m'a-t-on dit, elle ne lui adressa jamais la parole. Oh oui! ce fut une vilaine affaire. La fille mourut dans l'espace d'une année. Ainsi donc, elle a laissé un fils? J'avais oublié cela. Quelle espèce de garçon est-ce? S'il ressemble à sa mère ce doit être un bien beau gars.

—Il est très beau, affirma lord Henry.

—J'espère qu'il tombera dans de bonnes mains, continua le vieux gentleman. Il doit avoir une jolie somme qui l'attend, si Kelso a bien fait les choses à son égard. Sa mère avait aussi de la fortune. Toutes les propriétés de Selby lui sont revenues, par son grand-père. Celui-ci haïssait Kelso, le jugeant un horrible Harpagon. Et il l'était bien! Il vint une fois à Madrid lorsque j'y étais.... Ma foi! j'en fus honteux. La reine me demandait quel était ce gentilhomme Anglais qui se querellait sans cesse avec les cochers pour les payer. Ce fut toute une histoire. Un mois durant je n'osais me montrer à la Cour. J'espère qu'il a mieux traité son petit-fils que ces drôles.

—Je ne sais, répondit lord Henry. Je suppose que le jeune homme sera très bien. Il n'est pas majeur. Je sais qu'il possède Selby. Il me l'a dit. Et.... sa mère était vraiment belle!

—Margaret Devereux était une des plus adorables créatures que j'aie vues, Harry. Je n'ai jamais compris comment elle a pu agir comme elle l'a lait. Elle aurait pu épouser n'importe qui, Carlington en était fou: Elle était romanesque, sans doute. Toutes les femmes de cette famille le furent. Les hommes étaient bien peu de chose, mais les femmes, merveilleuses!

Carlington se traînait à ses genoux; il me l'a dit lui-même. Elle lui rit au nez, et cependant, pas une fille de Londres qui ne courût après lui. Et à propos, Harry, pendant que nous causons de mariages ridicules, quelle est donc cette farce que m'a contée votre père au sujet de Dartmoor qui veut épouser une Américaine. Il n'y a donc plus de jeunes Anglaises assez bonnes pour lui?

—C'est assez élégant en ce moment d'épouser des Américaines, oncle Georges.

—Je soutiendrai les Anglaises contre le monde entier! Harry, fit lord Fermor en frappant du point sur la table.

—Les paris sont pour les Américaines.

—Elles n'ont point de résistance m'a-t-on dit, grommela l'oncle.

—Une longue course les épuise, mais elles sont supérieures au steeple-chase. Elles prennent les choses au vol; je crois que Dartmoor n'a guère de chances.

—Quel est son monde? répartit le vieux gentleman, a-t-elle beaucoup d'argent?

Lord Henry secoua la tête.

—Les Américaines sont aussi habiles à cacher leurs parents que les Anglaises à dissimuler leur passé, dit-il en se levant pour partir.

—Ce sont des marchands de cochons, je suppose?

—Je l'espère, oncle Georges, pour le bonheur de Dartmoor. J'ai entendu dire que vendre des cochons était en Amérique, la profession la plus lucrative, après la politique.

—Est-elle jolie?

—Elle se conduit comme si elle l'était. Beaucoup d'Américaines agissent de la sorte. C'est le secret de leurs charmes.

—Pourquoi ces Américaines ne restent-elles pas dans leurs pays. Elles nous chantent sans cesse que c'est un paradis pour les femmes.

—Et c'est vrai, mais c'est la raison pour laquelle, comme Eve, elles sont si empressées d'en sortir, dit lord Henry. Au revoir, oncle Georges, je serais en retard pour déjeuner si je tardais plus longtemps; merci pour vos bons renseignements. J'aime toujours à connaître tout ce qui concerne mes nouveaux amis, mais je ne demande rien sur les anciens.

—Où déjeunez-vous Harry?

—Chez tante Agathe. Je me suis invité avec M. Gray, c'est son dernier protégé.

—Bah! dites donc à votre tante Agathe, Harry, de ne plus m'assommer avec ses oeuvres de charité. J'en suis excédé. La bonne femme croit-elle donc que je n'aie rien de mieux à faire que de signer des chèques en faveur de ses vilains drôles.

—Très bien, oncle Georges, je le lui dirai, mais cela n'aura aucun effet. Les philanthropes ont perdu toute notion d'humanité. C'est leur caractère distinctif. Le vieux gentleman murmura une vague approbation et sonna son domestique. Lord Henry prit par l'arcade basse de Burlington Street et se dirigea dans la direction de Berkeley square.

Telle était en effet, l'histoire des parents de Dorian Gray. Ainsi crûment racontée, elle avait tout à fait bouleversé lord Henry comme un étrange quoique moderne roman. Une très belle femme risquant tout pour une folle passion. Quelques semaines d'un bonheur solitaire, tout à coup brisé par un crime hideux et perfide. Des mois d'agonie muette, et enfin un enfant né dans les larmes.

La mère enlevée par la mort et l'enfant abandonné tout seul à la tyrannie d'un vieillard sans coeur. Oui, c'était un bien curieux fond de tableau. Il encadrait le jeune homme, le faisant plus intéressant, meilleur qu'il n'était réellement. Derrière tout ce qui est exquis, on trouve ainsi quelque chose de tragique. La terre est en travail pour donner naissance à la plus humble fleur.... Comme il avait été charmant au dîner de la veille, lorsqu'avec ses beaux yeux et ses lèvres frémissantes de plaisir et de crainte, il s'était assis en face de lui au club, les bougies pourprées mettant une roseur sur son beau visage ravi. Lui parler était comme si l'on eût joué sur un violon exquis. Il répondait à tout, vibrait à chaque trait.... Il y avait quelque chose de terriblement séducteur dans l'action de cette influence; aucun exercice qui y fut comparable. Projeter son âme dans une forme gracieuse, l'y laisser un instant reposer et entendre ensuite ses idées répétées comme par un écho, avec en plus toute la musique de la passion et de la jeunesse, transporter son tempérament dans un autre, ainsi qu'un fluide subtil ou un étrange parfum: c'était là, une véritable jouissance, peut être la plus parfaite de nos jouissances dans un temps aussi borné et aussi vulgaire que le nôtre, dans un temps grossièrement charnel en ses plaisirs, commun et bas en ses aspirations.... C'est qu'il était un merveilleux échantillon d'humanité, cet adolescent que, par un si étrange hasard, il avait rencontré dans l'atelier de Basil; on en pouvait faire un absolu type de beauté. Il incarnait la grâce, et la blanche pureté de l'adolescence, et toute la splendeur que nous ont conservée les marbres grecs. Il n'est rien qu'on n'en eût pu tirer. Il eût pu être un Titan aussi bien qu'un joujou. Quel malheur qu'une telle beauté fût destinée à se faner!... Et Basil, comme il était intéressant, au point de vue du psychologue! Un art nouveau, une façon inédite de regarder l'existence suggérée par la simple présence d'un être inconscient de tout cela; c'était l'esprit silencieux qui vit au fond des bois et court dans les plaines, se montrant tout à coup, Dryade non apeurée, parce qu'en l'âme qui le recherchait avait été évoquée la merveilleuse vision par laquelle sont seules révélées les choses merveilleuses; les simples apparences des choses se magnifiant jusqu'au symbole, comme si elles n'étaient que l'ombre d'autres formes plus parfaites qu'elles rendraient palpables et visibles.... Comme tout cela était étrange! Il se rappelait quelque chose d'analogue dans l'histoire. N'était-ce pas Platon, cet artiste en pensées, qui l'avait le premier analysé? N'était-ce pas Buonarotti qui l'avait ciselé dans le marbre polychrome d'une série de sonnets? Mais dans notre siècle, cela était extraordinaire.... Oui, il essaierait d'être à Dorian Gray, ce que, sans le savoir, l'adolescent était au peintre qui avait tracé son splendide portrait. Il essaierait de le dominer, il l'avait même déjà fait. Il ferait sien cet être merveilleux. Il y avait quelque chose de fascinant dans ce fils de l'Amour et de la Mort.

Soudain il s'arrêta, et regarda les façades. Il s'aperçut qu'il avait dépassé la maison de sa tante, et souriant en lui-même, il revint sur ses pas. En entrant dans le vestibule assombri, le majordome lui dit qu'on était à table. Il donna son chapeau et sa canne au valet de pied et pénétra dans la salle à manger.

—En retard, comme d'habitude, Harry! lui cria sa tante en secouant la tête.

Il inventa une excuse quelconque, et s'étant assis sur la chaise restée vide auprès d'elle, il regarda les convives. Dorian, au bout de la table, s'inclina vers lui timidement, une roseur de plaisir aux joues. En face était la duchesse de Harley, femme d'un naturel admirable et d'un excellent caractère, aimée de tous ceux qui la connaissaient, ayant ces proportions amples et architecturales que nos historiens contemporains appellent obésité, lorsqu'il ne s'agit pas d'une duchesse. Elle avait à sa droite, sir Thomas Burdon, membre radical du Parlement, qui cherchait sa voie dans la vie publique, et dans la vie privée s'inquiétait des meilleures cuisines, dînant avec les Tories et opinant avec les Libéraux, selon une règle très sage et très connue. La place de gauche était occupée par M. Erskine de Treadley, un vieux gentilhomme de beaucoup de charme et très cultivé qui avait pris toutefois une fâcheuse habitude de silence, ayant, ainsi qu'il le disait un jour à lady Agathe, dit tout ce qu'il avait à dire avant l'âge de trente ans.

La voisine de lord Henry était Mme Vandeleur, une des vieilles amies de sa tante, une sainte parmi les femmes, mais si terriblement fagotée qu'elle faisait penser à un livre de prières mal relié. Heureusement pour lui elle avait de l'autre côté lord Faudel, médiocrité intelligente et entre deux âges, aussi chauve qu'un exposé ministériel à la Chambre des Communes, avec qui elle conversait de cette façon intensément sérieuse qui est, il l'avait souvent remarqué, l'impardonnable erreur où tombent les gens excellents et à laquelle aucun d'eux ne peut échapper.

—Nous parlions de ce jeune Dartmoor, lord Henry, s'écria la duchesse, lui faisant gaiement des signes par-dessus la table. Pensez-vous qu'il épousera réellement cette séduisante jeune personne?

—Je pense qu'elle a bien l'intention de le lui proposer, Duchesse.

—Quelle horreur! s'exclama lady Agathe, mais quelqu'un interviendra.

—Je sais de bonne source que son père tient un magasin de nouveautés en Amérique, dit sir Thomas Burdon avec dédain.

—Mon oncle les croyait marchand de cochons, sir Thomas.

—Des nouveautés! Qu'est-ce que c'est que les nouveautés américaines? demanda la duchesse, avec un geste d'étonnement de sa grosse main levée.

—Des romans américains! répondit lord Henry en prenant un peu de caille.

La duchesse parut embarrassée.

—Ne faites pas attention à lui, ma chère, murmura lady Agathe, il ne sait jamais ce qu'il dit.

—Quand l'Amérique fût découverte..., dit le radical, et il commença une fastidieuse dissertation. Comme tous ceux qui essayent d'épuiser un sujet, il épuisait ses auditeurs. La duchesse soupira et profita de son droit d'interrompre.

—Plût à Dieu qu'on ne l'eut jamais découverte! s'exclama-t-elle; vraiment nos filles n'ont pas de chances aujourd'hui, c'est tout à fait injuste!

—Peut-être après tout, l'Amérique n'a-t-elle jamais été découverte, dit M. Erskine. Pour ma part, je dirai volontiers qu'elle est à peine connue.

—Oh! nous avons cependant vu des spécimens de ses habitantes, répondit la duchesse d'un ton vague. Je dois confesser que la plupart sont très jolies. Et leurs toilettes aussi. Elles s'habillent toutes à Paris. Je voudrais pouvoir en faire autant.

—On dit que lorsque les bons Américains meurent, ils vont à Paris, chuchota sir Thomas, qui avait une ample réserve de mots hors d'usage.

—Vraiment! et où vont les mauvais Américains qui meurent? demanda la duchesse.

—Ils vont en Amérique, dit lord Henry.

—Sir Thomas se renfrogna.

—J'ai peur que votre neveu ne soit prévenu contre ce grand pays, dit-il à lady Agathe, je l'ai parcouru dans des trains fournis par les gouvernants qui, en pareil cas, sont extrêmement civils, je vous assure que c'est un enseignement que cette visite.

—Mais faut-il donc que nous visitions Chicago pour notre éducation, demanda plaintivement M. Erskine.... J'augure peu du voyage.

Sir Thomas leva les mains.

—M. Erskine de Treadley se soucie peu du monde. Nous autres, hommes pratiques, nous aimons à voir les choses par nous-mêmes, au lieu de lire ce qu'on en rapporte. Les Américains sont un peuple extrêmement intéressant. Ils sont tout à fait raisonnables. Je crois que c'est la leur caractère distinctif. Oui, M.

Erskine, un peuple absolument raisonnable, je vous assure qu'il n'y a pas de niaiseries chez les Américains.

—Quelle horreur! s'écria lord Henry, je peux admettre la force brutale, mais la raison brutale est insupportable. Il y a quelque chose d'injuste dans son empire. Cela confond l'intelligence.

—Je ne vous comprends pas, dit sir Thomas, le visage empourpré.

—Moi, je comprends, murmura M. Erskine avec un sourire.

—Les paradoxes vont bien...remarqua le baronnet.

—Etait-ce un paradoxe, demanda M. Erskine. Je ne le crois pas. C'est possible, mais le chemin du paradoxe est celui de la vérité. Pour éprouver la réalité il faut la voir sur la corde raide. Quand les vérités deviennent des acrobates nous pouvons les juger.

—Mon Dieu! dit lady Agathe, comme vous parlez, vous autres hommes!... Je suis sûre que je ne pourrai jamais vous comprendre. Oh! Harry, je suis tout à fait fâchée contre vous. Pourquoi essayez-vous de persuader à notre charmant M. Dorian Gray d'abandonner l'East End. Je vous assure qu'il y serait apprécié. On aimerait beaucoup son talent.

—Je veux qu'il joue pour moi seul, s'écria lord Henry souriant, et regardant vers le bas de la table il saisit un coup d'oeil brillant qui lui répondait.

—Mais ils sont si malheureux à Whitechapel, continua Lady Agathe.

—Je puis sympathiser avec n'importe quoi, excepté avec la souffrance, dit lord Henry en haussant les épaules. Je ne puis sympathiser avec cela. C'est trop laid, trop horrible, trop affligeant. Il y a quelque chose de terriblement maladif dans la pitié moderne. On peut s'émouvoir des couleurs, de la beauté, de la joie de vivre. Moins on parle des plaies sociales, mieux cela vaut.

—Cependant, l'East End soulève un important problème, dit gravement sir Thomas avec un hochement de tête.

—Tout à fait, répondit le jeune lord. C'est le problème de l'esclavage et nous essayons de le résoudre en amusant les esclaves.

Le politicien le regarda avec anxiété.

—Quels changements proposez-vous, alors? demanda-t-il.

Lord Henry se mit à rire.

—Je ne désire rien changer en Angleterre excepté la température, répondit-il, je suis parfaitement satisfait de la contemplation philosophique. Mais comme le dix-neuvième siècle va à la banqueroute, avec sa dépense exagérée de sympathie, je proposerais d'en appeler à la science pour nous remettre dans le droit chemin. Le mérite des émotions est de nous égarer, et le mérite de la science est de n'être pas émouvant.

—Mais nous avons de telles responsabilités, hasarda timidement Mme Vandeleur.

—Terriblement graves! répéta lady Agathe.

Lord Henry regarda M. Erskine.

—L'humanité se prend beaucoup trop au sérieux; c'est le péché originel du monde. Si les hommes des cavernes avaient su rire, l'Histoire serait bien différente.

—Vous êtes vraiment consolant, murmura la duchesse, je me sentais toujours un peu coupable lorsque je venais voir votre chère tante, car je ne trouve aucun intérêt dans l'East End. Désormais je serai capable de la regarder en face sans rougir.

—Rougir est très bien porté, duchesse, remarqua lord Henry.

—Seulement lorsqu'on est jeune, répondit-elle, mais quand une vieille femme comme moi rougit, c'est bien mauvais signe. Ah!

Lord Henry, je voudrais bien que vous m'appreniez à redevenir jeune!

Il réfléchit un moment.

—Pouvez-vous vous rappeler un gros péché que vous auriez commis dans vos premières années, demanda-t-il, la regardant pardessus la table.

—D'un grand nombre, je le crains, s'écria-t-elle.

—Eh bien! commettez-les encore, dit-il gravement. Pour redevenir jeune on n'a guère qu'à recommencer ses folies.

—C'est une délicieuse théorie. Il faudra que je la mette en pratique.

—Une dangereuse théorie prononça sir Thomas, les lèvres pincées. Lady Agathe secoua la tête, mais ne put arriver à paraître amusée. M. Erskine écoutait.

—Oui! continua lord Henry, c'est un des grands secrets de la vie. Aujourd'hui beaucoup de gens meurent d'un bon sens terre à terre et s'aperçoivent trop tard que les seules choses qu'ils regrettent sont leurs propres erreurs.

Un rire courut autour de la table....

Il jouait avec l'idée, la lançait, la transformait, la laissait échapper pour la rattraper au vol; il l'irisait de son imagination, l'ailant de paradoxes. L'éloge de la folie s'éleva jusqu'à la philosophie, une philosophie rajeunie, empruntant la folle musique du plaisir, vêtue de fantaisie, la robe tachée de vin et enguirlandée de lierres, dansant comme une bacchante par-dessus les collines de la vie et se moquant du lourd Silène pour sa sobriété. Les faits fuyaient devant elle comme des nymphes effrayées. Ses pieds blancs foulaient l'énorme pressoir où le sage Omar est assis; un flot pourpre et bouillonnant inondait ses membres nus, se répandant comme une lave écumante sur les flancs noirs de la cuve. Ce fut une improvisation extraordinaire. Il sentit que les regards de Dorian Gray étaient fixés sur lui, et la conscience que parmi son auditoire se trouvait un être qu'il voulait fasciner, semblait aiguiser son esprit et prêter plus de couleurs encore à son imagination. Il fut brillant, fantastique, inspiré. Il ravit ses auditeurs à eux-mêmes; ils écoutèrent jusqu'au bout ce joyeux air de flûte. Dorian Gray ne l'avait pas quitté des yeux, comme sous le charme, les sourires se succédaient sur ses lèvres et l'étonnement devenait plus grave dans ses yeux sombres.

Enfin, la réalité en livrée moderne fit son entrée dans la salle à manger, sous la forme d'un domestique qui vint annoncer à la duchesse que sa voiture l'attendait. Elle se tordit les bras dans un désespoir comique.

—Que c'est ennuyeux! s'écria-t-elle. Il faut que je parte; je dois rejoindre mon mari au club pour aller à un absurde meeting, qu'il doit présider aux Willis's Rooms. Si je suis en retard il sera sûrement furieux, et je ne puis avoir une scène avec ce chapeau. Il est beaucoup trop fragile. Le moindre mot le mettrait en pièces. Non, il faut que je parte, chère Agathe. Au revoir, lord Henry, vous êtes tout à fait délicieux et terriblement démoralisant. Je ne sais que dire de vos idées. Il faut que vous veniez dîner chez nous. Mardi par exemple, êtes-vous libre mardi!

—Pour vous j'abandonnerais tout le monde, duchesse, dit lord Henry avec une révérence.

—Ah! c'est charmant, mais très mal de votre part, donc, pensez à venir! et elle sortit majestueusement suivie de Lady Agathe et des autres dames.

Quand lord Henry se fut rassis, M. Erskine tourna autour de la table et prenant près de lui une chaise, lui mit la main sur le bras.

—Vous parlez comme un livre, dit-il, pourquoi n'en écrivez-vous pas?

—J'aime trop à lire ceux des autres pour songer à en écrire moi-même, monsieur Erskine. J'aimerais à écrire un roman, en effet, mais un roman qui serait aussi adorable qu'un tapis de Perse et aussi irréel. Malheureusement, il n'y a pas en Angleterre de public littéraire excepté pour les journaux, les bibles et les encyclopédies; moins que tous les peuples du monde, les Anglais ont le sens de la beauté littéraire.

—J'ai peur que vous n'ayez raison, répondit M. Erskine; j'ai eu moi-même une ambition littéraire, mais je l'ai abandonnée il y a longtemps. Et maintenant, mon cher et jeune ami, si vous me permettez de vous appeler ainsi, puis-je vous demander si vous pensiez réellement tout ce que vous nous avez dit en déjeunant.

—J'ai complètement oublié ce que j'ai dit, repartit lord Henry en souriant. Etait-ce tout à fait mal?

—Très mal, certainement; je vous considère comme extrêmement dangereux, et si quelque chose arrivait à notre bonne duchesse, nous vous regarderions tous comme primordialement responsable. Oui, j'aimerais à causer de la vie avec vous. La génération à laquelle j'appartiens est ennuyeuse. Quelque jour que vous serez fatigué de la vie de Londres, venez donc à Treadley, vous m'exposerez votre philosophie du plaisir en buvant d'un admirable Bourgogne que j'ai le bonheur de posséder.

—J'en serai charmé; une visite à Treadley est une grande faveur. L'hôte en est parfait et la bibliothèque aussi parfaite.

—Vous compléterez l'ensemble, répondit le vieux gentleman avec un salut courtois. Et maintenant il faut que je prenne congé de votre excellente tante. Je suis attendu à l'Athenaeum. C'est l'heure où nous y dormons.

—Vous tous, M. Erskine?

—Quarante d'entre nous dans quarante fauteuils. Nous travaillons à une académie littéraire anglaise.

Lord Henry sourit et se leva.

—Je vais au Parc, dit-il.

Comme il sortait, Dorian Gray lui toucha le bras.

—Laissez-moi aller avec vous, murmura-t-il.

—Mais je pensais que vous aviez promis à Basil Hallward d'aller le voir.

—Je voudrais d'abord aller avec vous; oui, je sens qu'il faut que j'aille avec vous. Voulez-vous?... Et promettez-moi de me parler tout le temps. Personne ne parle aussi merveilleusement que vous.

—Ah! j'ai bien assez parlé aujourd'hui, dit lord Henry en souriant. Tout ce que je désire maintenant, c'est d'observer. Vous pouvez venir avec moi, nous observerons, ensemble, si vous le désirez.

IV

Une après-midi, un mois après, Dorian Gray était allongé en un luxueux fauteuil, dans la petite bibliothèque de la maison de lord Henry à Mayfair. C'était, en son genre, un charmant réduit, avec ses hauts lambris de chêne olivâtre, sa frise et son plafond crème rehaussé de moulure, et son tapis de Perse couleur brique aux longues franges de soie. Sur une mignonne table de bois satiné, une statuette de Clodion à côté d'un exemplaire des «Cent Nouvelles» relié pour Marguerite de Valois par Clovis Eve, et semé des paquerettes d'or que cette reine avait choisies pour emblème. Dans de grands vases bleus de Chine, des tulipes panachées étaient rangées sur le manteau de la cheminée. La vive lumière abricot d'un jour d'été londonien entrait à flots à travers les petits losanges de plombs des fenêtres.

Lord Henry n'était pas encore rentré. Il était toujours en retard par principe, son opinion étant que la ponctualité était un vol sur le temps. Aussi l'adolescent semblait-il maussade, feuilletant d'un doigt nonchalant une édition illustrée de Manon Lescaut qu'il avait trouvée sur un des rayons de la bibliothèque. Le tictac monotone de l'horloge Louis XIV l'agaçait. Une fois ou deux il avait voulu partir....

Enfin il perçut un bruit de pas dehors et la porte s'ouvrit.

—Comme vous êtes en retard, Harry, murmura-t-il.

—J'ai peur que ce ne soit point Harry, M. Gray, répondit une voix claire.

Il leva vivement les yeux et se dressa....

—Je vous demande pardon. Je croyais....

—Vous pensiez que c'était mon mari. Ce n'est que sa femme. Il faut que je me présente moi-même. Je vous connais fort bien par vos photographies. Je pense que mon mari en a au moins dix-sept.

—Non, pas dix-sept, lady Henry?

—Bon, dix-huit alors. Et je vous ai vu avec lui à l'Opéra la nuit dernière.

Elle riait nerveusement en lui parlant et le regardait de ses yeux de myosotis. C'était une curieuse femme dont les toilettes semblaient toujours conçues dans un accès de rage et mises dans une tempête.

Elle était toujours en intrigue avec quelqu'un et, comme son amour n'était jamais payé de retour, elle avait gardé toutes ses illusions. Elle essayait d'être pittoresque, mais ne réussissait qu'à être désordonnée. Elle s'appelait Victoria et avait la manie invétérée d'aller à l'église.

—C'était à *Lohengrin*, lady Henry, je crois?

—Oui, c'était à ce cher *Lohengrin*. J'aime Wagner mieux que personne. Cela est si bruyant qu'on peut causer tout le temps sans être entendu. C'est un grand avantage. Ne trouvez-vous pas, M. Gray?...

Le même rire nerveux et saccadé tomba de ses lèvres fines, et elle se mit à jouer avec un long coupe-papier d'écaille. Dorian sourit en secouant la tête.

—Je crains de n'être pas de cet avis, lady Henry, je ne parle jamais pendant la musique, du moins pendant la bonne musique. Si l'on en entend de mauvaise, c'est un devoir de la couvrir par le bruit d'une conversation.

—Ah! voilà une idée d'Harry, n'est-ce pas, M. Gray. J'apprends toujours ses opinions par ses amis, c'est même le seul moyen que j'aie de les connaître. Mais ne croyez pas que je n'aime pas la bonne musique. Je l'adore; mais elle me fait peur. Elle me rend par trop romanesque. J'ai un culte pour les pianistes simplement. J'en adorais deux à la fois, ainsi que me le disait Harry. Je ne sais ce qu'ils étaient. Peut-être des étrangers. Ils le sont tous, et même ceux qui sont nés en Angleterre le deviennent bientôt, n'est-il pas vrai? C'est très habile de leur part et c'est un hommage rendu à l'art de le rendre cosmopolite. Mais vous n'êtes jamais venu à mes réunions, M. Gray. Il faudra venir. Je ne puis point offrir d'orchidées, mais je n'épargne aucune dépense pour avoir des étrangers. Ils vous font une chambrée si pittoresque.... Voici Harry! Harry, je venais pour vous demander quelque chose, je ne sais plus quoi, et j'ai trouvé ici M. Gray. Nous avons eu une amusante conversation sur la musique. Nous avons tout à fait les mêmes idées. Non! je crois nos idées tout à fait différentes, mais il a été vraiment aimable. Je suis très heureux de l'avoir vu.

—Je suis ravi, ma chérie, tout à fait ravi, dit lord Henry élevant ses sourcils noirs et arqués et les regardant tous deux avec un sourire amusé. Je suis vraiment fâché d'être si en retard, Dorian; j'ai été à Wardour Street chercher un morceau de vieux brocard et j'ai dû marchander des heures; aujourd'hui, chacun sait le prix de toutes choses, et nul ne connaît la valeur de quoi que ce soit.

—Je vais être obligé de partir, s'exclama lady Henry, rompant le silence d'un intempestif éclat de rire. J'ai promis à la Duchesse de l'accompagner en voiture. Au revoir, M. Gray, au revoir Harry. Vous dînez dehors, je suppose? Moi aussi. Peut-être vous retrouverai-je chez Lady Thornbury.

—Je le crois, ma chère amie, dit lord Henry en fermant la porte derrière elle. Semblable à un oiseau de paradis qui aurait passé la nuit dehors sous la pluie, elle s'envola, laissant une subtile odeur de frangipane. Alors, il alluma une cigarette et se jeta sur le canapé.

—N'épousez jamais une femme aux cheveux paille, Dorian, dit-il après quelques bouffées.

—Pourquoi, Harry?

—Parce qu'elles sont trop sentimentales.

—Mais j'aime les personnes sentimentales.

—Ne vous mariez jamais, Dorian. Les hommes se marient par fatigue, les femmes par curiosité: tous sont désappointés.

—Je ne crois pas que je sois en train de me marier, Harry. Je suis trop amoureux. Voilà un de vos aphorismes, je le mets en pratique, comme tout ce que vous dites.

—De qui êtes-vous amoureux? demanda lord Henry après une pause.

—D'une actrice, dit Dorian Gray rougissant.

Lord Henry leva les épaules «C'est un début plutôt commun.»

—Vous ne diriez pas cela si vous l'aviez vue, Harry.

—Qui est-ce?

—Elle s'appelle Sibyl Vane.

—Je n'en ai jamais entendu parler.

—Ni personne. Mais on parlera d'elle un jour. Elle est géniale.

—Mon cher enfant, aucune femme n'est géniale. Les femmes sont un sexe décoratif. Elles n'ont jamais rien à dire, mais elles le disent d'une façon charmante. Les femmes représentent le triomphe de la matière sur l'intelligence, de même que les hommes représentent le triomphe de l'intelligence sur les moeurs.

—Harry, pouvez-vous dire?

—Mon cher Dorian, cela est absolument vrai. J'analyse la femme en ce moment, aussi dois-je la connaître. Le sujet est moins abstrait que je ne croyais. Je trouve en somme qu'il n'y a que deux sortes de femmes, les naturelles, et les fardées. Les femmes naturelles sont très utiles; si vous voulez acquérir une réputation de respectabilité, vous n'avez guère qu'à les conduire souper. Les autres femmes sont tout à fait agréables. Elles commettent une faute, toutefois. Elles se fardent pour essayer de se rajeunir. Nos grand'mères se fardaient pour paraître plus brillantes. Le «Rouge et l'Esprit» allaient ensemble. Tout cela est fini. Tant qu'une femme peut paraître dix ans plus jeune que sa propre fille, elle est parfaitement satisfaite. Quant à la conversation, il n'y a que cinq femmes dans Londres qui vaillent la peine qu'on leur parle, et deux d'entre elles ne peuvent être reçues dans une société qui se respecte. A propos, parlez-moi de votre génie. Dopais quand la connaissez-vous?

—Ah! Harry, vos idées me terrifient.

—Ne faites pas attention. Depuis quand la connaissez-vous?

—Depuis trois semaines.

—Et comment l'avez-vous rencontrée?

—Je vous le dirai, Harry; mais il ne faut pas vous moquer de moi.... Après tout, cela ne serait jamais arrivé, si je ne vous avais rencontré. Vous m'aviez rempli d'un ardent désir de tout savoir de la vie. Pendant des jours après notre rencontre quelque chose de nouveau semblait battre dans mes veines. Lorsque je flânais dans Hyde Park ou que je descendais Piccadilly, je regardais tous les passants, imaginant avec une curiosité folle quelle sorte d'existence ils pouvaient mener. Quelques-uns me fascinaient. D'autres me remplissaient de terreur. Il y avait comme un exquis poison dans l'air. J'avais la passion de ces sensations.... Eh bien, un soir, vers sept heures, je résolus de sortir en quête de quelque aventure. Je sentais que notre gris et monstrueux Londres, avec ses millions d'habitants, ses sordides pécheurs et ses péchés splendides, comme vous disiez, devait avoir pour moi quelque chose en réserve. J'imaginais mille choses. Le simple danger me donnait une sorte de joie. Je me rappelais tout ce que vous m'aviez dit durant cette merveilleuse soirée où nous dînâmes ensemble pour la première fois, à propos de la recherche de la Beauté qui est le vrai secret de l'existence. Je ne sais trop ce que j'attendais, mais je me dirigeai vers l'Est et me perdis bientôt dans un labyrinthe de ruelles noires et farouches et de squares aux gazons pelés. Vers huit heures et demie, je passai devant un absurde petit théâtre tout flamboyant de ses rampes de gaz et de ses affiches multicolores. Un hideux juif portant le plus étonnant gilet que j'aie vu de ma vie, se tenait à l'entrée, fumant un ignoble cigare. Il avait des boucles graisseuses et un énorme diamant brillait sur le plastron taché de sa chemise. «Voulez-vous une loge, mylord? me dit-il dès qu'il m'aperçut en ôtant son chapeau avec une servilité importante. Il y avait quelque chose en lui, Harry, qui m'amusa. C'était un vrai monstre. Vous rirez de moi, je le sais, mais en vérité j'entrai et je payai cette loge une guinée. Aujourd'hui, je ne pourrais dire comment cela se fit, et pourtant si ce n'eût été, mon cher Harry, si ce n'eût été, j'aurais manqué le plus magnifique roman de toute ma vie.... Je vois que vous riez. C'est mal à vous.»

—Je ne ris pas, Dorian; tout au moins je ne ris pas de vous, mais il ne faut pas dire: le plus magnifique roman de toute votre vie. Il faut dire le premier roman de votre vie. Vous serez toujours aimé, et vous serez toujours amoureux. Une *grande passion* est le lot de ceux qui n'ont rien à faire. C'est la seule utilité des classes désoeuvrées dans un pays. N'ayez crainte. Des joies exquises vous attendent. Ceci n'en est que le commencement.

—Me croyez-vous d'une nature si futile, s'écria Dorian Gray, maussade.

—Non, je la crois profonde.

—Que voulez-vous dire?

—Mon cher enfant, ceux qui n'aiment qu'une fois dans leur vie sont les véritables futiles. Ce qu'ils appellent leur loyauté et leur fidélité, je l'appelle ou le sommeil de l'habitude ou leur défaut d'imagination. La fidélité est à la vie sentimentale ce que la stabilité est à la vie intellectuelle, simplement un aveu d'impuissance. La fidélité! je l'analyserai un jour. La passion de la propriété est en elle. Il y a bien des choses que nous abandonnerions si nous n'avions peur que d'autres puissent les ramasser. Mais je ne veux pas vous interrompre. Continuez votre récit.

—Bien. Je me trouvais donc assis dans une affreuse petite loge, face à face avec un très vulgaire rideau d'entr'acte. Je me mis à contempler la salle. C'était une clinquante décoration de cornes d'abondance et d'amours; on eut dit une pièce montée pour un mariage de troisième classe. Les galeries et le parterre étaient tout à fait bondés de spectateurs, mais les deux rangs de fauteuils sales étaient absolument vides et il y avait tout juste une personne dans ce que je supposais qu'ils devaient appeler le balcon. Des femmes circulaient avec des oranges et de la bière au gingembre; il se faisait une terrible consommation de noix.

—Ça devait être comme aux jours glorieux du drame anglais.

—Tout à fait, j'imagine, et fort décourageant. Je commençais à me demander ce que je pourrais bien faire, lorsque je jetai les yeux sur le programme. Que pensez-vous qu'on jouât, Harry?

—Je suppose «L'idiot, ou le muet innocent». Nos pères aimaient assez ces sortes de pièces. Plus je vis, Dorian, plus je sens vivement que ce qui était bon pour nos pères, n'est pas bon pour nous. En art, comme en politique, *les grands-pères ont toujours tort*. (En français dans le texte.)

—Ce spectacle était assez bon pour nous, Harry. C'était «Roméo et Juliette»; je dois avouer que je fus un peu contrarié à l'idée de voir jouer Shakespeare dans un pareil bouiboui. Cependant, j'étais en quelque sorte intrigué. A tout hasard je me décidai à attendre le premier acte. Il y avait un maudit orchestre, dirigé par un jeune Hébreu assis devant un piano en ruines qui me donnait l'envie de m'en aller, mais le rideau se leva, la pièce commença. Roméo était un gros gentleman assez âgé, avec des sourcils noircis au bouchon, une voix rauque de tragédie et une figure comme un baril à bière. Mercutio était à peu près aussi laid. Il jouait comme ces comédiens de bas étage qui ajoutent leurs insanités a leurs rôles et semblait être dans les termes les plus amicaux avec le parterre. Ils étaient tous deux aussi grotesques que les décors; on eut pu se croire dans une baroque foraine. Mais Juliette! Harry, imaginez une jeune fille de dix-sept ans à peine, avec une figure comme une fleur, une petite tête grecque avec des nattes roulées châtain foncé, des yeux de passion aux profondeurs violettes et des lèvres comme des pétales de rose. C'était la plus adorable créature que j'aie vue de ma vie. Vous m'avez dit une fois que le pathétique vous laissait insensible. Mais cette beauté, cette simple beauté eut rempli vos yeux de larmes. Je vous assure, Harry, je ne pus à peine voir cette jeune fille qu'à travers la buée de larmes qui me monta aux paupières. Et sa voix! jamais je n'ai entendu une pareille voix. Elle parlait très bas tout d'abord, avec des notes profondes et mélodieuses: comme si sa parole ne devait tomber que dans une oreille, puis ce fut un peu plus haut et le son ressemblait à celui d'une flûte ou d'un hautbois lointain. Dans la scène du jardin, il avait la tremblante extase que l'on perçoit avant l'aube lorsque chantent les rossignols. Il y avait des moments, un peu après, où cette voix empruntait la passion sauvage des violons. Vous savez combien une voix peut émouvoir. Votre voix et celle de Sibyl Vane sont deux musiques que je n'oublierai jamais. Quand je ferme les yeux, je les entends, et chacune d'elle dit une chose différente. Je ne sais laquelle suivre. Pourquoi ne l'aimerai-je pas, Harry? Je l'aime. Elle est tout pour moi dans la vie. Tous les soirs je vais la voir jouer. Un jour elle est Rosalinde et le jour suivant, Imogène. Je l'ai vue mourir dans l'horreur sombre d'un tombeau italien, aspirant le poison aux lèvres de son amant. Je l'ai suivie, errant dans la forêt d'Ardennes, déguisée en joli garçon, vêtue du pourpoint et des chausses, coiffée d'un mignon chaperon. Elle était folle et se trouvait en face d'un roi coupable à qui elle donnait à porter de la rue et faisait prendre des herbes amères. Elle était innocente et les mains noires de la jalousie étreignaient sa gorge frêle comme un roseau. Je l'ai vue dans tous les temps et dans tous les costumes. Les femmes ordinaires ne frappent point nos imaginations. Elles sont limitées à leur époque. Aucune magie ne peut jamais les transfigurer. On connaît leur coeur comme on connaît leurs chapeaux. On peut toujours les pénétrer. Il n'y a de mystère dans aucune d'elles. Elles conduisent dans le parc le matin et babillent aux thés de l'après-midi. Elles ont leurs sourires stéréotypés et leurs manières à la mode. Elles sont parfaitement limpides. Mais une actrice! Combien différente est une actrice! Harry! pourquoi ne m'avez-vous pas dit que le seul être digne d'amour est une actrice.

—Parce que j'en ai tant aimé, Dorian.

—Oh oui, d'affreuses créatures avec des cheveux teints et des figures peintes.

—Ne méprisez pas les cheveux teints et les figures peintes; cela a quelquefois un charme extraordinaire, dit lord Henry.

—Je voudrais maintenant ne vous avoir point parlé de Sibyl Vane.
—Vous n'auriez pu faire autrement, Dorian. Toute votre vie, désormais, vous me direz ce que vous ferez.

—Oui, Harry, je crois que cela est vrai. Je ne puis m'empêcher de tout vous dire. Vous avez sur moi une singulière influence. Si jamais je commettais un crime j'accourrais vous le confesser. Vous me comprendriez.

—Les gens comme vous, fatidiques rayons de soleil de l'existence, ne commettent point de crimes, Dorian. Mais je vous suis tout de même très obligé du compliment. Et maintenant, dites-moi—passez-moi les allumettes comme un gentil garçon...merci—où en sont vos relations avec Sibyl Vane.

Dorian Gray bondit sur ses pieds, les joues empourprées, l'oeil en feu:

—Harry! Sibyl Vane est sacrée.

—Il n'y a que les choses sacrées qui méritent d'être recherchées, Dorian, dit lord Harry d'une voix étrangement pénétrante. Mais pourquoi vous inquiéter? Je suppose qu'elle sera à vous quelque jour. Quand on est amoureux, on s'abuse d'abord soi-même et on finit toujours par abuser les autres. C'est ce que le monde appelle un roman. Vous la connaissez, en tout cas, j'imagine?

—Certes, je la connais. Dès la première soirée que je fus à ce théâtre, le vilain juif vint tourner autour de ma loge à la fin du spectacle et m'offrit de me conduire derrière la toile pour me présenter à elle. Je m'emportai contre lui, et lui dit que Juliette était morte depuis des siècles et que son corps reposait dans un tombeau de marbre à Vérone. Je compris à son regard de morne stupeur qu'il eut l'impression que j'avais bu trop de Champagne ou d'autre chose.

—Je n'en suis pas surpris.

—Alors il me demanda si j'écrivais dans quelque feuille. Je lui répondis que je n'en lisais jamais aucune. Il en parut terriblement désappointé, puis il me confia que tous les critiques dramatiques étaient ligués contre lui et qu'ils étaient tous à vendre.

—Je ne puis rien dire du premier point, mais pour le second, a en juger par les apparences, ils ne doivent pas coûter bien cher.

—Oui, mais il paraissait croire qu'ils étaient au-dessus de ses moyens, dit Dorian en riant. A ce moment, on éteignit les lumières du théâtre et je dus me retirer. Il voulut me faire goûter des cigares qu'il recommandait fortement; je déclinais l'offre. Le lendemain soir, naturellement, je revins. Dès qu'il me vit, il me fit une profonde révérence et m'assura que j'étais un magnifique protecteur des arts. C'était une redoutable brute, bien qu'il eut une passion extraordinaire pour Shakespeare. Il me dit une fois, avec orgueil, que ses cinq banqueroutes étaient entièrement dues au «Barde» comme il l'appelait avec insistance. Il semblait y voir un titre de gloire.

—C'en était un, mon cher Dorian, un véritable. Beaucoup de gens font faillite pour avoir trop osé dans cette ère de prose. Se ruiner pour la poésie est un honneur. Mais quand avez-vous parlé pour la première fois à Miss Sibyl Vane?

—Le troisième soir. Elle avait joué Rosalinde. Je ne pouvais m'y décider. Je lui avais jeté des fleurs et elle m'avait regardé, du moins je me le figurais. Le vieux juif insistait. Il se montra résolu à me conduire sur le théâtre, si bien que je consentis. C'est curieux, n'est-ce pas, ce désir de ne pas faire sa connaissance?

—Non, je ne trouve pas.

—Mon cher Harry, pourquoi donc?

—Je vous le dirai une autre fois. Pour le moment je voudrais savoir ce qu'il advint de la petite?

—Sibyl? Oh! elle était si timide, si charmante. Elle est comme une enfant; ses yeux s'ouvraient tout grands d'étonnement lorsque je lui parlais de son talent; elle semble tout à fait inconsciente de son pouvoir. Je crois que nous étions un peu énervés. Le vieux juif grimaçait dans le couloir du foyer poussiéreux, pérorant sur notre compte, tandis que nous restions à nous regarder comme des enfants. Il s'obstinait à m'appeler «my lord» et je fus obligé d'assurer à Sibyl que je n'étais rien de tel. Elle me dit simplement: «Vous avez bien plutôt l'air d'un prince, je veux vous appeler le prince Charmant.»

—Ma parole, Dorian, miss Sibyl sait tourner un compliment!

—Vous ne la comprenez pas, Harry. Elle me considérait comme un héros de théâtre. Elle ne sait rien de la vie. Elle vit avec sa mère, une vieille femme flétrie qui jouait le premier soir Lady Capulot dans une sorte de peignoir rouge magenta, et semblait avoir connu des jours meilleurs.

—Je connais cet air-là. Il me décourage, murmura lord Harry, en examinant ses bagues.

—Le juif voulait me raconter son histoire, mais je lui dis qu'elle ne m'intéressait pas.

—Vous avez eu raison. Il y a quelque chose d'infiniment mesquin dans les tragédies des autres.

—Sibyl est le seul être qui m'intéresse. Que m'importe d'où elle vient? De sa petite tête à son pied mignon, elle est divine, absolument. Chaque soir de ma vie, je vais la voir jouer et chaque soir elle est plus merveilleuse.

—Voilà pourquoi, sans doute, vous ne dînez plus jamais avec moi. Je pensais bien que vous aviez quelque roman en train; je ne me trompais pas, mais ça n'est pas tout à fait ce que j'attendais.

—Mon cher Harry, nous déjeunons ou nous soupons tous les jours ensemble, et j'ai été à l'Opéra avec vous plusieurs fois, dit Dorian ouvrant ses yeux bleus étonnés.

—Vous venez toujours si horriblement tard.

—Mais je ne puis m'empêcher d'aller voir jouer Sibyl, s'écria-t-il, même pour un seul acte. J'ai faim de sa présence; et quand je songe à l'âme merveilleuse qui se cache dans ce petit corps d'ivoire, je suis rempli d'angoisse!

—Vous pouvez dîner avec moi ce soir, Dorian, n'est-ce pas?

Il secoua la tête.

—Ce soir elle est Imogène, répondit-il, et demain elle sera Juliette.

—Quand est-elle Sibyl Vane?

—Jamais.

—Je vous en félicite.

—Comme vous êtes méchant! Elle est toutes les grandes héroïnes du monde en une seule personne. Elle est plus qu'une individualité. Vous riez, je vous ai dit qu'elle avait du génie. Je l'aime; il faut que je me fasse aimer d'elle. Vous qui connaissez tous les secrets de la vie, dites-moi comment faire pour que Sibyl Vane m'aime! Je veux rendre Roméo jaloux! Je veux que tous les amants de jadis nous entendent rire et en deviennent tristes! Je veux qu'un souffle de notre passion ranime leurs cendres, les réveille dans leur peine! Mon Dieu! Harry, comme je l'adore!

Il allait et venait dans la pièce en marchant; des taches rouges de fièvre enflammaient ses joues. Il était terriblement surexcité.

Lord Henry le regardait avec un subtil sentiment du plaisir. Comme il était différent, maintenant, du jeune garçon timide, apeuré, qu'il avait rencontré dans l'atelier de Basil Hallward. Son naturel s'était développé comme une fleur, épanoui en ombelles d'écarlate. Son âme était sortie, de sa retraite cachée, et le désir l'avait rencontrée.

—Et que vous proposez-vous de faire, dit lord Henry, enfin.

—Je voudrais que vous et Basil veniez avec moi la voir jouer un de ces soirs. Je n'ai pas le plus léger doute du résultat. Vous reconnaîtrez certainement son talent. Alors nous la retirerons des mains du juif. Elle est engagée avec lui pour trois ans, au moins pour deux ans et huit mois à présent. J'aurai quelque chose a payer, sans doute. Quand cela sera fait, je prendrai un théâtre du West-End et je la produirai convenablement. Elle rendra le monde aussi fou que moi.

—Cela serait impossible, mon cher enfant.

—Oui, elle le fera. Elle n'a pas que du talent, que l'instinct consommé de l'art, elle a aussi une vraie personnalité et vous m'avez dit souvent que c'étaient les personnalités et non les talents qui remuaient leur époque.

—Bien, quand irons-nous?

—Voyons, nous sommes mardi aujourd'hui. Demain! Elle joue Juliette demain.

—Très bien, au Bristol à huit heures. J'amènerai Basil.

—Non, pas huit heures, Harry, s'il vous plaît. Six heures et demie. Il faut que nous soyons là avant le lever du rideau. Nous devons la voir dans le premier acte, quand elle rencontre Roméo.

—Six heures et demie! En voilà une heure! Ce sera comme pour un thé ou une lecture de roman anglais. Mettons sept heures. Aucun gentleman ne dîne avant sept heures. Verrez-vous Basil ou dois-je lui écrire?

—Cher Basil! je ne l'ai pas vu depuis une semaine. C'est vraiment mal à moi, car il m'a envoyé mon portrait dans un merveilleux cadre, spécialement dessiné par lui, et quoique je sois un peu jaloux de la peinture qui est d'un mois plus jeune que moi, je dois reconnaître que je m'en délecte. Peut-être vaudrait-il mieux que vous lui écriviez, je ne voudrais pas le voir seul. Il me dit des choses qui m'ennuient, il me donne de bons conseils.

Lord Henry sourit:

—On aime beaucoup à se débarrasser de ce dont on a le plus besoin. C'est ce que j'appelle l'abîme de la générosité.

—Oh! Basil est le meilleur de mes camarades, mais il me semble un peu philistin. Depuis que je vous connais, Harry, j'ai découvert cela.

—Basil, mon cher enfant, met tout ce qu'il y a de charmant en lui, dans ses oeuvres. La conséquence en est qu'il ne garde pour sa vie que ses préjugés, ses principes et son sens commun. Les seuls artistes que j'aie connus et qui étaient personnellement délicieux étaient de mauvais artistes. Les vrais artistes n'existent que dans ce qu'ils font et ne présentent par suite aucun intérêt en eux-mêmes. Un grand poète, un vrai grand poète, est le plus prosaïque des êtres. Mais les poètes inférieurs sont les plus charmeurs des hommes. Plus ils riment mal, plus ils sont pittoresques. Le simple fait d'avoir publié un livre de sonnets de second ordre, rend un homme parfaitement irrésistible. Il vit le poème qu'il ne peut écrire; les autres écrivent le poème qu'ils n'osent réaliser.

—Je crois que c'est vraiment ainsi, Harry? dit Dorian Gray parfumant son mouchoir a un gros flacon au bouchon d'or qui se trouvait sur la table. Cela doit être puisque vous le dites. Et maintenant je m'en vais. Imogène m'attend, n'oubliez pas pour demain.... Au revoir.

Dès qu'il fut parti, les lourdes paupières de lord Henry se baissèrent et il se mit à réfléchir. Certes, peu d'êtres l'avaient jamais intéressé au même point que Dorian Gray et même la passion de l'adolescent pour quelque autre lui causait une affre légère d'ennui ou de jalousie. Il en était content. Il se devenait à lui-même ainsi un plus intéressant sujet d'études. Il avait toujours été dominé par le goût des sciences, mais les sujets ordinaires des sciences naturelles lui avaient paru vulgaires et sans intérêt. De sorte qu'il avait commencé à s'analyser lui-même et finissait par analyser les autres. La vie humaine, voilà ce qui paraissait la seule chose digne d'investigation. Nulle autre chose par comparaison, n'avait la moindre valeur. C'était vrai que quiconque regardait la vie et son étrange creuset de douleurs et de joies, ne pouvait supporter sur sa face le masque de verre du chimiste, ni empêcher les vapeurs sulfureuses de troubler son cerveau et d'embuer son imagination de monstrueuses fantaisies et de rêves difformes. Il y avait des poisons si subtils que pour connaître leurs propriétés, il fallait les éprouver soi-même. Il y avait des maladies si étrange qu'il fallait les avoir supportées pour en arriver à comprendre leur nature. Et alors, quelle récompense! Combien merveilleux devenait le monde entier! Noter l'âpre et étrange logique des passions, la vie d'émotions et de couleurs de l'intelligence, observer où elles se rencontrent et où elles se séparent, comment elles vibrent à l'unisson et comment elles discordent, il y avait à cela une véritable jouissance! Qu'en importait le prix? On ne pouvait jamais payer trop cher de telles sensations.

Il avait conscience—et cette pensée faisait étinceler de plaisir ses yeux d'agate brune—que c'était à cause de certains mots de lui, des mots musicaux, dits sur un ton musical que l'âme de Dorian Gray s'était tournée vers cette blanche jeune fille et était tombée en adoration devant elle. L'adolescent était en quelque sorte sa propre création. Il l'avait fait s'ouvrir prématurément à la vie. Cela était bien quelque chose. Les gens ordinaires attendent que la vie leur découvre elle-même ses secrets, mais au petit nombre, à l'élite, ses mystères étaient révélés avant que le voile en fût arraché. Quelquefois c'était un effet de l'art, et particulièrement de la littérature qui s'adresse directement aux passions et à l'intelligence. Mais de temps en temps, une personnalité complexe prenait la pince de l'art, devenait vraiment ainsi en son genre une véritable oeuvre d'art, la vie ayant ses chefs-d'oeuvres, tout comme la poésie, la sculpture ou la peinture.

Oui, l'adolescent était précoce. Il moissonnait au printemps. La poussée de la passion et de la jeunesse était en lui, mais il devenait peu à peu conscient de lui-même. C'était une joie de l'observer. Avec sa belle figure et sa belle âme, il devait faire rêver. Pourquoi s'inquiéter de la façon dont cela finirait, ou si cela, même devait avoir une fin!... Il était comme une de ses gracieuses figures d'un spectacle, dont les joies nous sont étrangères, mais dont les chagrins nous éveillent au sentiment de la beauté, et dont les blessures sont comme des roses rouges.

L'âme et le corps, le corps et l'âme, quels mystères! Il y a de l'animalité dans l'âme, et le corps a ses moments de spiritualité. Les sens peuvent s'affiner et l'intelligence se dégrader. Qui pourrait dire où cessent les impulsions de la chair et où commencent les suggestions psychiques.

Combien sont bornées les arbitraires définitions des psychologues! Et quelle difficulté de décider entre les prétentions des diverses écoles! L'âme était-elle une ombre recluse dans la maison du péché! Ou bien le corps ne faisait-il réellement qu'un avec l'âme, comme le pensait Giordano Bruno. La séparation de l'esprit et de la matière était un mystère et c'était un mystère aussi que l'union de la matière et de l'esprit.

Il se demandait comment nous tentions de faire de la psychologie une science si absolue qu'elle pût nous révéler les moindres ressorts de la vie.... A la vérité, nous nous trompons constamment nous-mêmes et nous comprenons rarement les autres. L'expérience n'a pas de valeur éthique. C'est seulement le nom que les hommes donnent à leurs erreurs. Les moralistes l'ont regardée d'ordinaire comme une manière d'avertissement, ont réclamé pour elle une efficacité éthique dans la formation des caractères, l'ont vantée comme quelque chose qui nous apprenait ce qu'il fallait suivre, et nous montrait ce que nous devions éviter. Mais il n'y a aucun pouvoir actif dans l'expérience. Elle est aussi peu de chose comme mobile que la conscience elle-même. Tout ce qui est vraiment démontré, c'est que notre avenir pourra être ce que fut notre passé et que le péché où nous sommes tombés une fois avec dégoût, nous le commettrons encore bien des fois, et avec plaisir.

Il demeurait évident pour lui que la méthode expérimentale était la seule par laquelle on put arriver à quelque analyse scientifique des passions; et Dorian Gray était certainement un sujet fait pour lui et qui semblait promettre de riches et fructueux résultats. Sa passion soudaine pour Sibyl Vane n'était pas un phénomène psychologique de mince intérêt. Sans doute la curiosité y entrait pour une grande part, la curiosité et le désir d'acquérir une nouvelle expérience; cependant ce n'était pas une passion simple mais plutôt une complexe. Ce qu'elle contenait de pur instinct sensuel de puberté avait été transformé par le travail de l'imagination, et changé en quelque chose qui semblait à l'adolescent étranger aux sens et n'en était pour cela que plus dangereux. Les passions sur l'origine desquelles nous nous trompons, nous tyrannisent plus fortement que toutes les autres. Nos plus faibles mobiles sont ceux de la nature desquels nous sommes conscients. Il arrive souvent que lorsque nous pensons faire une expérience sur les autres nous en faisons une sur nous-mêmes.

Pendant que Lord Henry, assis, rêvait sur ces choses, on frappa à la porte et son domestique entra et lui rappela qu'il était temps de s'habiller pour dîner. Il se leva et jeta un coup d'oeil dans la rue. Le soleil couchant enflammait de pourpre et d'or les fenêtres hautes des maisons d'en face. Les carreaux étincelaient comme des plaques de métal ardent. Au-dessus, le ciel semblait une rose fanée. Il pensa à la vitalité impétueuse de son jeune ami et se demanda comment tout cela finirait.

Lorsqu'il rentra chez lui, vers minuit et demie, il trouva un télégramme sur sa table. Il l'ouvrit et s'aperçut qu'il était de Dorian Gray. Il lui faisait savoir qu'il avait promis le mariage à Sibyl Vane.

V

—Mère, mère, que je suis contente! soupirait la jeune fille, ensevelissant sa figure dans le tablier de la vieille femme aux traits fatigués et flétris qui, le dos tourné à la claire lumière des fenêtres, était assise dans l'unique fauteuil du petit salon pauvre. «Je suis si contente! répétait-elle, il faut que vous soyez contente aussi!

Mme Vane tressaillit et posa ses mains maigres et blanchies au bismuth sur la tête de sa fille.

—Contente! répéta-t-elle, je ne suis contente, Sibyl, que lorsque je vous vois jouer. Vous ne devez pas penser à autre chose. M. Isaacs a été très bon pour nous et nous lui devons de l'argent.

La jeune fille leva une tête boudeuse.

—De l'argent! mère, s'écria-t-elle, qu'est-ce que ça veut dire? L'amour vaut mieux que l'argent.

—M. Isaacs nous a avancé cinquante livres pour payer nos dettes et pour acheter un costume convenable à James. Vous ne devez pas oublier cela, Sibyl. Cinquante livres font une grosse somme. M. Isaacs a été très aimable.

—Ce n'est pas un gentleman, mère, et je déteste la manière dont il me parle, dit la jeune fille; se levant et se dirigeant vers la fenêtre.

—Je ne sais pas comment nous nous en serions tirés sans lui, répliqua la vieille femme en gémissant.

Sibyl Vane secoua la tête et se mit à rire.

—Nous n'aurons plus besoin de lui désormais, mère. Le Prince Charmant s'occupe de nous.

Elle s'arrêta; une rougeur secoua son sang et enflamma ses joues. Une respiration haletante entr'ouvrit les pétales de ses lèvres tremblantes. Un vent chaud de passion sembla l'envelopper et agiter les plis gracieux de sa robe.

—Je l'aime! dit-elle simplement.

—Folle enfant! folle enfant! fut la réponse accentuée d'un geste grotesque des doigts recourbés et chargés de faux bijoux de la vieille.

L'enfant rit encore. La joie d'un oiseau en cage était dans sa voix. Ses yeux saisissaient la mélodie et la répercutaient par leur éclat; puis ils se fermaient un instant comme pour garder leur secret. Quand ils s'ouvrirent de nouveau, la brume d'un rêve avait passé sur eux. La Sagesse aux lèvres minces lui parlait dans le vieux fauteuil, lui soufflant cette prudence inscrite au livre de couardise sous le nom de sens commun. Elle n'écoutait pas. Elle était libre dans la prison de sa passion. Son prince, le Prince Charmant était avec elle. Elle avait recouru à la Mémoire pour le reconstituer. Elle avait envoyé son âne à sa recherche et il était venu. Ses baisers brûlaient ses lèvres. Ses paupières étaient chaudes de son souffle.

Alors la Sagesse changea de méthode et parla d'enquête et d'espionnage. Le jeune homme pouvait être riche, et dans ce cas on pourrait songer au mariage. Contre la coquille de son oreille se mouraient les vagues de la ruse humaine. Les traits astucieux la criblaient. Elle s'aperçut que les lèvres fines remuaient, et elle sourit....

Soudain elle éprouva le besoin de parler. Le monologue de la vieille la gênait.

—Mère, mère, s'écria-t-elle, pourquoi m'aime-t-il tant? Moi, je sais pourquoi je l'aime. C'est parce qu'il est tel que pourrait être l'Amour lui-même. Mais que voit-il en moi? Je ne suis pas digne de lui. Et cependant je ne saurais dire pourquoi, tout en me trouvant fort inférieure à lui, je ne me sens pas humble. Je suis fière, extrêmement fière.... Mère, aimiez-vous mon père comme j'aime le prince Charmant?

La vieille femme pâlit sous la couche de poudre qui couvrait ses joues, et ses lèvres desséchées se tordirent dans un effort douloureux. Sibyl courut à elle, entoura son cou de ses bras et l'embrassa.

—Pardon, mère, je sais que cela vous peine de parler de notre père. Mais ce n'est que parce que vous l'aimiez trop. Ne soyez pas si triste. Je suis aussi heureuse aujourd'hui que vous l'étiez il y a vingt ans. Ah! puisse-je être toujours heureuse!

—Mon enfant, vous êtes beaucoup trop jeune pour songer à l'amour. Et puis, que savez-vous de ce jeune homme? Vous ignorez même son nom. Tout cela est bien fâcheux et vraiment, au moment où James va partir en Australie et où j'ai tant de soucis, je trouve que vous devriez vous montrer moins inconsidérée. Cependant, comme je l'ai déjà dit, s'il est riche....

—Ah! mère, mère! laissez-moi être heureuse!

Mme Vane la regarda et avec un de ces faux gestes scéniques qui deviennent si souvent comme une seconde nature chez les acteurs, elle serra sa fille entre ses bras. A ce moment, la porte s'ouvrit et un jeune garçon aux cheveux bruns hérissés entra dans la chambre. Il avait la figure pleine, de grands pieds et de grandes mains et quelque chose de brutal dans ses mouvements. Il n'avait pas la distinction de sa soeur. On eût eu peine à croire à la proche parenté qui les unissait. Mme Vane fixa les yeux sur lui et accentua son sourire. Elle élevait mentalement son fils à la dignité d'un auditoire. Elle était certaine que ce tableau devait être touchant.

—Vous devriez garder un peu de vos baisers pour moi, Sibyl, dit le jeune homme avec un grognement amical.

—Ah! mais vous n'aimez pas qu'on vous embrasse, Jim, s'écria-t-elle; vous êtes un vilain vieil ours. Et elle se mit à courir dans la chambre et à le pincer.

James Vane regarda sa soeur avec tendresse.

—Je voudrais que vous veniez vous promener avec moi, Sibyl. Je crois bien que je ne reverrai plus jamais ce vilain Londres et certes je n'y tiens pas.

—Mon fils, ne dites pas d'aussi tristes choses, murmura Mme Vane, ramassant en soupirant un prétentieux costume de théâtre et en se mettant à le raccommoder. Elle était un peu désappointée de ce qu'il était arrivé trop tard pour se joindre au groupe de tout à l'heure. Il aurait augmenté le pathétique de la situation.

—Pourquoi pas, mère, je le pense.

—Vous me peinez, mon fils. J'espère que vous reviendrez d'Australie avec une belle position. Je crois qu'il n'y a aucune société dans les colonies ou rien de ce qu'on peut appeler une société, aussi quand vous aurez fait fortune, reviendrez-vous prendre votre place à Londres.

—La société, murmura le jeune homme.... Je ne veux rien en connaître. Je voudrais gagner assez d'argent pour vous faire quitter le théâtre, vous et Sibyl. Je le hais.

—Oh! Jim! dit Sibyl en riant, que vous êtes peu aimable! Mais venez-vous réellement promener avec moi. Ce serait gentil! Je craignais que vous n'alliez dire au revoir à quelques-uns de vos amis, à Tom Hardy, qui vous a donné cette horrible pipe, ou à Ned Langton qui se moque de vous quand vous la fumez. C'est très aimable de votre part de m'avoir conservé votre dernière après-midi. Où irons-nous? Si nous allions au Parc!

—Je suis trop râpé, répliqua-t-il en se renfrognant. Il n'y a que les gens chics qui vont au Parc.

—Quelle bêtise, Jim, soupira-t-elle en passant la main sur la manche de son veston.

Il hésita un moment.

—Je veux bien, dit-il enfin, mais ne soyez pas trop longtemps à votre toilette.

Elle sortit en dansant.... On put l'entendre chanter en montant l'escalier et ses petits pieds trottinèrent au-dessus....

Il parcourut la chambre deux ou trois fois. Puis se tournant vers la vieille, immobile dans son fauteuil:

—Mère, mes affaires sont-elles préparées? demanda-t-il.

—Tout est prêt, James, répondit-elle, les yeux sur son ouvrage.

Pendant des mois elle s'était sentie mal a l'aise lorsqu'elle se trouvait seule avec ce fils, dur et sévère. Sa légèreté naturelle se troublait lorsque leurs yeux se rencontraient. Elle se demandait toujours s'il ne soupçonnait rien. Comme il ne faisait aucune observation, le silence lui devint intolérable. Elle commença à geindre. Les femmes se défendent en attaquant, de même qu'elles attaquent par d'étranges et soudaines défaites.

—J'espère que vous serez satisfait de votre existence d'outre-mer, James, dit-elle. Il faut vous souvenir que vous l'avez choisie vous-même. Vous auriez pu entrer dans l'étude d'un avoué. Les avoués sont une classe très respectable et souvent, à la campagne, ils dînent dans les meilleures familles.

—Je hais les bureaux et je hais les employés, répliqua-t-il. Mais vous avez tout à fait raison. J'ai choisi moi-même mon genre de vie. Tout ce que je puis vous dire, c'est de veiller sur Sibyl. Ne permettez pas qu'il lui arrive malheur. Mère, il faut que vous veilliez sur elle.

—James, vous parlez étrangement. Sans doute, je veille sur Sibyl.

—J'ai entendu dire qu'un monsieur venait chaque soir au théâtre et passait dans la coulisse pour lui parler. Est-ce bien? Qu'est-ce que cela veut dire?

—Vous parlez de choses que vous ne comprenez pas, James. Dans notre profession, nous sommes habituées à recevoir beaucoup d'hommages. Moi-même, dans le temps, j'ai reçu bien des fleurs. C'était lorsque notre art était vraiment compris. Quant à Sibyl, je ne puis encore savoir si son attachement est sérieux ou non. Mais il n'est pas douteux que le jeune homme en question ne soit un parfait gentleman. Il est toujours extrêmement poli avec moi. De plus, il a l'air d'être riche et les fleurs qu'il envoie sont délicieuses.

—Vous ne savez pas son nom pourtant? dit-il âprement.

—Non, répondit placidement sa mère. Il n'a pas encore révélé son nom. Je crois que c'est très romanesque de sa part. C'est probablement un membre de l'aristocratie.

James Vane se mordit la lèvre....

—Veillez sur Sibyl, mère, s'écria-t-il, veillez sur elle!

—Mon fils, vous me désespérez. Sibyl est toujours sous ma surveillance particulière. Sûrement, si ce gentleman est riche, il n'y a aucune raison pour qu'elle ne contracte pas une alliance avec lui. Je pense que c'est un aristocrate. Il en a toutes les apparences, je dois dire. Cela pourrait être un très brillant mariage pour Sibyl. Ils feraient un charmant couple. Ses allures sont tout à fait à son avantage. Tout le monde les a remarquées.

Le jeune homme grommela quelques mots et se mit à tambouriner sur les vitres avec ses doigts épais. Il se retournait pour dire quelque chose lorsque Sibyl entra en courant....

—Comme vous êtes sérieux tous les deux! dit-elle. Qu'y a-t-il?

—Rien, répondit-il, je crois qu'on doit être sérieux quelquefois. Au revoir, mère, je dînerai à cinq heures. Tout est emballé excepté mes chemises; aussi ne vous inquiétez pas.

—Au revoir, mon fils, dit-elle avec un salut théâtral.

Elle était très ennuyée du ton qu'il avait pris avec elle et quelque chose dans son regard l'avait effrayée.

—Embrassez-moi, mère, dit la jeune fille.

Ses lèvres en fleurs se posèrent sur les joues flétries de la vieille et les ranimèrent.

—Mon enfant! mon enfant! s'écria Mme Vane, les yeux au plafond cherchant une galerie imaginaire.

—Venez, Sibyl, dit le frère impatienté.

Il détestait les affectations maternelles.

Ils sortirent et descendirent la triste Euston Road. Une légère brise s'élevait; le soleil brillait gaîment. Les passants avaient l'air étonnés de voir ce lourdaud vêtu d'habits râpés en compagnie d'une aussi gracieuse et distinguée jeune fille. C'était comme un jardinier rustaud marchant une rose à la main.

Jim fronçait les sourcils de temps en temps lorsqu'il saisissait le regard inquisiteur de quelque passant. Il éprouvait cette aversion d'être regardé qui ne vient que tard dans la vie aux hommes célèbres et qui ne quitte jamais le vulgaire. Sibyl, cependant était parfaitement inconsciente de l'effet qu'elle produisait. Son amour épanouissait ses lèvres en sourires. Elle pensait au Prince Charmant et pour pouvoir d'autant plus y rêver, elle n'en parlait pas, mais babillait, parlant du bateau où Jim allait s'embarquer, de l'or qu'il découvrirait sûrement et de la merveilleuse héritière à qui il sauverait la vie en l'arrachant aux méchants *bushrangers* aux chemises rouges. Car il ne serait pas toujours marin, ou commis maritime ou rien de ce qu'il allait bientôt être. Oh non! L'existence d'un marin est trop triste. Etre claquemuré dans un affreux bateau, avec les vagues bossues et rauques qui cherchent à vous envahir, et un vilain vent noir qui renverse les mats et déchire les voiles en longues et sifflantes lanières! Il quitterait le navire à Melbourne, saluerait poliment le capitaine et irait d'abord aux placers. Avant une semaine il trouverait une grosse pépite d'or, la plus grosse qu'on ait découverte et l'apporterait à la côte dans une voiture gardée par six policemen à cheval. Les *bushrangers* les attaqueraient trois fois et seraient battus avec un grand carnage.... Ou bien, non, il n'irait pas du tout aux placers. C'étaient de vilains endroits où les hommes s'enivrent et se tuent dans les bars, et parlent si mal! Il serait un superbe éleveur, et un soir qu'il rentrerait chez lui dans sa voiture, il rencontrerait la belle héritière qu'un voleur serait en train d'enlever sur un cheval noir; il lui donnerait la chasse et la sauverait. Elle deviendrait sûrement amoureuse de lui; ils se marieraient et reviendraient à Londres où ils habiteraient une maison magnifique. Oui, il aurait des aventures charmantes. Mais il faudrait qu'il se conduisît bien, n'usât point sa santé et ne dépensât pas follement son argent. Elle n'avait qu'un an de plus que lui, mais elle connaissait tant la vie! Il faudrait aussi qu'il lui écrivît à chaque courrier et qu'il dît ses prières tous les soirs avant de se coucher. Dieu était très bon et veillerait sur lui. Elle prierait aussi pour lui, et dans quelques années il reviendrait parfaitement riche et heureux.

Le jeune homme l'écoutait avec maussaderie, et ne répondait rien. Il était plein de la tristesse de quitter son *home*.

Encore n'était-ce pas tout cela qui le rendait soucieux et morose. Tout inexpérimenté qu'il fût, il avait un vif sentiment des dangers de la position de Sibyl. Le jeune dandy qui lui fait la cour ne lui disait rien de bon. C'était un gentleman et il le détestait pour cela, par un curieux instinct de race dont il ne pouvait lui-même se rendre compte, et qui pour cette raison le dominait d'autant plus. Il connaissait aussi la futilité et la vanité de sa mère et il y voyait un péril pour Sibyl et pour le bonheur de celle-ci. Les enfants commencent par aimer leurs parents; en vieillissant ils les jugent; quelquefois ils les oublient. Sa mère! Il avait en lui-même une question à résoudre à propos d'elle, une question qu'il couvait depuis des mois de silence. Une phrase hasardée qu'il avait entendue au théâtre, un ricanement étouffé qu'il avait saisi un soir en attendant à la porte des coulisses, lui avaient suggéré d'horribles pensées. Tout cela lui revenait à l'esprit comme un coup de fouet en pleine figure. Ses sourcils se rejoignirent dans une contraction involontaire, et dans un spasme douloureux, il se mordit la lèvre inférieure.

—Vous n'écoutez pas un mot de ce que je dis, Jim, s'écria Sibyl, et je fais les plans les plus magnifiques sur votre avenir. Dites-donc quelque chose....

—Que voulez-vous que je vous dise?

—Oh! que vous serez un bon garçon et que vous ne nous oublierez pas, répondit-elle en lui souriant.

Il haussa les épaules.

—Vous êtes bien plus capable de m'oublier que moi de vous oublier, Sibyl.

Elle rougit....

—Que voulez-vous dire, Jim?

—Vous avez un nouvel ami, m'a-t-on dit. Qui est-il? Pourquoi ne m'en avez-vous pas encore parlé? Il ne vous veut pas de bien.

—Arrêtez, Jim! s'écria-t-elle; il ne faut rien dire contre lui. Je l'aime!

—Comment, vous ne savez même pas son nom, répondit le jeune homme. Qui est-il? j'ai le droit de le savoir.

—Il s'appelle le Prince Charmant. N'aimez-vous pas ce nom. Méchant garçon, ne l'oubliez jamais. Si vous l'aviez seulement vu, vous l'auriez jugé l'être le plus merveilleux du monde. Un jour vous le rencontrerez quand vous reviendrez d'Australie. Vous l'aimerez beaucoup. Tout le monde l'aime, et moi.... je l'adore! Je voudrais que vous puissiez venir au théâtre ce soir. Il y sera et je jouerai Juliette. Oh! comme je jouerai! Pensez donc, Jim! être amoureuse et jouer Juliette! Et le voir assis en face de moi! Jouer pour son seul plaisir! J'ai peur d'effrayer le public, de l'effrayer ou de le subjuguer. Etre amoureuse, c'est se surpasser. Ce pauvre M. Isaacs criera au génie à tous ses fainéants du bar. Il me prêchait comme un dogme; ce soir, il m'annoncera comme une révélation, je le sens. Et c'est son oeuvre à lui seul, au Prince Charmant, mon merveilleux amoureux, mon Dieu de grâces. Mais je suis pauvre auprès de lui. Pauvre? Qu'est-ce que ça fait? Quand la pauvreté entre sournoisement par la porte, l'amour s'introduit par la fenêtre. On devrait refaire nos proverbes. Ils ont été inventés en hiver et maintenant voici l'été, c'est le printemps pour moi, je pense, une vraie ronde de fleurs dans le ciel bleu.

—C'est un gentleman, dit le frère revêche.

—Un prince! cria-t-elle musicalement, que voulez-vous de plus?

—Il veut faire de vous une esclave!

—Je frémis à l'idée d'être libre!

—Il faut vous méfier de lui.

—Quand on le voit, on l'estime; quand on le connaît, on le croit.

—Sibyl, vous êtes folle!

Elle se mit à rire et lui prit le bras.

—Cher vieux Jim, vous parlez comme si vous étiez centenaire. Un jour, vous serez amoureux vous-même, alors vous saurez ce que c'est. N'ayez pas l'air si maussade. Vous devriez sûrement être content de penser que, bien que vous partiez, vous me laissez plus heureuse que je n'ai jamais été. La vie a été dure pour nous, terriblement dure et difficile. Maintenant ce sera différent. Vous allez vers un nouveau monde, et moi j'en ai découvert un!... Voici deux chaises, asseyons-nous et regardons passer tout ce beau monde.

Ils s'assirent au milieu d'un groupe de badauds. Les plants de tulipes semblaient de vibrantes bagues de feu. Une poussière blanche comme un nuage tremblant d'iris se balançait dans l'air embrasé. Les ombrelles aux couleurs vives allaient et venaient comme de gigantesques papillons.

Elle fit parler son frère de lui-même, de ses espérances et de ses projets. Il parlait doucement avec effort. Ils échangèrent les paroles comme des joueurs se passent les jetons. Sibyl était oppressée, ne pouvant communiquer sa joie. Un faible sourire ébauché sur des lèvres moroses était tout l'écho qu'elle parvenait à éveiller. Après quelque temps, elle devint silencieuse, Soudain elle saisit au passage la vision d'une chevelure dorée et d'une bouche riante, et dans une voiture découverte, Dorian Gray passa en compagnie de deux dames.

Elle bondit sur ses pieds.

—Le voici! cria-t-elle.

—Qui? dit Jim Vane.

—Le Prince Charmant! répondit-elle regardant la victoria.

Il se leva vivement et la prenant rudement par le bras:

—Montrez-le moi avec votre doigt! Lequel est-ce? je veux le voir! s'écria-t-il; mais au même moment le mail du duc de Berwick passa devant eux, et lorsque la place fut libre de nouveau, la victoria avait disparu du Pare.

—Il est parti, murmura tristement Sibyl, j'aurais voulu vous le montrer.

—Je l'aurais voulu également, car, aussi vrai qu'il y a un Dieu au ciel, s'il vous fait quelque tort, je le tuerai!...

Elle le regarda avec horreur! Il répéta ces paroles qui coupaient l'air comme un poignard.... Les passants commençaient à s'amasser. Une dame tout près d'eux ricanait.

—Venez, Jim, venez, souffla-t-elle.

Et il la suivit comme un chien à travers la foule. Il semblait satisfait de ce qu'il avait dit.

Arrivés à la statue d'Achille, ils tournèrent autour du monument. La tristesse qui emplissait ses yeux se changea en un sourire. Elle secoua la tête.

—Vous êtes fou, Jim, tout à fait fou!... Vous avez un mauvais caractère, voilà tout. Comment pouvez-vous dire d'aussi vilaines choses? Vous ne savez pas de quoi vous parlez. Vous êtes simplement jaloux et malveillant. Ah! je voudrais que vous fussiez amoureux. L'amour rend meilleur et tout ce que vous dites est très mal.

—J'ai seize ans, répondit-il, et je sais ce que je suis. Mère ne vous sert à rien. Elle ne sait pas comment il faut vous surveiller; je voudrais maintenant ne plus aller en Australie. J'ai une grande envie d'envoyer tout promener. Je le ferais si mon engagement n'était pas signé.

—Oh! ne soyez pas aussi sérieux, Jim! Vous ressemblez à un des héros de ces absurdes mélodrames dans lesquelles mère aime tant à jouer. Je ne veux pas me quereller avec vous. Je l'ai vu, et le voir est le parfait bonheur. Ne nous querellons pas; je sais bien que vous ne ferez jamais de mal à ceux que j'aime, n'est-ce pas?

—Non, tant que vous l'aimerez, fut sa menaçante réponse.

—Je l'aimerai toujours, s'écria-t-elle.

—Et lui?

—Lui aussi, toujours!

—Il fera bien!

Elle recula, puis avec un bon rire, elle lui prit le bras. Ce n'était après tout qu'un enfant....

A l'Arche de Marbre, ils hélèrent un omnibus qui les déposa tout près de leur misérable logis de Euston Road. Il était plus de cinq heures, et Sibyl devait dormir une heure ou deux avant de jouer. Jim insista pour qu'elle n'y manquât pas. Il voulut de suite lui faire ses adieux pendant que leur mère était absente; car elle ferait une scène et il détestait les scènes quelles qu'elles fussent.

Ils se séparèrent dans la chambre de Sibyl. Le coeur du jeune homme était plein de jalousie, et d'une haine ardente et meurtrière contre cet étranger qui, lui semblait-il, venait se placer entre eux. Cependant lorsqu'elle lui mit les bras autour du cou et que ses doigts lui caressèrent les cheveux, il s'attendrit et l'embrassa avec une réelle affection. Ses yeux étaient pleins de larmes lorsqu'il descendit.

Se mère l'attendait en bas. Elle bougonna sur son retard lorsqu'il entra. Il ne répondit rien, et s'assit devant son maigre repas. Les mouches voletaient autour de la table et se promenaient sur la nappe tachée. A travers le bruit des omnibus et des voitures qui montait de la rue, il percevait le bourdonnement qui devorait chacune des minutes lui restant à vivre là....

Après un moment, il écarta son assiette et cacha sa tête dans ses mains. Il lui semblait qu'il avait le droit de savoir. On le lui aurait déjà dit si c'était ce qu'il pensait. Sa mère le regardait, pénétrée de crainte. Les mots tombaient de ses lèvres, machinalement. Un mouchoir de dentelle déchiré s'enroulait à ses doigts. Lorsque six heures sonnèrent, il se leva et alla vers la porte. Il se retourna et la regarda. Leurs yeux se rencontrèrent. Elle semblait demander pardon. Cela l'enragea....

—Mère, j'ai quelque chose à vous demander, dit-il. Elle ne répondit pas et ses yeux vaguèrent par la chambre.

—Dites-moi la vérité, j'ai besoin de la connaître. Etiez-vous mariée avec mon père?

Elle poussa un profond soupir. C'était un soupir de soulagement. Le moment terrible, ce moment que jour et nuit, pendant des semaines et des mois, elle attendait craintivement était enfin venu et elle ne se sentait pas effrayée. C'était vraiment pour elle comme un désappointement. La question ainsi vulgairement posée demandait une réponse directe. La situation n'avait pas été amenée graduellement. C'était cru. Cela lui semblait comme une mauvaise répétition.

—Non, répondit-elle, étonnée de la brutale simplicité de la vie.

—Mon père était un gredin, alors! cria le jeune homme en serrant les poings.

Elle secoua la tête:

—Je savais qu'il n'était pas libre. Nous nous aimions beaucoup tous deux. S'il avait vécu, il aurait amassé pour nous. Ne parlez pas contre lui, mon fils. C'était votre père, et c'était un gentleman; il avait de hautes relations.

Un juron s'échappa de ses lèvres:

—Pour moi, ça m'est égal, s'écria-t-il, mais ne laissez pas Sibyl.... C'est un gentleman, n'est-ce pas, qui est son amoureux, du moins il le dit. Il a aussi de belles relations sans doute, lui!

Une hideuse expression d'humiliation passa sur la figure de la vieille femme. Sa tête se baissa, elle essuya ses yeux du revers de ses mains.

—Sibyl a une mère, murmura-t-elle. Je n'en avais pas. Le jeune homme s'attendrit. Il vint vers elle, se baissa et l'embrassa.

—Je suis fâché de vous avoir fait de la peine en vous parlant de mon père, dit-il, mais je n'en pouvais plus. Il faut que je parte maintenant. Au revoir! N'oubliez pas que vous n'avez plus qu'un enfant à surveiller désormais, et croyez-moi, si cet homme fait du tort à ma sœur, je saurai qui il est, je le poursuivrai et le tuerai comme un chien. Je le jure!...

La folle exagération de la menace, le geste passionné qui l'accompagnait et son expression mélodramatique, rendirent la vie plus intéressante aux yeux de la mère. Elle était familiarisée avec ce ton. Elle respira plus librement, et pour la première fois depuis des mois, elle admira réellement son fils. Elle aurait aimé à poursuivre cette scène dans cette note émouvante, mais il coupa court. On avait descendu les malles et préparé les couvertures. La bonne de la logeuse allait et venait, il fallut marchander le cocher. Les instants étaient absorbés par de vulgaires détails. Ce fut avec un nouveau désappointement qu'elle agita le mouchoir de dentelle par la fenêtre quand son fils partit en voiture. Elle sentait qu'une magnifique occasion était perdue. Elle se consola en disant à Sibyl la désolation qui serait désormais, dans sa vie, maintenant qu'elle n'aurait plus qu'un enfant à surveiller. Elle se rappelait cette phrase qui lui avait plu; elle ne dit rien de la menace; elle avait été vivement et dramatiquement exprimée. Elle sentait bien qu'un jour ils en riraient tous ensemble.

VI

—Vous connaissez la nouvelle, Basil, dit lord Henry, un soir que Hallward venait d'arriver dans un petit salon particulier de l'hôtel Bristol, où un dîner pour trois personnes avait été commandé.

—Non, répondit l'artiste en remettant son chapeau et son pardessus au domestique incliné. Quoi de nouveau? Ce n'est pas sur la politique, j'espère; elle ne m'intéresse d'ailleurs pas. Il n'y a sûrement point une seule personne à la Chambre des Communes digne d'être peinte, bien que beaucoup de nos honorables aient grand besoin d'être reblanchis.

—Dorian Gray se marie, dit lord Henry, guettant l'effet de sa réponse.

Hallward sursauta en fronçant les sourcils....

—Dorian Gray se marie, cria-t-il.... Impossible!

—C'est ce qu'il y a de plus vrai.

—Avec qui?

—Avec une petite actrice ou quelque chose de pareil.

—Je ne puis le croire.... Lui, si raisonnable!...

—Dorian est trop sage, effectivement, pour ne pas faire de sottes choses de temps à autre, mon cher Basil.

—Le mariage est une chose qu'on ne peut faire de temps à autre, Harry.

—Excepté en Amérique, riposta lord Henry rêveusement. Mais je n'ai pas dit qu'il était marié. J'ai dit qu'il allait se marier. Il y a là une grande différence. Je me souviens parfaitement d'avoir été marié, mais je ne me rappelle plus d'avoir été fiancé. Je crois plutôt que je n'ai jamais été fiancé.

—Mais, je vous en prie, pensez à la naissance de Dorian, à sa position, à sa fortune.... Ce serait absurde de sa part d'épouser une personne pareillement au-dessous de lui.

—Si vous désirez qu'il épouse cette fille, Basil, vous n'avez qu'à lui dire ça. Du coup, il est sûr qu'il le fera. Chaque fois qu'un homme fait une chose manifestement stupide, il est certainement poussé à la faire pour les plus nobles motifs.

—J'espère pour lui, Harry, que c'est une bonne fille. Je n'aimerais pas voir Dorian lié à quelque vile créature, qui dégraderait sa nature et ruinerait son intelligence.

—Oh! elle est mieux que bonne, elle est belle, murmura lord Henry, sirotant un verre de vermouth aux oranges amères. Dorian dit qu'elle est belle, et il ne se trompe pas sur ces choses. Son portrait par vous a singulièrement hâté son appréciation sur l'apparence physique des gens; oui, il a eu, entre autres, cet excellent effet. Nous devons la voir ce soir, si notre ami ne manque pas au rendez-vous.

—Vous êtes sérieux?

—Tout à fait, Basil. Je ne l'ai jamais été plus qu'en ce moment.

—Mais approuvez-vous cela, Harry? demanda le peintre, marchant de long en large dans la chambre, et mordant ses lèvres. Vous ne pouvez l'approuver! Il y a là un paradoxe de votre part.

—Je n'approuve jamais quoi que ce soit, et ne désapprouve davantage. C'est prendre dans la vie une attitude absurde. Nous ne sommes pas mis au monde pour combattre nos préjugés moraux. Je ne fais pas attention à ce que disent les gens vulgaires, et je n'interviens jamais dans ce que peuvent faire les gens charmants. Si une personnalité m'attire, quel que soit le mode d'expression que cette personnalité puisse choisir, je le trouve tout à fait charmant. Dorian Gray tombe amoureux d'une belle fille qui joue Juliette et se propose de l'épouser. Pourquoi pas?... Croyez-vous que s'il épousait Messaline, il en serait moins intéressant? Vous savez que je ne suis pas un champion du mariage. Le seul mécompte du mariage est qu'il fait celui qui le le consomme un altruiste; et les altruistes sont sans couleur; ils manquent d'individualité. Cependant, il est certains tempéraments que le mariage rend plus complexes. Ils gardent leur égoïsme et y ajoutent encore. Ils sont forcés d'avoir plus qu'une seule vie. Ils deviennent plus hautement organisés, et être plus hautement organisé, je m'imagine, est l'objet de l'existence de l'homme. En plus, aucune expérience n'est à mépriser, et quoi que l'on puisse dire contre le mariage, ce n'est point une expérience dédaignable. J'espère que Dorian Gray fera de cette jeune fille sa femme, l'adorera passionnément pendant six mois, et se laissera ensuite séduire par quelque autre. Cela nous va être une merveilleuse étude.

—Vous savez bien que vous ne pensez pas un mot de ce que vous dites, Harry; vous le savez mieux que moi. Si la vie de Dorian Gray était gâtée, personne n'en serait plus désolé que vous. Vous êtes meilleur que vous ne prétendez l'être.

Lord Henry se mit à rire.

—La raison pour laquelle nous pensons du bien des autres, est que nous sommes effrayés pour nous-mêmes. La base de l'optimisme est la terreur, tout simplement. Nous pensons être généreux parce que nous gratifions le voisin de la possession de vertus qui nous sont un bénéfice. Nous estimons notre banquier dans l'espérance qu'il saura faire fructifier les fonds à lui confiés, et nous trouvons de sérieuses qualités au voleur de grands chemins qui épargnera nos poches. Je pense tout ce que je dis. J'ai le plus grand mépris pour l'optimisme. Aucune vie n'est gâtée, si ce n'est celle dont la croissance est arrêtée. Si vous voulez gâter un caractère, vous n'avez qu'à tenter de le réformer; quant au mariage, ce serait idiot, car il y a d'autres et de plus intéressantes liaisons entre les hommes et les femmes; elles ont le charme d'être élégantes.... Mais voici Dorian lui-même. Il vous en dira plus que moi.

—Mon cher Harry, mon cher Basil, j'attends vos félicitations, dit l'adolescent en se débarrassant de son mac-farlane doublé de soie, et serrant les mains de ses amis. Je n'ai jamais été si heureux! Comme tout ce qui est réellement délicieux, mon bonheur est soudain, et cependant il m'apparaît comme la seule chose que j'aie cherchée dans ma vie.

Il était tout rose d'excitation et de plaisir et paraissait extraordinairement beau.

—J'espère que vous serez toujours très heureux, Dorian, dit Hallward, mais je vous en veux de m'avoir laissé ignorer vos fiançailles. Harry les connaissait.

—Et je vous en veux d'arriver en retard, interrompit lord Henry en mettant sa main sur l'épaule du jeune homme et souriant à ce qu'il disait. Allons, asseyons-nous et voyons ce que vaut le nouveau chef; vous nous raconterez comment cela est arrivé.

—Je n'ai vraiment rien à vous raconter, s'écria Dorian, comme ils prenaient place autour de la table. Voici simplement ce qui arrive. En vous quittant hier soir, Harry, je m'habillai et j'allai dîner à ce petit restaurant italien de Rupert Street où vous m'avez conduit, puis me dirigeai vers les huit heures au théâtre. Sibyl jouait Rosalinde. Naturellement les décors étaient ignobles et Orlando absurde. Mais Sibyl!... Ah! si vous l'aviez vue! Quand elle vint habillée dans ses habits de garçon, elle était parfaitement adorable. Elle portait un pourpoint de velours mousse avec des manches de nuance cannelle, des hauts-de-chausses marron-clair aux lacets croisés, un joli petit chapeau vert surmonté d'une plume de faucon tenue par un diamant et un capuchon doublé de rouge foncé. Elle ne me sembla jamais plus exquise. Elle avait toute la grâce de cette figurine de Tanagra que vous avez dans votre atelier, Basil. Ses cheveux autour de sa face lui donnaient l'air d'une pâle rose entourée de fouilles sombres. Quant à son jeu!... vous la verrez ce soir!... Elle est née artiste. Je restais dans la loge obscure, absolument sous le charme.... J'oubliais que j'étais à Londres, au XIXe siècle. J'étais bien loin avec mon amour dans une forêt que jamais homme ne vit. Le rideau tombé, j'allais dans les coulisses et lui parlai. Comme nous étions assis l'un à côté de l'autre, un regard brilla soudain dans ses yeux que je n'avais encore surpris. Je lui tendis mes lèvres. Nous nous embrassâmes. Je ne puis vous rapporter ce qu'alors je ressentis. Il me sembla que toute ma vie était centralisée dans un point de joie couleur de rose. Elle fut prise d'un tremblement et vacillait comme un blanc narcisse; elle tomba à mes genoux et me baisa les mains.... Je sens que je ne devrais vous dire cela, mais je ne puis m'en empêcher. Naturellement notre engagement est un secret; elle ne l'a même pas dit à sa mère. Je ne sais pas ce que diront mes tuteurs; lord Radley sera certainement furieux. Ça m'est égal! J'aurai ma majorité avant un an et je ferai ce qu'il me plaira. J'ai eu raison, n'est-ce pas, Basil, de prendre mon amour dans la poésie et de trouver ma femme dans les drames de Shakespeare. Les lèvres auxquelles Shakespeare apprit à parler ont soufflé leur secret à mon oreille. J'ai eu les bras de Rosalinde autour de mon cou et Juliette m'a embrassé sur la bouche.

—Oui, Dorian, je crois que vous avez eu raison, dit Hallward lentement.

—L'avez-vous vue aujourd'hui? demanda lord Henry. Dorian Gray secoua la tête.

—Je l'ai laissée dans la forêt d'Ardennes, je la retrouverai dans un verger à Vérone.

Lord Henry sirotait son Champagne d'un air méditatif.

—A quel moment exact avez-vous prononcé le mot mariage, Dorian? Et que vous répondit-elle?... Peut-être l'avez-vous oublié!...

—Mon cher Harry, je n'ai pas traité cela comme une affaire, et je ne lui ai fait aucune proposition formelle. Je lui dis que je l'aimais, et elle me répondit qu'elle était indigne d'être ma femme. Indigne!... Le monde entier n'est rien, comparé a elle.

—Les femmes sont merveilleusement pratiques, murmura lord Henry, beaucoup plus pratiques que nous. Nous oublions souvent de parler mariage dans de semblables situations et elles nous en font toujours souvenir.

Hallward lui mit la main sur le bras.

—Finissez, Harry.... Vous désobligez Dorian. Il n'est pas comme les autres et ne ferait de peine à personne; sa nature est trop délicate pour cela.

Lord Henry regarda par dessus la table.

—Je n'ennuie jamais Dorian, répondit-il. Je lui ai fait cette question pour la meilleure raison possible, pour la seule raison même qui excuse toute question, la curiosité. Ma théorie est que ce sont toujours les femmes qui se proposent à nous et non nous, qui nous proposons aux femmes...excepté dans la classe populaire, mais la classe populaire n'est pas moderne.

Dorian Gray sourit et remua la tête.

—Vous êtes tout à fait incorrigible, Harry, mais je n'y fais pas attention. Il est impossible de se fâcher avec vous.... Quand vous verrez Sibyl Vane, vous comprendrez que l'homme qui lui ferait de la peine serait une brute, une brute sans coeur. Je ne puis comprendre comment quelqu'un peut humilier l'être qu'il aime. J'aime Sibyl Vane. J'ai besoin de l'élever sur un piédestal d'or, et de voir le monde estimer la femme qui est mienne. Qu'est-ce que c'est que le mariage? Un voeu irrévocable. Vous vous moquez?... Ah! ne vous moquez pas! C'est un voeu irrévocable que j'ai besoin de faire. Sa confiance me fera fidèle, sa foi me fera bon. Quand je suis avec elle, je regrette tout ce que vous m'avez appris. Je deviens différent de ce que vous m'avez connu. Je suis transformé, et le simple attouchement des mains de Sibyl Vane me fait vous oublier, vous et toutes vos fausses, fascinantes, empoisonnées et cependant délicieuses théories.

—Et quelles sont-elles? demanda lord Henry en se servant de la salade.

—Eh! vos théories sur la vie, vos théories sur l'amour, celles sur le plaisir. Toutes vos théories, en un mot, Harry....

—Le plaisir est la seule chose digne d'avoir une théorie, répondit-il de sa lente voix mélodieuse. Je crois que je ne puis la revendiquer comme mienne. Elle appartient à la Nature, et non pas à moi. Le plaisir est le caractère distinctif de la Nature, son signe d'approbation.... Quand nous sommes heureux, nous sommes toujours bons, mais quand nous sommes bons, nous ne sommes pas toujours heureux.

—Ah! qu'entendez-vous par être bon, s'écria Basil Hallward.

—Oui, reprit Dorian, s'appuyant au dossier de sa chaise, et regardant lord Henry par dessus l'énorme gerbe d'iris aux pétales pourprés qui reposait au milieu de la table, qu'entendez-vous par être bon, Harry?

—Etre bon, c'est être en harmonie avec soi-même, répliqua-t-il en caressant de ses fins doigts pâles la tige frêle de son verre, comme être mauvais c'est être en harmonie avec les autres. Sa propre vie —voilà la seule chose importante. Pour les vies de nos semblables, si on désire être un faquin ou un puritain, on peut étendre ses vues morales sur elles, mais elles ne nous concernent pas. En vérité, l'individualisme est réellement le plus haut but. La moralité moderne consiste à se ranger sous le drapeau de son temps. Je considère que le fait par un homme cultivé, de se ranger sous le drapeau de son temps, est une action de la plus scandaleuse immoralité.

—Mais, parfois, Harry, on paie très cher le fait de vivre uniquement pour soi, fit remarquer le peintre.

—Bah! Nous sommes imposés pour tout, aujourd'hui.... Je m'imagine que le côté vraiment tragique de la vie des pauvres est qu'ils ne peuvent offrir autre chose que le renoncement d'eux-mêmes. Les beaux péchés, comme toutes les choses belles, sont le privilège des riches.

—On paie souvent d'autre manière qu'en argent....

—De quelle autre manière, Basil?

—Mais en remords, je crois, en souffrances, en...ayant la conscience de sa propre infamie....

Lord Henry leva ses épaules....

—Mon cher ami, l'art du moyen âge est charmant, mais les médiévales émotions sont périmées.... Elles peuvent servir à la fiction, j'en conviens.... Les seules choses dont peut user la fiction sont, en fait, les choses qui ne peuvent plus nous servir.... Croyez-moi, un homme civilisé ne regrette jamais un plaisir, et jamais une brute ne saura ce que peut être un plaisir.

—Je sais ce que c'est que le plaisir! cria Dorian Gray. C'est d'adorer quelqu'un.

—Cela vaut certainement mieux que d'être adoré, répondit-il, jouant avec les fruits. Être adoré est un ennui. Les femmes nous traitent exactement comme l'Humanité traite ses dieux. Elles nous adorent, mais sont toujours à nous demander quelque chose.

—Je répondrai que, quoi que ce soit qu'elles nous demandent, elles nous l'ont d'abord donné, murmura l'adolescent, gravement; elles ont créé l'amour en nous; elles ont droit de le redemander.

—Tout à fait vrai, Dorian, s'écria Hallward.

—Rien n'est jamais tout à fait vrai, riposta lord Henry.

—Si, interrompit Dorian; vous admettez, Harry, que les femmes donnent aux hommes l'or même de leurs vies.

—Possible, ajouta-t-il, mais elles exigent invariablement en retour un petit change. Là est l'ennui. Les femmes comme quelque spirituel Français l'a dit, nous inspirent le désir de faire des chefs-d'oeuvres, mais nous empêchent toujours d'en venir à bout.

—Quel terrible homme vous êtes, Harry! Je ne sais pourquoi je vous aime autant.

—Vous m'aimerez toujours, Dorian, répliqua-t-il.... Un peu de café, hein, amis!... Garçon, apportez du café, de la fine-champagne, et des cigarettes.... Non, pas de cigarettes, j'en ai.... Basil, je ne vous permets pas de fumer des cigares.... Vous vous contenterez de cigarettes. La cigarette est le type parfait du parfait plaisir. C'est exquis, et ça vous laisse insatisfait. Que désirez-vous de plus? Oui, Dorian, vous m'aimerez toujours. Je vous représente tous les péchés que vous n'avez eu le courage de commettre.

—Quelle sottise me dites-vous, Harry?» dit le jeune homme en allumant sa cigarette au dragon d'argent vomissant du feu que le domestique avait placé sur la table. «Allons au théâtre. Quand Sibyl apparaîtra, vous concevrez un nouvel idéal de vie. Elle vous représentera ce que vous n'avez jamais connu.»

—J'ai tout connu, dit lord Henry avec un regard fatigué, mais toute nouvelle émotion me trouve prêt. Hélas! Je crains qu'il n'y en ait plus pour moi. Cependant, votre merveilleuse jeune fille peut m'émouvoir. J'adore le théâtre. C'est tellement plus réel que la vie. Allons-nous-en.... Dorian, vous monterez avec moi.... Je suis désolé, Basil, mais il n'y a seulement place que pour deux dans mon *brougham*. Vous nous suivrez dans un *hansom*.

Ils se levèrent et endossèrent leurs pardessus, en buvant debout leurs cafés. Le peintre demeurait silencieux et préoccupé; un lourd ennui semblait peser sur lui. Il ne pouvait approuver ce mariage, et cependant cela lui semblait préférable à d'autres choses qui auraient pu arriver.... Quelques minutes après, ils étaient en bas. Il conduisit lui-même, comme c'était convenu, guettant les lanternes brillantes du petit *brougham* qui marchait devant lui. Une étrange sensation de désastre l'envahit. Il sentait que Dorian Gray ne serait jamais à lui comme par le passé. La vie était survenue entre eux....

Ses yeux s'embrumèrent, et ils ne virent plus les rue populeuses étincelantes de lumière.... Quand la voiture s'arrêta devant le théâtre, il lui sembla qu'il était plus vieux d'années....

VII

Par hasard, il se trouva que la salle, ce soir-là était pleine de monde, et le gras *manager* juif, qui les reçut à la porte du théâtre rayonnait d'une oreille à l'autre d'un onctueux et tremblotant sourire. Il les escorta jusqu'à leur loge avec une sorte d'humilité pompeuse, en agitant ses grasses mains chargées de bijoux et parlant de sa voix la plus aiguë.

Dorian Gray se sentit pour lui une aversion plus prononcée que jamais; il venait voir Miranda, pensait-il, et il rencontrait Caliban....

Il paraissait, d'un autre côté, plaire à lord Henry; ce dernier même se décida à lui témoigner sa sympathie d'une façon formelle en lui serrant la main et l'affirmant qu'il était heureux d'avoir rencontré un homme qui avait découvert un réel talent et faisait banqueroute pour un poëte.

Hallward s'amusa à observer les personnes du parterre.... La chaleur était suffocante et le lustre énorme avait l'air, tout flambant, d'un monstrueux dahlia aux pétales de feu jaune. Les jeunes gens des galeries avaient retiré leurs jaquettes et leurs gilets et se penchaient sur les balustrades. Ils échangeaient des paroles d'un bout à l'autre du théâtre et partageaient des oranges avec des filles habillées de couleurs voyantes, assises à côté d'eux. Quelques femmes riaient au parterre. Leurs voix étaient horriblement perçantes et discordantes. Un bruit de bouchons sautant arrivait du bar.

—Quel endroit pour y rencontrer sa divinité, dit lord Henry.

—Oui, répondit Dorian Gray. C'est ici que je la rencontrai, et elle est divine au-delà de tout ce qu'on peut concevoir. Vous oublierez toute chose quand elle jouera. On ne fait plus attention à cette populace rude et commune, aux figures grossières et aux gestes brutaux dès qu'elle entre en scène; ces gens demeurent silencieux et la regardent; ils pleurent, et rient comme elle le veut; elle joue sur eux comme sur un violon; elle les spiritualise, en quelque sorte, et l'on sent qu'ils ont la même chair et le même sang que soi-même.

—La même chair et le même sang que soi-même! Oh! je ne crois pas, s'exclama lord Henry qui passait en revue les spectateurs de la galerie avec sa lorgnette.

—Ne faites pas attention à lui, Dorian, dit le peintre. Je sais, moi, ce que vous voulez dire et je crois en cette jeune fille. Quiconque vous aimez doit le mériter et la personne qui a produit sur vous l'effet que vous nous avez décrit doit être noble et intelligente. Spiritualiser ses contemporains, c'est quelque chose d'appréciable.... Si cette jeune fille peut donner une âme à ceux qui jusqu'alors ont vécu sans en avoir une, si elle peut révéler le sens de la Beauté aux gens dont les vies furent sordides et laides, si elle peut les dépouiller de leur égoïsme, leur prêter des larmes de tristesse qui ne sont pas leurs, elle est digne de toute votre admiration, digne de l'adoration du monde. Ce mariage est normal; je ne le pensai pas d'abord, mais maintenant je l'admets. Les dieux ont fait Sibyl Vane pour vous; sans elle vous auriez été incomplet.

—Merci, Basil, répondit Dorian Gray en lui pressant la main. Je savais que vous me comprendriez. Harry est tellement cynique qu'il me terrifie parfois.... Ah! voici l'orchestre; il est épouvantable, mais ça ne dure que cinq minutes. Alors le rideau se lèvera et vous verrez la jeune fille à laquelle je vais donner ma vie, à laquelle j'ai donné tout ce qu'il y a de bon en moi....

Un quart d'heure après, parmi une tempête extraordinaire d'applaudissements, Sibyl Vane s'avança sur la scène.... Certes, elle était adorable à voir—une des plus adorables créatures même, pensait lord Henry, qu'il eut jamais vues. Il y avait quelque chose d'animal dans sa grâce farouche et ses yeux frémissants. Un sourire abattu, comme l'ombre d'une rose dans un miroir d'argent, vint à ses lèvres en regardant la foule enthousiaste emplissant le théâtre. Elle recula de quelques pas, et ses lèvres semblèrent trembler.

Basil Hallward se dressa et commença à l'applaudir. Sans mouvement, comme dans un rêve, Dorian Gray la regardait; Lord Henry la lorgnant à l'aide de sa jumelle murmurait: «Charmante! Charmante!»

La scène représentait la salle du palais de Capulet, et Roméo, dans ses habits de pélerin, entrait avec Mercutio et ses autres amis. L'orchestre attaqua quelques mesures de musique, et la danse commença....

Au milieu de la foule des figurants gauches aux costumes râpés, Sibyl Vane se mouvait comme un être d'essence supérieure. Son corps s'inclinait, pendant qu'elle dansait, comme dans l'eau s'incline un roseau. Les courbes de sa poitrine semblaient les courbes d'un blanc lys. Ses mains étaient faites d'un pur ivoire.

Cependant, elle était curieusement insouciante; elle ne montrait aucun signe de joie quand ses yeux se posaient sur Roméo. Le peu de mots qu'elle avait à dire:

Good pilgrim, you do wrong your hand too much
Which mannerly dévotion shows in this;
For saints have hands that pilgrims' hands do touch
And palm to palm is holy palmers' kiss....
(Bon pèlerin, vous êtes trop sévère pour votre main
Qui n'a fait preuve en ceci que d'une respectueuse dévotion.
Les saintes mêmes ont des mains
que peuvent toucher les mains des pèlerins
Et cette étreinte est un pieux baiser....)
et le bref dialogue qui suit, furent dits d'une manière plutôt artificielle.... Sa voix était exquise, mais au point de vue de l'intonation, c'était absolument faux. La couleur n'y était pas. Toute la vie du vers était enlevée; on n'y sentait pas la réalité de la passion.

Dorian pâlit en l'observant, étonné, anxieux.... Aucun de ses amis n'osait lui parler; elle leur semblait sans aucun talent; ils étaient tout à fait désappointés.

Ils savaient que la scène du balcon du second acte était l'épreuve décisive des actrices abordant le rôle de Juliette; ils l'attendaient tous deux; si elle y échouait, elle n'était bonne à rien.

Elle fut vraiment charmante quand elle surgit dans le clair de lune; c'était vrai; mais l'hésitation de son jeu était insupportable et il devenait de plus en plus mauvais à mesure qu'elle avançait dans son rôle. Ses gestes étaient absurdement artificiels. Elle emphatisait au-delà des limites permises ce qu'elle avait à dire. Le beau passage.

Thou knowest the mask of night is on my face,
Else would a maiden blush bepaint my cheek
For that which thou hast heard me speak to-night....
(Tu sais que le masque de la nuit est sur mon visage,
Sans cela tu verrais une virginale rougeur colorer ma joue
Quand je songe aux paroles que tu m'as entendu dire cette nuit.)
fut déclamé avec la pitoyable précision d'une écolière instruite dans la récitation par un professeur de deuxième ordre. Quand elle s'inclina sur le balcon et qu'elle eut à dire les admirables vers:

Although I joy in thee,
I have no joy of this contract to-night:
It is too rash, too unadvised, too sudden;
Too like the lightning, which doth cease to be
Eve one can say: «It lightens!» Sweet, good-night!
This bud of love by Summer's ripening breath
May prove a beauteous flower when next we meet....
(Quoique tu fasses ma joie
Je ne puis goûter cette nuit toutes
les joies de notre rapprochement
Il est trop brusque, trop imprévu trop soudain,
Trop semblable à l'éclair qui a cessé d'être
Avant qu'on ait pu dire. «Il brille!» Doux, ami, bonne nuit.
Ce bouton d'amour, mûri par l'haleine de l'été.
Pourra devenir une belle fleur, à notre prochaine entrevue....)
Elle les dit comme s'ils ne comportaient pour elle aucune espèce de signification; ce n'était pas nervosité, bien au contraire; elle

paraissait absolument consciente de ce qu'elle faisait. C'était simplement du mauvais art; l'échec était parfait.

Même les auditeurs vulgaires et dépourvus de toute éducation, du parterre et des galeries, perdaient tout intérêt à la pièce. Ils commencèrent à s'agiter, à parler haut, à siffler.... Le *manager* israëlite, debout au fond du parterre, frappait du pied et jurait de rage. L'on eût dit que la seule personne calme était la jeune fille.

Un tonnerre de sifflets suivit la chute du rideau.... Lord Henry se leva et mit son pardessus....

—Elle est très belle, Dorian, dit-il, mais elle ne sait pas jouer. Allons-nous-en....

—Je veux voir entièrement la pièce, répondit le jeune homme d'une voix rauque et amère. Je suis désespéré de vous avoir fait perdre votre soirée, Harry. Je vous fais mes excuses à tous deux.

—Mon cher Dorian, miss Vane devait être indisposée. Nous viendrons la voir quelque autre soir.

—Je désire qu'elle l'ait été, continua-t-il; mais elle me semble, à moi, insensible et froide. Elle est entièrement changée. Hier, ce fut une grande artiste; ce soir, c'est une actrice médiocre et commune.

—Ne parlez pas ainsi de ce que vous aimez, Dorian. L'amour est une plus merveilleuse chose que l'art.

—Ce sont tous deux de simples formes d'imitation, remarqua lord Henry.... Mais allons-nous-en!... Dorian, vous ne pouvez rester ici davantage. Ce n'est pas bon pour l'esprit de voir jouer mal. D'ailleurs, je suppose que vous ne désirez point que votre femme joue; par conséquent, qu'est-ce que cela peut vous faire qu'elle joue Juliette comme une poupée de bois.... Elle est vraiment adorable, et si elle connaît aussi peu la vie que...l'art, elle fera le sujet d'une expérience délicieuse. Il n'y a que deux sortes de gens vraiment intéressants: ceux qui savent absolument tout et ceux qui ne savent absolument rien.... Par le ciel! mon cher ami, n'ayez pas l'air si tragique! Le secret de rester jeune est de ne jamais avoir une émotion malséante. Venez au club avec Basil et moi, nous fumerons des cigarettes en buvant à la beauté de Sibyl Vane; elle est certainement belle: que désirez-vous de plus?

—Allez-vous-en, Harry! cria l'enfant. J'ai besoin d'être seul. Hasil, vous aussi, allez-vous-en! Ah! ne voyez-vous que mon coeur éclate!

Des larmes brûlantes lui emplirent les yeux; ses lèvres tremblèrent et se précipitant au fond de la loge, il s'appuya contre la cloison et cacha sa face dans ses mains....

—Allons-nous-en, Basil, dit lord Henry d'une voix étrangement tendre. Et les deux jeunes gens sortirent ensemble.

Quelques instants plus tard, la rampe s'illumina, et le rideau se leva sur le troisième acte. Dorian Gray reprit son siège; il était pâle, mais dédaigneux et indifférent. L'action sa traînait, interminable. La moitié de l'auditoire était sortie, en faisant un bruit grossier de lourds souliers, et en riant. Le fiasco était complet. Le dernier acte fut joué devant les banquettes. Le rideau s'abaissa sur des murmures ou des grognements.

Aussitôt que ce fut fini, Dorian Gray se précipita par les coulisses vers le foyer.... Il y trouva la jeune fille seule; un regard de triomphe éclairait sa face. Dans ses yeux brillait une flamme exquise; une sorte de rayonnement semblait l'entourer. Ses lèvres demi ouvertes souriaient à quelque mystérieux secret connu d'elle seule.

Quand il entra, elle le regarda, et sembla soudainement possédée d'une joie infinie.

—Ai-je assez mal joué, ce soir, Dorian? cria-t-elle.

—Horriblement! répondit-il, la considérant avec stupéfaction.... Horriblement! Ce fut affreux! Vous étiez malade, n'est-ce pas? Vous ne vous doutez point de ce que cela fut!... Vous n'avez pas idée de ce que j'ai souffert!

La jeune fille sourit....

—Dorian, répondit-elle, appuyant sur son prénom d'une voix traînante et musicale, comme s'il eût été plus doux que miel aux rouges pétales de sa bouche, Dorian, vous auriez dû comprendre, mais vous comprenez maintenant, n'est-ce pas?

—Comprendre quoi? demanda-t-il, rageur....

—Pourquoi je fus si mauvaise ce soir! Pourquoi je serai toujours mauvaise!... Pourquoi je ne jouerai plus jamais bien!...

Il leva les épaules.

—Vous êtes malade, je crois; quand vous êtes malade, vous ne pouvez jouer: vous paraissez absolument ridicule. Vous nous avez navrés, mes amis et moi.

Elle ne semblait plus l'écouter; transfigurée de joie, elle paraissait en proie à une extase de bonheur!...

—Dorian! Dorian, s'écria-t-elle, avant de vous connaître, je croyais que la seule réalité de la vie était le théâtre: c'était seulement pour le théâtre que je vivais; je pensais que tout cela était vrai; j'étais une nuit Rosalinde, et l'autre, Portia: la joie de Béatrice était ma joie, et les tristesses de Cordelia furent miennes!... Je croyais en tout!... Les gens grossiers qui jouaient avec moi me semblaient pareils à des dieux! J'errais parmi les décors comme dans un monde à moi: je ne connaissais que des ombres, et je les croyais réelles! Vous vîntes, ô mon bel amour! et vous délivrâtes mon âme emprisonnée.... Vous m'avez appris ce qu'était réellement la réalité! Ce soir, pour la première fois de ma vie, je perçus le vide, la honte, la vilenie de ce que j'avais joué jusqu'alors. Ce soir, pour la première fois, j'eus la conscience que Roméo était hideux, et vieux, et grimé, que faux était le clair de lune du verger, que les décors étaient odieux, que les mots que je devais dire étaient menteurs, qu'ils n'étaient pas *mes mots*, que ce n'était pas ce que je *devais* dire!... Vous m'avez élevée dans quelque chose de plus haut, dans quelque chose dont tout l'art n'est qu'une réflexion. Vous m'avez fait comprendre ce qu'était véritablement l'amour! Mon amour! Mon amour! Prince Charmant! Prince de ma vie! Je suis écoeurée des ombres! Vous m'êtes plus que tout ce que l'art pourra jamais être! Que puis-je avoir de commun avec les fantoches d'un drame? Quand j'arrivai ce soir, je ne pus comprendre comment cela m'avait quittée. Je pensais que j'allais être merveilleuse et je m'aperçus que je ne pouvais rien faire. Soudain, la lumière se fit en moi, et la connaissance m'en fut exquise.... Je les entendis siffler, et je me mis à sourire.... Pourraient-ils comprendre un amour tel que le nôtre? Emmène-moi, Dorian, emmène-moi, quelque part où nous puissions être seuls. Je hais la scène! Je puis mimer une passion que je ne ressens pas, mais je ne puis mimer ce quelque chose qui me brûle comme le feu! Oh! Dorian! Dorian, tu comprends maintenant ce que cela signifie. Même si je parvenais à le faire, ce serait une profanation, car pour moi, désormais, jouer, c'est d'être amoureuse! Voilà ce que tu m'as faite!...

Il tomba sur le sofa et détourna la tête.

—Vous avez tué mon amour! murmura-t-il.

Elle le regarda avec admiration et se mit à rire.... Il ne dit rien. Elle vint près de lui et de ses petits doigts lui caressa les cheveux. Elle s'agenouilla, lui baisant les mains.... Il les retira, pris d'un frémissement.

Il se dressa soudain et marcha vers la porte.

—Oui, clama-t-il, vous avez tué mon amour! Vous avez dérouté mon esprit! Maintenant vous ne pouvez même exciter ma curiosité! Vous n'avez plus aucun effet sur moi! Je vous aimais parce que vous étiez admirable, parce que vous étiez intelligente et géniale, parce que vous réalisiez les rêves des grands poëtes et que vous donniez une forme, un corps, aux ombres de l'Art! Vous avez jeté tout cela! vous êtes stupide et bornée!... Mon Dieu! Combien je fus fou de vous aimer! Quel insensé je fus!... Vous ne m'êtes plus rien! Je ne veux plus vous voir! Je ne veux plus penser à vous! Je ne veux plus me rappeler votre nom! Vous ne pouvez vous douter ce que vous étiez pour moi, autrefois.... Autrefois!... Ah! je ne veux plus penser à cela! Je désirerais ne vous avoir jamais vue.... Vous avez brisé le roman de ma vie! Comme vous connaissez peu l'amour, pour penser qu'il eût pu gâter votre art!... Vous n'êtes rien sans votre art.... Je vous aurais faite splendide, fameuse, magnifique! le monde vous aurait admirée et vous eussiez porté mon nom!... Qu'êtes-vous maintenant?... Une jolie actrice de troisième ordre!

La jeune fille pâlissait et tremblait. Elle joignit les mains, et d'une voix qui s'arrêta dans la gorge:

—Vous n'êtes pas sérieux, Dorian, murmura-t-elle; vous jouez!...

—Je joue!... C'est bon pour vous, cela; vous y réussissez si bien, répondit-il amèrement.

Elle se releva, et une expression pitoyable de douleur sur la figure, elle traversa le foyer et vint vers lui. Elle mit la main sur son bras et le regarda dans les yeux. Il l'éloigna....

—Ne me touchez pas, cria-t-il.

Elle poussa un gémissement triste, et s'écroulant à ses pieds, elle resta sans mouvement, comme une fleur piétinée.

—Dorian, Dorian, ne m'abandonnez pas, souffla-t-elle. Je suis désolée d'avoir si mal joué; je pensais à vous tout le temps; mais j'essaierai...oui, j'essaierai.... Cela me vint si vite, cet amour pour vous.... Je pense que je l'eusse toujours ignoré si vous ne m'aviez pas embrassé.... Si nous ne nous étions pas embrassés.... Embrasse-moi encore, mon amour.... Ne t'en va pas! Je ne pourrais le supporter! Oh! ne t'en va pas!... Mon frère.... Non, ça ne fait rien! Il ne voulait pas dire cela.... il plaisantait!... Mais vous, pouvez-vous m'oublier à cause de ce soir? Je veux tant travailler et essayer de faire des progrès. Ne me sois pas cruel parce que je t'aime mieux que tout au monde! Après tout, c'est la seule fois que je t'ai déplu.... Tu as raison, Dorian.... J'aurais dû me montrer mieux qu'une artiste.... C'était fou de ma part ... et cependant, je n'ai pu faire autrement.... Oh! ne me quitte pas! Ne m'abandonne pas!...

Une rafale de sanglots passionnés la courba.... Elle s'écrasa sur le plancher comme une chose blessée. Dorian Gray la regardait à terre, ses lèvres fines retroussées en un suprême dédain. Il y a toujours quelque chose de ridicule dans les émotions des personnes que l'on a cessé d'aimer; Sibyl Vane lui semblait absurdement mélodramatique. Ses larmes et ses sanglots l'ennuyaient....

—Je m'en vais, dit-il, d'une calme voix claire. Je ne veux pas être cruel davantage, mais je ne puis vous revoir. Vous m'avez dépouillé de toutes mes illusions....

Elle pleurait silencieusement, et ne fit point de réponse; rampante, elle se rapprocha; ses petites mains se tendirent comme celles d'un aveugle et semblèrent le chercher.... Il tourna sur ses talons et quitta le foyer. Quelques instants après, il était dehors....

Où il alla?... il ne s'en souvint. Il se rappela vaguement avoir vagabondé par des rues mal éclairées, passé sous des voûtes sombres et devant des maisons aux façades hostiles.... Des femmes, avec des voix enrouées et des rires éraillés l'avaient appelé. Il avait rencontré de chancelants ivrognes jurant, se grommelant à eux-mêmes des choses comme des singes monstrueux. Des enfants grotesques se pressaient devant des seuils; des cris, des jurons, partaient des cours obscures.

A l'aube, il se trouva devant Covent Garden.... Les ténèbres se dissipaient, et coloré de feux affaiblis, le ciel prit des teintes perlées.... De lourdes charettes remplies de lys vacillants roulèrent doucement sur les pavés des rues désertes.... L'air était plein du parfum des fleurs, et leur beauté sembla apporter un reconfort à sa peine. Il entra dans un marché et observa les hommes déchargeant les voitures.... Un charretier en blouse blanche lui offrit des cerises; il le remercia, s'étonnant qu'il ne voulut accepter aucun argent, et les mangea distraitement. Elles avaient été cueillies dans la nuit; et la fraîcheur de la lune les avaient pénétrées. Une bande de garçons portant des corbeilles de tulipes rayées, de jaunes et rouges roses, défila devant lui, à travers les monceaux de légumes d'un vert de jade. Sous le portique aux piliers grisâtres, musait une troupe de filles têtes nues attendant la fin des enchères.... D'autres, s'ébattaient aux alentours des portes sans cesse ouvertes des bars de la Piazza. Les énormes chevaux de camions glissaient ou frappaient du pied sur les pavés raboteux, faisant sonner leurs cloches et leurs harnais.... Quelques conducteurs gisaient endormis sur des piles de sacs. Des pigeons, aux cous irisés, aux pattes roses, voltigeaient, picorant des graines....

Au bout de quelques instants, il héla un *hansom* et se fit conduire chez lui.... Un moment, il s'attarda sur le seuil, regardant devant lui le square silencieux, les fenêtres fermées, les persiennes claires.... Le ciel s'opalisait maintenant, et les toits des maisons luisaient comme de l'argent.... D'une cheminée en face, un fin filet de fumée s'élevait; il ondula, comme un ruban violet à travers l'atmosphère couleur de nacre....

Dans la grosse lanterne dorée vénitienne, dépouille de quelque gondole dogale, qui pendait au plafond du grand hall d'entrée aux panneaux de chêne, trois jets vacillants de lumière brillaient encore; ils semblaient de minces pétales de flamme, bleus et blancs. Il les éteignit, et après avoir jeté son chapeau et son manteau sur une table, traversant la bibliothèque, il poussa la porte de sa chambre à coucher, une grande pièce octogone située au rez-de-chaussée que, dans son goût naissant de luxe, il avait fait décorer et garnir de curieuses tapisseries Renaissance qu'il avait découvertes dans une mansarde délabrée de Selby Royal où elles s'étaient conservées.

Comme il tournait la poignée de la porte, ses yeux tombèrent sur son portrait peint par Basil Hallward; il tressaillit d'étonnement!... Il entra dans sa chambre, vaguement surpris.... Après avoir défait le premier bouton de sa redingote, il parut hésiter; finalement il revint sur ses pas, s'arrêta devant le portrait et l'examina.... Dans le peu de lumière traversant les rideaux de soie crême, la face lui parut un peu changée.... L'expression semblait différente. On eût dit qu'il y avait comme une touche de cruauté dans la bouche.... C'était vraiment étrange!...

Il se tourna, et, marchant vers la fenêtre, tira les rideaux.... Une brillante clarté emplit la chambre et balaya les ombres fantastiques des coins obscurs où elles flottaient. L'étrange expression qu'il avait surprise dans la face y demeurait, plus perceptible encore.... La palpitante lumière montrait des lignes de cruauté autour de la bouche comme si lui-même, après avoir fait quelque horrible chose, les surprenait sur sa face dans un miroir.

Il recula, et prenant sur la table une glace ovale entourée de petits amours d'ivoire, un des nombreux présents de lord Henry, se hâta de se regarder dans ses profondeurs polies.... Nulle ligne comme celle-là ne tourmentait l'écarlate de ses lèvres.... Qu'est-ce que cela voulait dire?

Il frotta ses yeux, s'approcha plus encore du tableau et l'examina de nouveau.... Personne n'y avait touché, certes, et cependant, il était hors de doute que quelque chose y avait été changé.... Il ne rêvait pas! La chose était horriblement apparente....

Il se jeta dans un fauteuil et rappela ses esprits.... Soudainement, lui revint ce qu'il avait dit dans l'atelier de Basil le jour même où le portrait avait été terminé. Oui, il s'en souvenait parfaitement. Il avait énoncé le désir fou de rester jeune alors que vieillirait ce tableau.... Ah! si sa beauté pouvait ne pas se ternir et qu'il fut donné à ce portrait peint sur cette toile de porter le poids de ses passions, de ses péchés!... Cette peinture ne pouvait-elle donc être marquée des lignes de souffrance et de doute, alors que lui-même garderait l'épanouissement délicat et la joliesse de son adolescence!

Son voeu, pardieu! ne pouvait être exaucé! De telles choses sont impossibles! C'était même monstrueux de les évoquer.... Et, cependant, le portrait était devant lui portant à la bouche une moue de cruauté!

Cruauté! Avait-il été cruel? C'était la faute de cette enfant, non la sienne.... Il l'avait rêvée une grande artiste, lui avait donné son amour parce qu'il l'avait crue géniale.... Elle l'avait désappointé. Elle s'était montrée quelconque, indigne.... Tout de même, un sentiment de regret infini l'envahit, en la revoyant dans son esprit, prostrée à ses pieds, sanglotant comme un petit enfant!... Il se rappela avec quelle insensibilité il l'avait regardée alors.... Pourquoi avait-il été fait ainsi? Pourquoi une pareille âme lui avait-elle été donnée? Mais n'avait-il pas souffert aussi? Pendant les trois heures qu'avait duré la pièce, il avait vécu des siècles de douleur, des éternités sur des éternités de torture!... Sa vie valait bien la sienne.... S'il l'avait blessée, n'avait-elle pas, de son côté, enlaidi son existence?... D'ailleurs, les femmes sont mieux organisées que les hommes pour supporter les chagrins.... Elle vivent d'émotions; elles ne pensent qu'à cela.... Quand elles prennent des amants, c'est simplement pour avoir quelqu'un à qui elles puissent faire des scènes. Lord Henry le lui avait dit et lord Henry connaissait les femmes. Pourquoi s'inquiéterait-il de Sibyl Vane? Elle ne lui était rien.

Mais le portrait?... Que dire de cela? Il possédait le secret de sa vie, en révélait l'histoire; il lui avait appris à aimer sa propre beauté. Lui apprendrait-il à haïr son âme?... Devait-il le regarder encore?

Non! c'était purement une illusion de ses sens troublés; l'horrible nuit qu'il venait de passer avait suscité des fantômes!... Tout d'un coup, cette même tache écarlate qui rend les hommes déments s'était étendue dans son esprit.... Le portrait n'avait pas changé. C'était folie d'y songer....

Cependant, il le regardait avec sa belle figure ravagée, son cruel sourire.... Sa brillante chevelure rayonnait dans le soleil du matin. Ses yeux d'azur rencontrèrent les siens. Un sentiment d'infinie pitié, non pour lui-même, mais pour son image peinte, le saisit. Elle était déjà changée, et elle s'altérerait encore. L'or se ternirait.... Les rouges et blanches roses de son teint se flétriraient. Pour chaque péché qu'il commettrait, une tache s'ajouterait aux autres taches, recouvrant peu à peu sa beauté.... Mais il ne pécherait pas!...

Le portrait, changé ou non, lui serait le visible emblême de sa conscience. Il résisterait aux tentations. Il ne verrait jamais plus lord Henry—il n'écouterait plus, de toute façon, les subtiles théories empoisonnées qui avaient, pour la première fois, dans le jardin de Basil, insufflé en lui la passion d'impossibles choses.

Il retournerait à Sibyl Vane, lui présenterait ses repentirs, l'épouserait, essaierait de l'aimer encore. Oui, c'était son devoir. Elle avait souffert plus que lui. Pauvre enfant! Il avait été égoïste et cruel envers elle. Elle reprendrait sur lui la fascination de jadis; ils seraient heureux ensemble. La vie, à côté d'elle, serait belle et pure.

Il se leva du fauteuil, tira un haut et large paravent devant le portrait, frissonnant encore pendant qu'il le regardait.... «Quelle horreur!» pensait-il, en allant ouvrir la porte-fenêtre.... Quand il fut sur le gazon, il poussa un profond soupir. L'air frais du matin parut dissiper toutes ses noires pensées, il songeait seulement à Sibyl. Un écho affaibli de son amour lui revint. Il répéta son nom, et le répéta encore. Les oiseaux qui chantaient dans le jardin plein de rosée, semblaient parler d'elle aux fleurs....

VIII

Midi avait sonné depuis longtemps, quand il s'éveilla. Son valet était venu plusieurs fois sur la pointe du pied dans la chambre voir s'il dormait encore, et s'était demandé ce qui pouvait bien retenir si tard au lit son jeune maître. Finalement, Victor entendit retentir le timbre et il arriva doucement, portant une tasse de thé et un paquet de lettres sur un petit plateau de vieux Sèvres chinois; il tira les rideaux de satin olive, aux dessins bleus, tendus devant les trois grandes fenêtres....

—Monsieur a bien dormi ce matin, remarqua-t-il souriant.

—Quelle heure est-il, Victor, demanda Dorian Gray, paresseusement.

—Une heure un quart, Monsieur.

Si tard!... Il s'assit dans son lit, et après avoir bu un peu de thé, se mit à regarder les lettres; l'une d'elles était de lord Henry, et avait été apportée le matin même. Il hésita un moment et la mit de côté. Il ouvrit les autres, nonchalamment. Elles contenaient la collection ordinaire de cartes, d'invitations à dîner, de billets pour des expositions privées, des programmes de concerts de charité, et tout ce que peut recevoir un jeune homme à la mode chaque matin, durant la saison. Il trouva une lourde facture, pour un nécessaire de toilette Louis XV en argent ciselé, qu'il n'avait pas encore eu le courage d'envoyer à ses tuteurs, gens de jadis qui ne comprenaient point que nous vivons dans un temps ou les choses inutiles sont les seules choses nécessaires; il parcourut encore quelques courtoises propositions de prêteurs d'argent de Jermyn-Street, qui s'offraient à lui avancer n'importe quelle somme aussitôt qu'il le jugerait bon et aux taux les plus raisonnables.

Dix minutes après, il se leva, mit une robe de chambre en cachemire brodée de soie et passa dans la salle de bains, pavée en onyx. L'eau froide le ranima après ce long sommeil; il sembla avoir oublié tout ce par quoi il venait de passer.... Une obscure sensation d'avoir pris part à quelque étrange tragédie, lui traversa l'esprit une fois ou deux, mais comme entourée de l'irréalité d'un rêve....

Aussitôt qu'il fut habillé, il entra dans la bibliothèque et s'assit devant un léger déjeuner à la française, servi sur une petite table mise près de la fenêtre ouverte.

Il faisait un temps délicieux; l'air chaud paraissait chargé d'épices.... Une abeille entra et bourdonna autour du bol bleu-dragon, rempli de roses d'un jaune de soufre qui était posé devant lui. Il se sentit parfaitement heureux.

Ses regards tout à coup, tombèrent sur le paravent qu'il avait placé devant le portrait et il tressaillit....

—Monsieur a froid, demanda le valet en servant une omelette. Je vais fermer la fenêtre....

Dorian secoua la tête.

—Je n'ai pas froid, murmura-t-il.

Etait-ce vrai? Le portrait avait-il réellement changé? Ou était-ce simplement un effet de sa propre imagination qui lui avait montré une expression de cruauté, là où avait été peinte une expression de joie. Sûrement, une toile peinte ne pouvait ainsi s'altérer? Cette pensée était absurde. Ça serait un jour une bonne histoire à raconter à Basil; elle l'amuserait.

Cependant, le souvenir lui en était encore présent.... D'abord, dans la pénombre, ensuite dans la pleine clarté, il l'avait vue, cette touche de cruauté autour de ses lèvres tourmentées.... Il craignit presque que le valet quittât la chambre, car il savait, il savait qu'il courrait encore contempler le portrait, sitôt seul.... Il en était sûr.

Quand le domestique, après avoir servi le café et les cigarettes, se dirigea vers la porte, il se sentit un violent désir de lui dire de rester. Comme la porte se fermait derrière lui, il le rappela.... Le domestique demeurait immobile, attendant les ordres.... Dorian le regarda.

—Je n'y suis pour personne, Victor, dit-il avec un soupir.

L'homme s'inclina et disparut....

Alors, il se leva de table, alluma une cigarette, et s'étendit sur un divan aux luxueux coussins placé en face du paravent; il observait curieusement cet objet, ce paravent vétuste, fait de cuir de Cordoue doré, frappé et ouvré sur un modèle fleuri, datant de Louis XIV,—se demandant s'il lui était jamais arrivé encore de cacher le secret de la vie d'un homme.

Enlèverait-il le portrait après tout? Pourquoi pas le laisser là? A quoi bon savoir? Si c'était vrai, c'était terrible?... Sinon, cela ne valait la peine que l'on s'en occupât....

Mais si, par un hasard malheureux, d'autres yeux que les siens découvraient le portrait et en constataient l'horrible changement?... Que ferait-il, si Basil Hallward venait et demandait à revoir son propre tableau. Basil le ferait sûrement.

Il lui fallait examiner à nouveau la toile.... Tout, plutôt que cet infernal état de doute!...

Il se leva et alla fermer les deux portes. Au moins, il serait seul à contempler le masque de sa honte.... Alors il tira le paravent et face à face se regarda.... Oui, c'était vrai! le portrait avait changé!...

Comme souvent il se le rappela plus tard, et toujours non sans étonnement, il se trouva qu'il examinait le portrait avec un sentiment indéfinissable d'intérêt scientifique. Qu'un pareil changement fut arrivé, cela lui semblait impossible...et cependant cela était!... Y avait-il quelques subtiles affinités entre les atomes chimiques mêlés en formes et en couleurs sur la toile, et l'âme qu'elle renfermait? Se pouvait-il qu'ils l'eussent réalisé, ce que cette âme avait pensé; que ce qu'elle rêva, ils l'eussent fait vrai? N'y avait-il dans cela quelque autre et...terrible raison? Il frissonna, effrayé.... Retournant vers le divan, il s'y laissa tomber, regardant, hagard, le portrait en frémissant d'horreur!...

Cette chose avait eu, toutefois, un effet sur lui.... Il devenait conscient de son injustice et de sa cruauté envers Sibyl Vane.... Il n'était pas trop tard pour réparer ses torts.

Elle pouvait encore devenir sa femme. Son égoïste amour irréel cèderait à quelque plus haute influence, se transformerait en une plus noble passion, et son portrait par Basil Hallward lui serait un guide à travers la vie, lui serait ce qu'est la sainteté à certains, la conscience à d'autres et la crainte de Dieu à tous.... Il y a des opiums pour les remords, des narcotiques moraux pour l'esprit.

Oui, cela était un symbole visible, de la dégradation qu'amenait le péché!... C'était un signe avertisseur des désastres prochains que les hommes préparent à leurs âmes!

Trois heures sonnèrent, puis quatre. La demie tinta son double carillon.... Dorian Gray ne bougeait pas....

Il essayait de réunir les fils vermeils de sa vie et de les tresser ensemble; il tentait de trouver son chemin à travers le labyrinthe d'ardente passion dans lequel il errait. Il ne savait quoi faire, quoi penser?... Enfin, il se dirigea vers la table et rédigea une lettre passionnée à la jeune fille qu'il avait aimée, implorant son pardon, et s'accusant de démence.

Il couvrit des pages de mots de chagrin furieux, suivis de plus furieux cris de douleur....

Il y a une sorte de volupté à se faire des reproches.... Quand nous nous blâmons, nous pensons que personne autre n'a le droit de nous blâmer. C'est la confession, non le prêtre, qui nous donne l'absolution. Quand Dorian eût terminé sa lettre, il se sentit pardonné.

On frappa tout à coup à la porte et il entendit en dehors la voix de lord Henry:

—Mon cher ami, il faut que je vous parle. Laissez-moi entrer. Je ne puis supporter de vous voir ainsi barricadé....

Il ne répondit pas et resta sans faire aucun mouvement. On cogna à nouveau, puis très fort....

Ne valait-il pas mieux laisser entrer lord Henry et lui expliquer le nouveau genre de vie qu'il allait mener, se quereller avec lui si cela devenait nécessaire, le quitter, si cet inévitable parti s'imposait.

Il se dressa, alla en hâte tirer le paravent sur le portrait, et ôta le verrou de la porte.

—Je suis vraiment fâché de mon insistance, Dorian, dit lord Henry en entrant. Mais vous ne devez pas trop songer à cela.

—A Sibyl Vane, voulez-vous dire, interrogea le jeune homme.

—Naturellement, répondit lord Henry s'asseyant dans un fauteuil, en retirant lentement ses gants jaunes.... C'est terrible, à un certain point de vue mais ce n'est pas votre faute. Dites-moi, est-ce que vous êtes allé dans les coulisses après la pièce?

—Oui....

—J'en étais sûr. Vous lui fîtes une scène?

—Je fus brutal, Harry, parfaitement brutal. Mais c'est fini maintenant. Je ne suis pas fâché que cela soit arrivé. Cela m'a appris à me mieux connaître.

—Ah! Dorian, je suis content que vous preniez ça de cette façon. J'avais peur de vous voir plongé dans le remords, et vous arrachant vos beaux cheveux bouclés....

—Ah, non, j'en ai fini!... dit Dorian, secouant la tête en souriant.... Je suis à présent parfaitement heureux.... Je sais ce qu'est la conscience, pour commencer; ce n'est pas ce que vous m'aviez dit; c'est la plus divine chose qui soit en nous.... Ne vous en moquez plus, Harry, au moins devant moi. J'ai besoin d'être bon.... Je ne puis me faire à l'idée d'avoir une vilaine âme....

—Une charmante base artistique pour la morale, Dorian. Je vous en félicite, mais par quoi allez-vous commencer.

—Mais, par épouser Sibyl Vane....

—Epouser Sibyl Vane! s'écria lord Henry, sursautant et le regardant avec un étonnement perplexe. Mais, mon cher Dorian....

—Oui, Harry. Je sais ce que vous m'allez dire: un éreintement du mariage; ne le développez pas. Ne me dites plus rien de nouveau là-dessus. J'ai offert, il y a deux jours, à Sibyl Vane de l'épouser; je ne veux point lui manquer de parole: elle sera ma femme....

—Votre femme, Dorian!... N'avez-vous donc pas reçu ma lettre?... Je vous ai écrit ce matin et vous ai fait tenir la lettre par mon domestique.

—Votre lettre?... Ah! oui, je me souviens! Je ne l'ai pas encore lue, Harry. Je craignais d'y trouver quelque chose qui me ferait de la peine. Vous m'empoisonnez la vie avec vos épigrammes.

—Vous ne connaissez donc rien?...

—Que voulez-vous dire?...

Lord Henry traversa la chambre, et s'asseyant à côté de Dorian Gray, lui prit les deux mains dans les siennes, et les lui serrant étroitement:

—Dorian, lui dit-il, ma lettre—ne vous effrayez pas!—vous informait de la mort de Sibyl Vane!...

Un cri de douleur jaillit des lèvres de l'adolescent; il bondit sur ses pieds, s'arrachant de l'étreinte de lord Henry:

—Morte!... Sibyl morte!... Ce n'est pas vrai!... C'est un horrible mensonge! Comment osez-vous dire cela?

—C'est parfaitement vrai, Dorian, dit gravement lord Henry. C'est dans les journaux de ce matin. Je vous écrivais pour vous dire de ne recevoir personne jusqu'à mon arrivée. Il y aura une enquête dans laquelle il ne faut pas que vous soyez mêlé. Des choses comme celle-là, mettent un homme a la mode à Paris, mais à Londres on a tant de préjugés.... Ici, on ne débute jamais avec un scandale; on réserve cela pour donner un intérêt à ses vieux jours.

J'aime à croire qu'on ne connaît pas votre nom au théâtre; s'il en est ainsi, tout va bien. Personne ne vous vit aux alentours de sa loge? Ceci est de toute importance?

Dorian ne répondit point pendant quelques instants. Il était terrassé d'épouvante.... Il balbutia enfin d'une voix étouffée:

—Harry, vous parlez d'enquête? Que voulez-vous dire? Sibyl aurait-elle...? Oh! Harry, je ne veux pas y penser! Mais parlez vite! Dites-moi tout!...

—Je n'ai aucun doute; ce n'est pas un accident, Dorian, quoique le public puisse le croire. Il paraîtrait que lorsqu'elle allait quitter le théâtre avec sa mère, vers minuit et demie environ, elle dit qu'elle avait oublié quelque chose chez elle.... On l'attendit quelque temps, mais elle ne redescendait point. On monta et on la trouva morte sur le plancher de sa loge. Elle avait avalé quelque chose par erreur, quelque chose de terrible dont on fait usage dans les théâtres. Je ne sais ce que c'était, mais il devait y avoir de l'acide prussique ou du blanc de céruse là-dedans. Je croirais volontiers à de l'acide prussique, car elle semble être morte instantanément....

—Harry, Harry, c'est terrible! cria le jeune homme.

—Oui, c'est vraiment tragique, c'est sûr, mais il ne faut pas que vous y soyez mêlé. J'ai vu dans le *Standard* qu'elle avait dix-sept ans; j'aurais cru qu'elle était plus jeune, elle avait l'air d'une enfant et savait si peu jouer.... Dorian, ne vous frappez pas!... Venez dîner avec moi, et après nous irons à l'Opéra. La Patti joue ce soir, et tout le monde sera là. Vous viendrez dans la loge de ma soeur; il s'y trouvera quelques jolies femmes....

—Ainsi, j'ai tué Sibyl Vane, murmurait Dorian, je l'ai tuée aussi sûrement que si j'avais coupé sa petite gorge avec un couteau...et cependant les roses pour cela n'en sont pas moins belles les oiseaux n'en chanteront pas moins dans mon jardin.... Et ce soir, je vais aller dîner avec vous: j'irai de là à l'Opéra, et, sans doute, j'irai souper quelque part ensuite.... Combien la vie est puissamment dramatique!... Si j'avais lu cela dans un livre, Harry, je pense que j'en aurais pleuré.... Maintenant que cela arrive, et à

moi, cela me semble beaucoup trop stupéfiant pour en pleurer!...
Tenez, voici la première lettre d'amour passionnée que j'ai jamais
écrite de ma vie; ne trouvez-vous pas étrange que cette première
lettre d'amour soit adressée à une fille morte!... Peuvent-elles
sentir, ces choses blanches et silencieuses que nous appelons les
morts? Sibyl! Peut-elle sentir, savoir, écouter? Oh! Harry, comme
je l'aimais! Il me semble qu'il y a des années!...

«Elle m'était tout.... Vint cet affreux soir—était-ce la nuit
dernière?—où elle joua si mal, et mon coeur se brisa! Elle
m'expliqua pourquoi? Ce fut horriblement touchant! Je ne fus pas
ému: je la croyais sotte!... Quelque chose arriva soudain qui
m'épouvanta! Je ne puis vous dire ce que ce fut, mais ce fut
terrible.... Je voulus retourner à elle; je sentis que je m'étais mal
conduit...et maintenant elle est morte! Mon Dieu! Mon Dieu!
Harry, que dois-je faire? Vous savez dans quel danger je suis, et
rien n'est là pour m'en garder! Elle aurait fait cela pour moi! Elle
n'avait point le droit de se tuer.... Ce fut égoïste de sa part.

—Mon cher Dorian, répondit lord Henry, prenant une cigarette et
tirant de sa poche une boîte d'allumettes dorée, la seule manière
dont une femme puisse réformer un homme est de l'importuner de
telle sorte qu'il perd tout intérêt possible à l'existence. Si vous
aviez épousé cette jeune fille, vous auriez été malheureux; vous
l'auriez traitée gentiment; on peut toujours être bon envers les
personnes desquelles on attend rien. Mais elle aurait bientôt
découvert que vous lui étiez absolument indifférent, et quand une
femme a découvert cela de son mari, ou elle se fagote
terriblement, ou bien elle porte de pimpants chapeaux que paie le
mari...d'une autre femme. Je ne dis rien de l'adultère, qui aurait pu
être abject, qu'en somme je n'aurais pas permis, mais je vous
assure en tous les cas, que tout cela eut été un parfait malentendu.

—C'est possible, murmura le jeune homme horriblement pâle, en
marchant de long en large dans la chambre; mais je pensais que
cela était de mon devoir; ce n'est point ma faute si ce drame
terrible m'a empêché de faire ce que je croyais juste. Je me
souviens que vous m'avez dit une fois, qu'il pesait une fatalité sur

les bonnes résolutions, qu'on les prenait toujours trop tard. La mienne en est un exemple....

—Les bonnes résolutions ne peuvent qu'inutilement intervenir contre les lois scientifiques. Leur origine est de pure vanité et leur résultat est *nil*. De temps à autre, elles nous donnent quelques luxueuses émotions stériles qui possèdent, pour les faibles, un certain charme. Voilà ce que l'on peut en déduire. On peut les comparer à des chèques qu'un homme tirerait sur une banque où il n'aurait point de compte ouvert.

—Harry, s'écria Dorlan Gray venant s'asseoir près de lui, pourquoi est-ce que je ne puis sentir cette tragédie comme je voudrais le faire; je ne suis pas sans coeur, n'est-ce pas?

—Vous avez fait trop de folies durant la dernière quinzaine pour qu'il vous soit permis de vous croire ainsi, Dorian, répondit lord Henry avec son doux et mélancolique sourire.

Le jeune homme fronça les sourcils.

—Je n'aime point cette explication, Harry, reprit-il, mais cela me fait plaisir d'apprendre que vous ne me croyez pas sans coeur; je ne le suis vraiment pas, je le sais.... Et cependant je me rends compte que je ne suis affecté par cette chose comme je le devrais être; elle me semble simplement être le merveilleux épilogue d'un merveilleux drame. Cela a toute la beauté terrible d'une tragédie grecque, une tragédie dans laquelle j'ai pris une grande part, mais dans laquelle je ne fus point blessé.

—Oui, en vérité, c'est une question intéressante, dit lord Henry qui trouvait un plaisir exquis à jouer sur l'égoïsme inconscient de l'adolescent, une question extrêmement intéressante.... Je m'imagine que la seule explication en est celle-ci. Il arrive souvent que les véritables tragédies de la vie se passent d'une manière si peu artistique qu'elles nous blessent par leur violence crue, leur incohérence absolue, leur absurde besoin de signifier quelque chose, leur entier manque de style. Elles nous affectent tout ainsi que la vulgarité; elles nous donnent une impression de la pure force brutale et nous nous révoltons contre cela. Parfois, cependant, une tragédie possédant des éléments artistiques de beauté, traverse notre vie; si ces éléments de beauté sont réels, elle en appelle a nos sens de l'effet dramatique. Nous nous trouvons tout à coup, non plus les acteurs, mais les spectateurs de la pièce, ou plutôt nous sommes les deux. Nous nous surveillons nous mêmes et le simple intérêt du spectacle nous séduit.

«Qu'est-il réellement arrivé dans le cas qui nous occupe? Une femme s'est tuée par amour pour vous. Je suis ravi que pareille chose ne me soit jamais arrivée; cela m'aurait fait aimer l'amour pour le restant de mes jours. Les femmes qui m'ont adoré—elles n'ont pas été nombreuses, mais il y en a eu—ont voulu continuer, alors que depuis longtemps j'avais cessé d'y prêter attention, ou elles de faire attention à moi. Elles sont devenues grasses et assommantes et quand je les rencontre, elles entament le chapitre des réminiscences.... Oh! la terrible mémoire des femmes! Quelle chose effrayante! Quelle parfaite stagnation intellectuelle cela révèle! On peut garder dans sa mémoire la couleur de la vie, mais on ne peut se souvenir des détails, toujours vulgaires....

—Je sèmerai des pavots dans mon jardin, soupira Dorian.

—Je n'en vois pas la nécessité, répliqua son compagnon. La vie a toujours des pavots dans les mains. Certes, de temps à autre, les choses durent. Une fois, je ne portais que des violettes toute une saison, comme manière artistique de porter le deuil d'une passion qui ne voulait mourir. Enfin, elle mourut, je ne sais ce qui la tua. Je pense que ce fut la proposition de sacrifier le monde entier pour moi; c'est toujours un moment ennuyeux: cela vous remplit de la terreur de l'éternité. Eh bien! le croyez-vous, il y a une semaine, je me trouvai chez lady Hampshire, assis au dîner près de la dame en question et elle insista pour recommencer de nouveau, en déblayant le passé et ratissant le futur. J'avais enterré mon roman dans un lit d'asphodèles; elle prétendait l'exhumer et m'assurait que je n'avais pas gâté sa vie. Je suis autorisé à croire qu'elle mangea énormément; aussi ne ressentis-je aucune anxiété.... Mais quel manque de goût elle montra!

«Le seul charme du passé est que c'est le passé, et les femmes ne savent jamais quand la toile est tombée; elles réclament toujours un sixième acte, et proposent de continuer le spectacle quand l'intérêt s'en est allé.... Si on leur permettait d'en faire à leur gré, toute comédie aurait une fin tragique, et toute tragédie finirait en farce. Elles sont délicieusement artificielles, mais elles n'ont aucun sens de l'art.

«Vous êtes plus heureux que moi. Je vous assure Dorian, qu'aucune des femmes que j'ai connues n'aurait fait pour moi ce que Sibyl Vane a fait pour vous. Les femmes ordinaires se consolent toujours, quelques-unes en portant des couleurs sentimentales. Ne placez jamais votre confiance en une femme qui porte du mauve, quelque soit son âge, ou dans une femme de trente-cinq ans affectionnant les rubans roses; cela veut toujours dire qu'elles ont eu des histoires. D'autres trouvent une grande consolation à la découverte inopinée des bonnes qualités de leurs maris. Elles font parade de leur félicité conjugale, comme si c'était le plus fascinant des péchés. La religion en console d'autres encore. Ses mystères ont tout le charme d'un flirt, me dit un jour une femme, et je puis le comprendre. En plus, rien ne vous fait si vain que de vous dire que vous êtes un pécheur. La conscience fait de nous des égoïstes.... Oui, il n'y a réellement pas de fin aux consolations que les femmes trouvent dans la vie moderne, et je n'ai point encore mentionné la plus importante.

—Quelle est-elle, Harry? demanda indifféremment le jeune homme.

—La consolation évidente: prendre un nouvel adorateur quand on en perd un. Dans la bonne société, cela vous rajeunit toujours une femme.... Mais réellement, Dorian, combien Sibyl Vane devait être dissemblable des femmes que nous rencontrons. Il y a quelque chose d'absolument beau dans sa mort.

«Je suis heureux de vivre dans un siècle où de pareils miracles se produisent. Ils nous font croire à la réalité des choses avec lesquelles nous jouons, comme le roman, la passion, l'amour....»

—Je fus bien cruel envers elle, vous l'oubliez....

—Je suis certain que les femmes apprécient la cruauté, la vraie cruauté, plus que n'importe quoi. Elles ont d'admirables instincts primitifs. Nous les avons émancipées, mais elles n'en sont pas moins restées des esclaves cherchant leurs maîtres; elles aiment être dominées. Je suis sûr que vous fûtes splendide! Je ne vous ai jamais vu dans une véritable colère, mais je m'imagine combien vous devez être charmant. Et d'ailleurs, vous m'avez dit quelque chose avant-hier, qui me parut alors quelque peu fantaisiste, mais que je sens maintenant parfaitement vrai, et qui me donne la clef de tout....

—Qu'était-ce, Harry?

—Vous m'avez dit que Sibyl Vane vous représentait toutes les héroïnes de roman, qu'elle était un soir Desdemone, et un autre, Ophélie, qu'elle mourait comme Juliette, et ressuscitait comme Imogéne!

—Elle ne ressuscitera plus jamais, maintenant, dit le jeune homme, la face dans ses mains.

—Non, elle ne ressuscitera plus; elle a joué son dernier rôle.... Mais il vous faut penser à cette mort solitaire dans cette loge clinquante comme si c'était un étrange fragment lugubre de quelque tragédie jacobine, comme à une scène surprenante de Webster, de Ford ou de Cyril Tourneur. Cette jeune fille n'a jamais vécu, à la réalité, et elle n'est jamais morte.... Elle vous fut toujours comme un songe..., comme ce fantôme qui apparaît dans les drames de Shakespeare, les rendant plus adorables par sa présence, comme un roseau à travers lequel passe la musique de Shakespeare, enrichie de joie et de sonorité.

«Elle gâta sa vie au moment où elle y entra, et la vie la gâta; elle en mourut.... Pleurez pour Ophélie, si vous voulez; couvrez-vous le front de cendres parce que Cordélié a été étranglée; invectivez le ciel parce que la fille de Brabantio est trépassée, mais ne gaspillez pas vos larmes sur le cadavre de Sibyl Vane; celle-ci était moins réelle que celles-là....»

Un silence suivit. Le crépuscule assombrissait la chambre; sans bruit, à pas de velours, les ombres se glissaient dans le jardin. Les couleurs des objets s'évanouissaient paresseusement.

Après quelques minutes, Dorian Gray releva la tête....

—Vous m'avez expliqué à moi-même, Harry, murmura-t-il avec un soupir de soulagement. Je sentais tout ce que vous m'avez dit, mais en quelque sorte, j'en étais effrayé et je n'osais me l'exprimer à moi-même. Comme vous me connaissez bien!... Mais nous ne parlerons plus de ce qui est arrivé; ce fut une merveilleuse expérience, c'est tout. Je ne crois pas que la vie me réserve encore quelque chose d'aussi merveilleux.

—La vie a tout en réserve pour vous, Dorian. Il n'est rien, avec votre extraordinaire beauté, que vous ne soyez capable de faire.

—Mais songez, Harry, que je deviendrai grotesque, vieux, ridé!... Alors?...

—Alors, reprit lord Henry en se levant, alors, mon cher Dorian, vous aurez à combattre pour vos victoires; actuellement, elles vous sont apportées. Il faut que vous gardiez votre beauté. Nous vivons dans un siècle qui lit trop pour être sage et qui pense trop pour être beau. Nous ne pouvons nous passer de vous.... Maintenant, ce que vous avez de mieux à faire, c'est d'aller vous habiller et de descendre au club. Nous sommes plutôt en retard comme vous le voyez.

—Je pense que je vous rejoindrai à l'Opéra, Harry. Je suis trop fatigué pour manger quoi que ce soit. Quel est le numéro de la loge de votre soeur?

—Vingt-sept, je crois. C'est au premier rang; vous verrez son nom sur la porte? Je suis désolé que vous ne veniez dîner.

—Ça ne m'est point possible, dit Dorian nonchalamment.... Je vous suis bien obligé pour tout ce que vous m'avez dit; vous êtes certainement mon meilleur ami; personne ne m'a compris comme vous.

—Nous sommes seulement au commencement de notre amitié, Dorian, répondit lord Henry, en lui serrant la main. Adieu. Je vous verrai avant neuf heures et demie, j'espère. Souvenez-vous que la Patti chante....

Comme il fermait la porte derrière lui, Dorian Gray sonna, et au bout d'un instant, Victor apparut avec les lampes et tira les jalousies. Dorian s'impatientait, voulant déjà être parti, et il lui semblait que Victor n'en finissait pas....

Aussitôt qu'il fut sorti, il se précipita vers le paravent et découvrit la peinture.

Non! Rien n'était changé de nouveau dans le portrait; il avait su la mort de Sibyl Vane avant lui; il savait les événements de la vie alors qu'ils arrivaient. La cruauté méchante qui gâtait les fines lignes de la bouche, avait apparu, sans doute, au moment même où la jeune fille avait bu le poison.... Ou bien était-il indifférent aux événements? Connaissait-il simplement ce qui se passait dans l'âme. Il s'étonnait, espérant que quelque jour, il verrait le changement se produire devant ses yeux et cette pensée le fit frémir.

Pauvre Sibyl! Quel roman cela avait été! Elle avait souvent mimé la mort au théâtre. La mort l'avait touchée et prise avec elle. Comment avait-elle joué cette ultime scène terrifiante? L'avait-elle maudit en mourant? Non! elle était morte par amour pour lui, et l'amour, désormais, lui serait un sacrement. Elle avait tout racheté par le sacrifice qu'elle avait fait de sa vie. Il ne voulait plus songer à ce qu'elle lui avait fait éprouver pendant cette terrible soirée, au théâtre.... Quand il penserait à elle, ce serait comme à une prestigieuse figure tragique envoyée sur la scène du monde pour y montrer la réalité suprême de l'Amour. Une prestigieuse figure tragique! Des larmes lui montèrent aux yeux, en se souvenant de son air enfantin, de ses manières douces et capricieuses, de sa farouche et tremblante grâce. Il les refoula en hâte, et regarda de nouveau le portrait.

Il sentit que le temps était venu, cette fois, de faire son choix. Son choix n'avait-il été déjà fait? Oui, la vie avait décidé pour lui...la vie, et aussi l'âpre curiosité qu'il en avait.... L'éternelle jeunesse, l'infinie passion, les plaisirs subtils et secrets, les joies ardentes et les péchés plus ardents encore—toutes ces choses il devait les connaître. Le portrait assumerait le poids de sa honte, voilà tout!...

Une sensation de douleur le poignit on pensant à la désagrégation que subirait sa belle face peinte sur la toile. Une fois, moquerie gamine de Narcisse, il avait baisé, ou feint de baiser ces lèvres peintes, qui, maintenant, lui souriaient si cruellement. Des jours et des jours, il s'était assis devant son portrait, s'émerveillant de sa beauté, presque énamouré d'elle comme il lui sembla maintes fois.... Devait-elle s'altérer, à présent, à chaque péché auquel il céderait? Cela deviendrait-il un monstrueux et dégoûtant objet à cacher dans quelque chambre cadenassée, loin de la lumière du soleil qui avait si souvent léché l'or éclatant de sa chevelure ondée? Quelle dérision sans mesure!

Un instant, il songea à prier pour que cessât l'horrible sympathie existant entre lui et le portrait. Une prière l'avait faite; peut-être une prière la pouvait-elle détruire?...

Cependant, qui, connaissant la vie, hésiterait pour garder la chance de rester toujours jeune, quelque fantastique que cette chance pût paraître, à tenter les conséquences que ce choix pouvait entraîner?... D'ailleurs cela dépendait-il de sa volonté?...

Etait-ce vraiment la prière qui avait produit cette substitution? Quelque raison scientifique ne pouvait-elle l'expliquer? Si la pensée pouvait exercer une influence sur un organisme vivant, cette influence ne pouvait-elle s'exercer sur les choses mortes ou inorganiques? Ne pouvaient-elles, les choses extérieures à nous-mêmes, sans pensée ou désir conscients, vibrer à l'unisson de nos humeurs ou de nos passions, l'atome appelant l'atome dans un amour secret ou une étrange affinité. Mais la raison était sans importance. Il ne tenterait plus par la prière un si terrible pouvoir. Si la peinture devait s'altérer, rien ne pouvait l'empêcher. C'était clair. Pourquoi approfondir cela? Car il y aurait un véritable plaisir à guetter ce changement? Il pourrait suivre son esprit dans ses pensées secrètes; ce portrait lui serait le plus magique des miroirs. Comme il lui avait révélé son propre corps, il lui révélerait sa propre âme. Et quand l'hiver de la vie viendrait, sur le portrait, lui, resterait sur la lisière frissonnante du printemps et de l'été. Quand le sang lui viendrait à la face, laissant derrière un masque pallide de craie aux yeux plombés, il garderait la splendeur de l'adolescence. Aucune floraison de sa jeunesse ne se flétrirait; le pouls de sa vie ne s'affaiblirait point. Comme les dieux de la Grèce, il serait fort, et léger et joyeux. Que pouvait lui faire ce qui arriverait à l'image peinte sur la toile? Il serait sauf: tout était là!...

Souriant, il replaça le paravent dans la position qu'il occupait devant le portrait, et passa dans la chambre où l'attendait son valet. Une heure plus tard, il était à l'Opéra, et lord Henry s'appuyait sur le dos de son fauteuil.

IX

Le lendemain matin, tandis qu'il déjeunait, Basil Hallward entra.

—Je suis bien heureux de vous trouver, Dorian, dit-il gravement. Je suis venu hier soir et on m'a dit que vous étiez à l'Opéra. Je savais que c'était impossible. Mais j'aurais voulu que vous m'eussiez laissé un mot, me disant où vous étiez allé. J'ai passé une bien triste soirée, craignant qu'une première tragédie soit suivie d'une autre. Vous auriez dû me télégraphier dès que vous en avez entendu parler. Je l'ai lu par hasard dans la dernière édition du *Globe* au club. Je vins aussitôt ici et je fus vraiment désolé de ne pas vous trouver. Je ne saurais vous dire combien j'ai eu le coeur brisé par tout cela. Je sais ce que vous devez souffrir. Mais où étiez-vous? Êtes-vous allé voir la mère de la pauvre fille? Un instant. J'avais songé à vous y chercher. On avait mis l'adresse dans le journal. Quelque part dans Euston Road, n'est-ce pas? Mais j'eus peur d'importuner une douleur que je ne pouvais consoler. Pauvre femme! Dans quel état elle devait être! Son unique enfant!... Que disait-elle?

—Mon cher Basil, que sais-je? murmura Dorian Gray en buvant à petits coups d'un vin jaune pâle dans un verre de Venise, délicatement contourné et doré, en paraissant profondément ennuyé. J'étais à l'Opéra, vous auriez dû y venir. J'ai rencontré pour la première lois lady Gwendoline, la soeur d'Harry. Nous étions dans sa loge. Elle est tout à fait charmante et la Patti a chanté divinement. Ne parlez pas de choses horribles. Si l'on ne parlait jamais d'une chose, ce serait comme si elle n'était jamais arrivée. C'est seulement l'expression, comme dit Harry, qui donne une réalité aux choses. Je dois dire que ce n'était pas l'unique enfant de la pauvre femme. Il y a un fils, un charmant garçon je crois. Mais il n'est pas au théâtre. C'est un marin, ou quelque chose comme cela. Et maintenant parlez-moi de vous et de ce que vous êtes en train de peindre?

—Vous avez été à l'Opéra? dit lentement Hallward avec une vibration de tristesse dans la voix. Vous avez été à l'Opéra pendant que Sibyl Vane reposait dans la mort en un sordide logis? Vous pouvez me parler d'autres femmes charmantes et de la Patti qui chantait divinement, avant que la jeune fille que vous aimiez ait même la quiétude d'un tombeau pour y dormir?... Vous ne songez donc pas aux horreurs réservées a ce petit corps lilial!

—Arrêtez-vous, Basil, je ne veux pas les entendre! s'écria Dorian en se levant. Ne me parlez pas de ces choses. Ce qui est fait est fait. Le passé est le passé.

—Vous appelez hier le passé?

—Ce qui se passe dans l'instant actuel va lui appartenir. Il n'y a que les gens superficiels qui veulent des années pour s'affranchir d'une émotion. Un homme maître de lui-même, peut mettre fin à un chagrin aussi facilement qu'il peut inventer un plaisir. Je ne veux pas être à la merci de mes émotions. Je veux en user, les rendre agréable et les dominer.

—Dorian, ceci est horrible!... Quelque chose vous a changé complètement. Vous avez toujours les apparences de ce merveilleux jeune homme qui venait chaque jour à mon atelier poser pour son portrait. Mais alors vous étiez simple, naturel et tendre. Vous étiez la moins souillée des créatures. Maintenant je ne sais ce qui a passé sur vous. Vous parlez comme si vous n'aviez ni coeur ni pitié. C'est l'influence d'Harry qui a fait cela, je le vois bien....

Le jeune homme rougit et allant à la fenêtre, resta quelques instants à considérer la pelouse fleurie et ensoleillée.

—Je dois beaucoup à Harry, Basil, dit-il enfin, plus que je ne vous dois. Vous ne m'avez appris qu'à être vain.

—Parfait?... aussi en suis-je puni, Dorian, ou le serai-je quelque jour.

—Je ne sais ce que vous voulez dire, Basil, s'écria-t-il en se retournant. Je ne sais ce que vous voulez! Que voulez-vous?

—Je voudrais retrouver le Dorian Gray que j'ai peint, dit l'artiste, tristement.

—Basil, fit l'adolescent, allant à lui et lui mettant la main sur l'épaule, vous êtes venu trop tard. Hier lorsque j'appris que Sibyl Vane s'était suicidée....

—Suicidée, mon Dieu! est-ce bien certain? s'écria Hallward le regardant avec une expression d'horreur....

—Mon cher Basil! Vous ne pensiez sûrement pas que ce fut un vulgaire accident. Certainement, elle s'est suicidée.

L'autre enfonça sa tête dans ses mains.

—C'est effrayant, murmura-t-il, tandis qu'un frisson le parcourait.

—Non, dit Dorian Gray, cela n'a rien d'effrayant. C'est une des plus grandes tragédies romantiques de notre temps. A l'ordinaire, les acteurs ont l'existence la plus banale. Ils sont bons maris, femmes fidèles, quelque chose d'ennuyeux; vous comprenez, une vertu moyenne et tout ce qui s'en suit. Comme Sibyl était différente! Elle a vécu sa plus belle tragédie. Elle fut constamment une héroïne. La dernière nuit qu'elle joua, la nuit où vous la vîtes, elle joua mal parce qu'elle avait compris la réalité de l'amour. Quand elle connut ses déceptions, elle mourut comme Juliette eût pu mourir. Elle appartint encore en cela au domaine d'art. Elle a quelque chose d'une martyre. Sa mort a toute l'inutilité pathétique du martyre, toute une beauté de désolation. Mais comme je vous le disais, ne croyez pas que je n'aie pas souffert. Si vous étiez venu hier, à un certain moment—vers cinq heures et demie peut-être ou six heures moins le quart—, vous m'auriez trouvé en larmes.... Même Harry qui était ici et qui, au fait, m'apporta la nouvelle, se demandait où j'allais en venir. Je souffris intensément. Puis cela passa. Je ne puis répéter une émotion. Personne d'ailleurs ne le peut, excepté les sentimentaux. Et vous êtes cruellement injuste, Basil: vous venez ici pour me consoler, ce qui est charmant de votre part; vous me trouvez tout consolé et vous êtes furieux!... Tout comme une personne sympathique! Vous me rappelez une histoire qu'Harry m'a racontée à propos d'un certain philanthrope qui dépensa vingt ans de sa vie à essayer de redresser quelque tort, ou de modifier une loi injuste, je ne sais plus exactement. Enfin il y réussit, et rien ne put surpasser son désespoir. Il n'avait absolument plus rien à faire, sinon à mourir d'ennui et il devint un misanthrope résolu. Maintenant, mon cher Basil, si vraiment vous voulez me consoler, apprenez-moi à oublier ce qui est arrivé ou à le considérer à un point de vue assez artistique. N'est-ce pas Gautier qui écrivait sur la «Consolation des arts»? Je me rappelle avoir trouvé un jour dans votre atelier un petit volume relié en vélin, où je cueillis ce mot délicieux. Encore ne suis-je pas comme ce jeune homme dont vous me parliez lorsque nous fûmes ensemble à Marlow, ce jeune homme qui disait que le satin jaune pouvait nous consoler de toutes les misères de l'existence. J'aime les belles choses que l'on peut toucher et tenir: les vieux brocarts, les bronzes verts, les laques, les ivoires, exquisément travaillés, ornés, parés; il y a beaucoup à tirer de ces choses. Mais le tempérament artistique qu'elles créent ou du moins révèlent est plus encore pour moi. Devenir le spectateur de sa propre vie, comme dit Harry, c'est échapper aux souffrances terrestres. Je sais bien que je vous étonne en vous parlant ainsi. Vous n'avez pas compris comment je me suis développé. J'étais un écolier lorsque vous me connûtes. Je suis un homme maintenant, j'ai de nouvelles passions, de nouvelles pensées, des idées nouvelles. Je suis différent, mais vous ne devez pas m'en aimer moins. Je suis changé, mais vous serez toujours mon ami. Certes, j'aime beaucoup Harry; je sais bien que vous êtes meilleur que lui.... Vous n'êtes pas plus fort, vous avez trop peur de la vie, mais vous êtes meilleur. Comme nous étions heureux ensemble! Ne m'abandonnez pas, Basil, et ne me querellez pas, je suis ce que je suis. Il n'y a rien de plus à dire!

Le peintre semblait singulièrement ému. Le jeune homme lui était très cher, et sa personnalité avait marqué le tournant de son art. Il ne put supporter l'idée de lui faire plus longtemps des reproches. Après tout, son indifférence pouvait n'être qu'une humeur passagère; il y avait en lui tant de bonté et tant de noblesse.

—Bien, Dorian, dit-il enfin, avec un sourire attristé; je ne vous parlerai plus de cette horrible affaire désormais. J'espère seulement que votre nom n'y sera pas mêlé. L'enquête doit avoir lieu cette après-midi. Vous a-t-on convoqué?

Dorian secoua la tête et une expression d'ennui passa sur ses traits à ce mot d'«enquête.» Il y avait dans ce mot quelque chose de si brutal et de si vulgaire!

—Ils ne connaissent pas son nom, répondit-il.

—Mais elle, le connaissait certainement?

—Mon prénom seulement et je suis certain qu'elle ne l'a jamais dit à personne. Elle m'a dit une fois qu'ils étaient tous très curieux de savoir qui j'étais et qu'elle leur répondait invariablement que je m'appelais le «Prince Charmant.» C'était gentil de sa part. Il faudra que vous me fassiez un croquis de Sibyl, Basil. Je voudrais avoir d'elle quelque chose de plus que le souvenir de quelques baisers et de quelques lambeaux de phrases pathétiques.

—J'essaierai de faire quelque chose, Dorian, si cela vous fait plaisir. Mais il faudra que vous veniez encore me poser. Je ne puis me passer de vous.

—Je ne peux plus poser pour vous, Basil. C'est tout à fait impossible! s'écria-t-il en se reculant.

Le peintre le regarda en face....

—Mon cher enfant, quelle bêtise! Voudriez-vous dire que ce que j'ai fait de vous ne vous plaît pas? Où est-ce, à propos?... Pourquoi avez-vous poussé le paravent devant votre portrait? Laissez-moi le regarder. C'est la meilleure chose que j'aie jamais faite. Otez ce paravent, Dorian. C'est vraiment désobligeant de la part de votre domestique de cacher ainsi mon oeuvre. Il me semblait que quelque chose était changé ici quand je suis entré.

—Mon domestique n'y est pour rien, Basil. Vous n'imaginez pas que je lui laisse arranger mon appartement. Il dispose mes fleurs, quelquefois, et c'est tout. Non, j'ai fait cela moi-même. La lumière tombait trop crûment sur le portrait.

—Trop crûment, mais pas du tout, cher ami. L'exposition est admirable. Laissez-moi voir....

Et Hallward se dirigea vers le coin de la pièce.

Un cri de terreur s'échappa des lèvres de Dorian Gray. Il s'élança entre le peintre et le paravent.

—Basil, dit-il, en pâlissant vous ne regarderez pas cela, je ne le veux pas.

—Ne pas regarder ma propre oeuvre! Vous n'êtes pas sérieux. Pourquoi ne la regarderais-je pas? s'exclama Hallward en riant.

—Si vous essayez de la voir, Basil, je vous donne ma parole d'honneur que je ne vous parlerai plus de toute ma vie!... Je suis tout à fait sérieux, je ne vous offre aucune explication et il ne faut pas m'en demander. Mais, songez-y, si vous touchez au paravent, tout est fini entre nous!...

Hallward était comme foudroyé. Il regardait Dorian avec une profonde stupéfaction. Il ne l'avait jamais vu ainsi. Le jeune homme était blême de colère. Ses mains se crispaient et les pupilles de ses yeux semblaient deux flammes bleues. Un tremblement le parcourait....

—Dorian!

—Ne parlez pas!

—Mais qu'y-a-t-il? Certainement je ne le regarderai pas si vous ne le voulez pas, dit-il un peu froidement, tournant sur ses talons et allant vers la fenêtre, mais il me semble plutôt absurde que je ne puisse voir mon oeuvre, surtout lorsque je vais l'exposer à Paris cet automne. Il faudra sans doute que je lui donne une nouvelle couche de vernis d'ici-là; ainsi, devrai-je l'avoir quelque jour; pourquoi pas maintenant?

—L'exposer!... Vous voulez l'exposer? s'exclama Dorian Gray envahi d'un étrange effroi.

Le monde verrait donc son secret? On viendrait bâiller devant le mystère de sa vie? Cela était impossible! Quelque chose—il ne savait quoi—se passerait avant....

—Oui, je ne suppose pas que vous ayez quelque chose à objecter. Georges Petit va réunir mes meilleures toiles pour une exposition spéciale qui ouvrira rue de Sèze dans la première semaine d'octobre. Le portrait ne sera hors d'ici que pour un mois; je pense que vous pouvez facilement vous en séparer ce laps de temps. D'ailleurs vous serez sûrement absent de la ville. Et si vous le laissez toujours derrière un paravent, vous n'avez guère à vous en soucier.

Dorian passa sa main sur son front emperlé de sueur. Il lui semblait qu'il courait un horrible danger.

—Vous m'avez dit, il y a un mois, que vous ne l'exposeriez jamais, s'écria-t-il. Pourquoi avez-vous changé d'avis? Vous autres qui passez pour constants vous avez autant de caprices que les autres. La seule différence, c'est que vos caprices sont sans aucune signification. Vous ne pouvez avoir oublié que vous m'avez solennellement assuré que rien au monde ne pourrait vous amener à l'exposer. Vous avez dit exactement la même chose à Harry.

Il s'arrêta soudain; un éclair passa dans ses yeux. Il se souvint que lord Henry lui avait dit un jour à moitié sérieusement, à moitié en riant: «Si vous voulez passer un curieux quart d'heure, demandez à Basil pourquoi il ne veut pas exposer votre portrait. Il me l'a dit, et cela a été pour moi une révélation.» Oui, Basil aussi, peut-être, avait son secret. Il essaierait de le connaître....

—Basil, dit-il en se rapprochant tout contre lui et le regardant droit dans les yeux, nous avons chacun un secret. Faites-moi connaître le vôtre, je vous dirai le mien. Pour quelle raison refusez-vous d'exposer mon portrait?

Le peintre frissonna malgré lui.

—Dorian, si je vous le disais, vous pourriez m'en aimer moins et vous ririez sûrement de moi; je ne pourrai supporter ni l'une ni l'autre de ces choses. Si vous voulez que je ne regarde plus votre portrait, c'est bien.... Je pourrai, du moins, toujours vous regarder, vous.... Si vous voulez que la meilleure de mes oeuvres soit à jamais cachée au monde, j'accepte.... Votre amitié m'est plus chère que toute gloire ou toute renommée.

—Non, Basil, il faut me le dire, insista Dorian Gray, je crois avoir le droit de le savoir.

Son impression de terreur avait disparu et la curiosité l'avait remplacée. Il était résolu à connaître le secret de Basil Hallward.

—Asseyons-nous, Dorian, dit le peintre troublé, asseyons-nous; et répondez à ma question. Avez-vous remarqué dans le portrait une chose curieuse? Une chose qui probablement ne vous a pas frappé tout d'abord, mais qui s'est révélée à vous soudainement?

—Basil! s'écria le jeune homme étreignant les bras de son fauteuil de ses mains tremblantes et le regardant avec des yeux ardents et effrayés.

—Je vois que vous l'avez remarqué.... Ne parlez pas! Attendez d'avoir entendu ce que j'ai à dire. Dorian, du jour où je vous rencontrai, votre personnalité eut sur moi une influence extraordinaire. Je fus dominé, âme, cerveau et talent, par vous. Vous deveniez pour moi la visible incarnation de cet idéal jamais vu, dont la pensée nous hante, nous autres artistes, comme un rêve exquis. Je vous aimai; je devins jaloux de tous ceux à qui vous parliez, je voulais vous avoir à moi seul, je n'étais heureux que lorsque j'étais avec vous. Quant vous étiez loin de moi, vous étiez encore présent dans mon art....

«Certes, je ne vous laissai jamais rien connaître de tout cela. C'eût été impossible. Vous n'auriez pas compris; je le comprends à peine moi-même. Je connus seulement que j'avais vu la perfection face à face et le monde devint merveilleux à mes yeux, trop merveilleux peut-être, car il y a un péril dans de telles adorations, le péril de les perdre, non moindre que celui de les conserver.... Les semaines passaient et je m'absorbais en vous de plus en plus. Alors commença une phase nouvelle. Je vous avais dessiné en berger Paris, revêtu d'une délicate armure, en Adonis armé d'un épieu poli et en costume de chasseur. Couronné de lourdes fleurs de lotus, vous aviez posé sur la proue de la trirème d'Adrien, regardant au-delà du Nil vert et bourbeux. Vous vous étiez penché sur l'étang limpide d'un paysage grec, mirant dans l'argent des eaux silencieuses, la merveille de votre propre visage. Et tout cela avait été ce que l'art pouvait être, de l'inconscience, de l'idéal, de l'à-peu prés. Un jour, jour fatal, auquel je pense quelquefois, je résolus de peindre un splendide portrait de vous tel que vous êtes maintenant, non dans les costumes des temps révolus, mais dans vos propres vêtements et dans votre époque. Fût-ce le réalisme du sujet ou la simple idée de votre propre personnalité, se présentant ainsi à moi sans entours et sans voile, je ne puis le dire. Mais je sais que pendant que j'y travaillais, chaque coup de pinceau, chaque touche de couleur me semblaient révéler mon secret. Je m'effrayais que chacun pût connaître mon idolâtrie. Je sentis, Dorian, que j'avais trop dit, mis trop de moi-même dans cette oeuvre. C'est alors que je résolus de ne jamais permettre que ce portrait fut exposé. Vous en fûtes un peu ennuyé. Mais alors vous ne vous rendiez pas compte de ce que tout cela signifiait pour moi. Harry, à qui j'en parlai, se moqua de moi, je ne m'en souciais pas. Quand le tableau fut terminé et que je m'assis tout seul en face de lui, je sentis que j'avais raison.... Mais quelques jours après qu'il eût quitté mon atelier, dès que je fus débarrassé de l'intolérable fascination de sa présence, il me sembla que j'avais été fou en imaginant y avoir vu autre chose que votre beauté et plus de choses que je n'en pouvais peindre. Et même maintenant je ne puis m'empêcher de sentir l'erreur qu'il y a à croire que la passion éprouvée dans la création puisse jamais se montrer dans l'oeuvre créée. L'art est toujours plus abstrait que nous ne l'imaginons. La forme et la couleur nous parlent de forme et de couleur, voilà tout. Il me semble souvent que l'oeuvre cache l'artiste bien plus qu'il ne le révèle. Aussi lorsque je reçus cette offre de Paris, je résolus de faire de votre portrait le clou de mon exposition. Je ne soupçonnais jamais que vous pourriez me le refuser. Je vois maintenant que vous aviez raison. Ce portrait ne peut être montré. Il ne faut pas m'en vouloir, Dorian, de tout ce que je viens de vous dire. Comme je le disais une fois à Harry, vous êtes fait pour être aimé....

Dorian Gray poussa un long soupir. Ses joues se colorèrent de nouveau et un sourire se joua sur ses lèvres. Le péril était passé. Il était sauvé pour l'instant. Il ne pouvait toutefois se défendre d'une infinie pitié pour le peintre qui venait de lui faire une si étrange confession, et il se demandait si lui-même pourrait jamais être ainsi dominé par la personnalité d'un ami. Lord Henry avait ce charme d'être très dangereux, mais c'était tout. Il était trop habile et trop cynique pour qu'on put vraiment l'aimer. Pourrait-il jamais exister quelqu'un qui le remplirait d'une aussi étrange idolâtrie? Etait-ce là une de ces choses que la vie lui réservait?...

—Cela me paraît extraordinaire, Dorian, dit Hallward que vous ayez réellement vu cela dans le portrait. L'avez-vous réellement vu?

—J'y voyais quelque chose, répondit-il, quelque chose qui me semblait très curieux.

—Bien, admettez-vous maintenant que je le regarde?

Dorian secoua la tête.

—Il ne faut pas me demander cela, Basil, je ne puis vraiment vous laisser face à face avec ce tableau.

—Vous y arriverez un jour?

—Jamais!

—Peut-être avez-vous raison. Et maintenant, au revoir, Dorian. Vous avez été la seule personne dans ma vie qui ait vraiment influencé mon talent. Tout ce que j'ai fait de bon, je vous le dois. Ah! vous ne savez pas ce qu'il m'en coûte de vous dire tout cela!...

—Mon cher Basil, dit Dorian, que m'avez-vous dit? Simplement que vous sentiez m'admirer trop.... Ce n'est pas même un compliment.

—Ce ne pouvait être un compliment. C'était une confession; maintenant que je l'ai faite, il me semble que quelque chose de moi s'en est allé. Peut-être ne doit-on pas exprimer son adoration par des mots.

—C'était une confession très désappointante.

—Qu'attendiez-vous donc, Dorian? Vous n'aviez rien vu d'autre dans le tableau? Il n'y avait pas autre chose à voir....

—Non, il n'y avait rien de plus à y voir. Pourquoi le demander? Mais il ne faut pas parler d'adoration. C'est une folie. Vous et moi sommes deux amis; nous devons nous en tenir là....

—Il vous reste Harry! dit le peintre tristement.

—Oh! Harry! s'écria l'adolescent avec un éclat de rire; Harry passe ses journées à dire des choses incroyables et ses soirées à faire des choses invraisemblables. Tout à fait le genre de vie que j'aimerais. Mais je ne crois pas que j'irai vers Harry dans un moment d'embarras; je viendrai à vous aussitôt, Basil.

—Vous poserez encore pour moi?

—Impossible!

—Vous gâtez ma vie d'artiste en refusant, Dorian. Aucun homme ne rencontre deux fois son idéal; très peu ont une seule fois cette chance.

—Je ne puis vous donner d'explications, Basil; je ne dois plus poser pour vous. Il y a quelque chose de fatal dans un portrait. Il a sa vie propre.... Je viendrai prendre le thé avec vous. Ce sera tout aussi agréable.

—Plus agréable pour vous, je le crains, murmura Hallward avec tristesse. Et maintenant au revoir. Je suis fâché que vous ne vouliez pas me laisser regarder encore une fois le tableau. Mais nous n'y pouvons rien. Je comprends parfaitement ce que vous éprouvez.

Lorsqu'il fut parti, Dorian se sourit à lui-même. Pauvre Basil! Comme il connaissait peu la véritable raison! Et comme cela était étrange qu'au lieu d'avoir été forcé de révéler son propre secret, il avait réussi presque par hasard, à arracher le secret de son ami! Comme cette étonnante confession l'expliquait à ses yeux! Les absurdes accès de jalousie du peintre, sa dévotion farouche, ses panégyriques extravagants, ses curieuses réticences, il comprenait tout maintenant et il en éprouva une contrariété. Il lui semblait qu'il pouvait y avoir quelque chose de tragique dans une amitié aussi empreinte de romanesque.

Il soupira, puis il sonna. Le portrait devait être caché à tout prix. Il ne pouvait courir plus longtemps le risque de le découvrir aux regards. Ç'avait été de sa part une vraie folie que de le laisser, même une heure, dans une chambre où tous ses amis avaient libre accès.

X

Quand le domestique entra, il l'observa attentivement, se demandant si cet homme avait eu la curiosité de regarder derrière le paravent. Le valet était parfaitement impassible et attendait ses ordres. Dorian alluma une cigarette et marcha vers la glace dans laquelle il regarda. Il y pouvait voir parfaitement la face de Victor qui s'y reflétait. C'était un masque placide de servilisme. Il n'y avait rien à craindre de ce côté. Cependant, il pensa qu'il était bon de se tenir sur ses gardes.

Il lui dit, d'un ton très bas, de demander à la gouvernante de venir lui parler et d'aller ensuite chez l'encadreur le prier de lui envoyer immédiatement deux de ses hommes. Il lui sembla, lorsque le valet sortit, que ses yeux se dirigeaient vers le paravent. Ou peut-être était-ce un simple effet de son imagination?

Quelques instants après Mme Leaf, vêtue de sa robe de soie noire, ses mains ridées couvertes de mitaines à l'ancienne mode, entrait dans la bibliothèque. Il lui demanda la clef de la salle d'étude.

—La vieille salle d'étude M. Dorian? s'exclama-t-elle, mais elle est toute pleine de poussière! Il faut que je la fasse mettre en ordre et nettoyer avant que vous y alliez. Elle n'est pas présentable pour vous, monsieur, pas du tout présentable.

—Je n'ai pas besoin qu'elle soit en ordre, Leaf. Il me faut la clef, simplement....

—Mais, monsieur, vous serez couvert de toiles d'araignées si vous y allez. Comment! On ne l'a pas ouverte depuis cinq ans, depuis que Sa Seigneurie est morte.

Il tressaillit à cette mention de son grand-père. Il en avait gardé un souvenir détestable.

—Ça ne fait rien, dit-il, j'ai seulement besoin de voir cette pièce, et c'est tout. Donnez-moi la clef.

—Voici la clef, monsieur, dit la vieille dame cherchant dans son trousseau d'une main fiévreuse. Voici la clef. Je vais tout de suite l'avoir retirée du trousseau. Mais je ne pense pas que vous vous proposez d'habiter là-haut, monsieur, vous êtes ici si confortablement.

—Non, non, s'écria-t-il avec impatience.... Merci, Leaf. C'est très bien.

Elle s'attarda un moment, très loquace sur quelques détails du ménage. Il soupira et lui dit de faire pour le mieux suivant son idée. Elle se retira en minaudant.

Lorsque la porte se fut refermée, Dorian mit la clef dans sa poche et regarda autour de lui. Ses regards s'arrêtèrent sur un grand couvre-lit de satin pourpre, chargé de lourdes broderies d'or, un splendide travail vénitien du dix-septième siècle que son grand-père avait trouvé dans un couvent, près de Bologne. Oui, cela pourrait servir à envelopper l'horrible objet. Peut-être cette étoffe avait-elle déjà servi de drap mortuaire. Il s'agissait maintenant d'en couvrir une chose qui avait sa propre corruption, pire même que la corruption de la mort, une chose capable d'engendrer l'horreur et qui cependant, ne mourrait jamais. Ce que les vers sont au cadavre, ses péchés le seraient à l'image peinte sur la toile. Ils détruiraient sa beauté, et rongeraient sa grâce. Ils la souilleraient, la couvriraient de honte.... Et cependant l'image durerait; elle serait toujours vivante.

Il rougit et regretta un moment de n'avoir pas dit à Basil la véritable raison pour laquelle il désirait cacher le tableau. Basil l'eût aidé à résister à l'influence de lord Henry et aux influences encore plus empoisonnées de son propre tempérament. L'amour qu'il lui portait—car c'était réellement de l'amour—n'avait rien que de noble et d'intellectuel. Ce n'était pas cette simple admiration physique de la beauté qui naît des sens et qui meurt avec la fatigue des sens. C'était un tel amour qu'avaient connu Michel Ange, et Montaigne, et Winckelmann, et Shakespeare lui-même. Oui, Basil eût pu le sauver. Mais il était trop tard, maintenant. Le passé pouvait être anéanti. Les regrets, les reniements, ou l'oubli pourrait faire cela. Mais le futur était inévitable. Il y avait en lui des passions qui trouveraient leur terrible issue, des rêves qui projetteraient sur lui l'ombre de leur perverse réalité.

Il prit sur le lit de repos la grande draperie de soie et d'or qui le couvrait et la jetant sur son bras, passa derrière le paravent. Le portrait était-il plus affreux qu'avant? Il lui sembla qu'il n'avait pas changé et son aversion pour lui en fut encore augmentée. Les cheveux d'or, les yeux bleus, et les roses rouges des lèvres, tout s'y trouvait. L'expression seulement était autre. Cela était horrible dans sa cruauté. En comparaison de tout ce qu'il y voyait de reproches et de censures, comme les remontrances de Basil à propos de Sibyl Vane, lui semblaient futiles! Combien futiles et de peu d'intérêt! Sa propre âme le regardait de cette toile et le jugeait. Une expression de douleur couvrit ses traits et il jeta le riche linceul sur le tableau. Au même instant on frappa à la porte, il passait de l'autre côté du paravent au moment où son domestique entra.

—Les encadreurs sont là, monsieur.

Il lui sembla qu'il devait d'abord écarter cet homme. Il ne fallait pas qu'il sût où la peinture serait cachée. Il y avait en lui quelque chose de dissimulé, ses yeux étaient inquiets et perfides. S'asseyant à sa table il écrivit un mot à lord Henry, lui demandant de lui envoyer quelque chose à lire et lui rappelant qu'ils devaient se retrouver à huit heures un quart le soir.

—Attendez la réponse, dit-il en tendant le billet au domestique, et faites entrer ces hommes.

Deux minutes après, on frappa de nouveau à la porte et M. Hubbard lui-même, le célèbre encadreur de South Audley Street, entra avec un jeune aide à l'aspect rébarbatif. M. Hubbard était un petit homme florissant aux favoris roux, dont l'admiration pour l'art était fortement atténuée par l'insuffisance pécuniaire des artistes qui avaient affaire à lui. D'habitude il ne quittait point sa boutique. Il attendait qu'on vint à lui. Mais il faisait toujours une exception en faveur de Dorian Gray. Il y avait en Dorian quelque chose qui charmait tout le monde. Rien que le voir était une joie.

—Que puis-je faire pour vous, M. Gray? dit-il en frottant ses mains charnues et marquées de taches de rousseur; j'ai cru devoir prendre pour moi l'honneur de vous le demander en personne; j'ai justement un cadre de toute beauté, monsieur, une trouvaille faite dans une vente. Du vieux florentin. Cela vient je crois de Fonthill.... Conviendrait admirablement à un sujet religieux, M. Gray.

—Je suis fâché que vous vous soyez donné le dérangement de monter, M. Hubbard, j'irai voir le cadre, certainement, quoique je ne sois guère en ce moment amateur d'art religieux, mais aujourd'hui je voulais seulement faire monter un tableau tout en haut de la maison. Il est assez lourd et je pensais à vous demander de me prêter deux de vos hommes.

—Aucun dérangement, M. Gray. Toujours heureux de vous être agréable. Quelle est cette oeuvre d'art?

—La voici, répondit Dorian en repliant le paravent. Pouvez-vous la transporter telle qu'elle est là, avec sa couverture. Je désire qu'elle ne soit pas abîmée en montant.

—Cela est très facile, monsieur, dit l'illustre encadreur se mettant, avec l'aide de son apprenti, à détacher le tableau des longues chaînes de cuivre auxquelles il était suspendu. Et où devons-nous le porter, M. Gray?

—Je vais vous montrer le chemin, M. Hubbard, si vous voulez bien me suivre. Ou peut-être feriez-vous mieux d'aller en avant. Je crains que ce ne soit bien haut, nous passerons par l'escalier du devant qui est plus large.

Il leur ouvrit la porte, ils traversèrent le hall et ils commencèrent à monter. Les ornements du cadre rendaient le tableau très volumineux et de temps en temps, en dépit des obséquieuses protestations de M. Hubbard, qui éprouvait comme tous les marchands un vif déplaisir à voir un homme du monde faire quelque chose d'utile, Dorian leur donnait un coup de main.

—C'est une vraie charge à monter, monsieur, dit le petit homme, haletant, lorsqu'ils arrivèrent au dernier palier. Il épongeait son front dénudé.

—Je crois que c'est en effet très lourd, murmura Dorian, ouvrant la porte de la chambre qui devait receler l'étrange secret de sa vie et dissimuler son âme aux yeux des hommes.

Il n'était pas entré dans cette pièce depuis plus de quatre ans, non, vraiment pas depuis qu'elle lui servait de salle de jeu lorsqu'il était enfant, et de salle d'étude un peu plus tard. C'était une grande pièce, bien proportionnée, que lord Kelso avait fait bâtir spécialement pour son petit-fils, pour cet enfant que sa grande ressemblance avec sa mère, et d'autres raisons lui avaient toujours fait haïr et tenir à distance. Il sembla à Dorian qu'elle avait peu changé. C'était bien là, la vaste *cassone* italienne avec ses moulures dorées et ternies, ses panneaux aux peintures fantastiques, dans laquelle il s'était si souvent caché étant enfant. C'étaient encore les rayons de bois vernis remplis des livres de classe aux pages cornées. Derrière, était tendue au mur la même tapisserie flamande déchirée, où un roi et une reine fanés jouaient aux échecs dans un jardin, tandis qu'une compagnie de fauconniers cavalcadaient au fond, tenant leurs oiseaux chaperonnés au bout de leurs poings gantés. Comme tout cela revenait à sa mémoire! Tous les instants de son enfance solitaire s'évoquait pendant qu'il regardait autour de lui. Il se rappela la pureté sans tache de sa vie d'enfant et il lui sembla horrible que le fatal portrait dût être caché dans ce lieu. Combien peu il eût imaginé, dans ces jours lointains, tout ce que la vie lui réservait!

Mais il n'y avait pas dans la maison d'autre pièce aussi éloignée des regards indiscrets. Il en avait la clef, nul autre que lui n'y pourrait pénétrer. Sous son linceul de soie la face peinte sur la toile pourrait devenir bestiale, boursouflée, immonde. Qu'importait? Nul ne la verrait. Lui-même ne voudrait pas la regarder.... Pourquoi surveillerait-il la corruption hideuse de son âme? Il conserverait sa jeunesse, c'était assez. Et, en somme, son caractère ne pouvait-il s'embellir? Il n'y avait aucune raison pour que le futur fut aussi plein de honte.... Quelque amour pouvait traverser sa vie, la purifier et la délivrer de ces péchés rampant déjà autour de lui en esprit et en chair—de ces péchés étranges et non décrits auxquels le mystère prête leur charme et leur subtilité. Peut-être un jour l'expression cruelle abandonnerait la bouche écarlate et sensitive, et il pourrait alors montrer au monde le chef-d'oeuvre de Basil Hallward.

Mais non, cela était impossible. Heure par heure, et semaine par semaine, l'image peinte vieillirait: elle pourrait échapper à la hideur du vice, mais la hideur de l'âge la guettait. Les joues deviendraient creuses et flasques. Des pattes d'oies jaunes cercleraient les yeux flétris, les marquant d'un stigmate horrible. Les cheveux perdraient leur brillant; la bouche affaissée et entr'ouverte aurait cette expression grossière ou ridicule qu'ont les bouches des vieux. Elle aurait le cou ridé, les mains aux grosses veines bleues, le corps déjeté de ce grand père qui avait été si dur pour lui, dans son enfance. Le tableau devait être caché aux regards. Il ne pouvait en être autrement.

—Faites-le rentrer, s'il vous plaît, M. Hubbard, dit-il avec peine en se retournant, je regrette de vous tenir si longtemps, je pensais à autre chose.

—Toujours heureux de se reposer, M. Gray, dit l'encadreur qui soufflait encore; où le mettrons-nous?

—Oh! n'importe où, ici.... cela ira. Je n'ai pas besoin qu'il soit accroché. Posez-le simplement contre le mur; merci.

—Peut-on regarder cette oeuvre d'art, monsieur?

Dorian tressaillit....

—Cela ne vous intéresserait pas, M. Hubbard, dit-il ne le quittant pas des yeux. Il était prêt à bondir sur lui et à le terrasser s'il avait essayé de soulever le voile somptueux qui cachait le secret de sa vie.

—Je ne veux pas vous déranger plus longtemps. Je vous suis très obligé de la bonté que vous avez eue de venir ici.

—Pas du tout, pas du tout, M. Gray. Toujours prêt à vous servir!

Et M. Hubbard descendit vivement les escaliers, suivi de son aide qui regardait Dorian avec un étonnement craintif répandu sur ses traits grossiers et disgracieux. Jamais il n'avait vu personne d'aussi merveilleusement beau.

Lorsque le bruit de leurs pas se fut éteint, Dorian ferma la porte et mit la clef dans sa poche. Il était sauvé. Personne ne pourrait regarder l'horrible peinture. Nul oeil que le sien ne pourrait voir sa honte.

En regagnant sa bibliothèque il s'aperçut qu'il était cinq heures passées et que le thé était déjà servi. Sur une petite table de bois noir parfumé, délicatement incrustée do nacre,—un cadeau de lady Radley, la femme de son tuteur, charmante malade professionnelle qui passait tous les hivers au Caire—se trouvait un mot de lord Henry avec un livre relié de jaune, à la couverture légèrement déchirée et aux tranches salles. Un numéro de la troisième édition de la *St-James Gazette* était déposée sur le plateau à thé. Victor était évidemment revenu. Il se demanda s'il n'avait pas rencontré les hommes dans le hall alors qu'ils quittaient la maison et s'il ne s'était pas enquis auprès d'eux de ce qu'ils avaient fait. Il remarquerait sûrement l'absence du tableau, l'avait même sans doute déjà remarquée en apportant le thé. Le paravent n'était pas encore replacé et une place vide se montrait au mur. Peut-être le surprendrait-il une nuit se glissant en haut de la maison et tâchant de forcer la porte de la chambre. Il était horrible d'avoir un espion dans sa propre maison. Il avait entendu parler de personnes riches exploitées toute leur vie par un domestique qui avait lu une lettre, surpris une conversation, ramassé une carte avec une adresse, ou trouvé sous un oreiller une fleur fanée ou un lambeau de dentelle.

Il soupira et s'étant versé du thé, ouvrit la lettre de lord Henry. Celui-ci lui disait simplement qu'il lui envoyait le journal et un livre qui pourrait l'intéresser, et qu'il serait au club à huit heures un quart. Il ouvrit négligemment la *St-James Gazette* et la parcourut. Une marque au crayon rouge frappa son regard à la cinquième page. Il lut attentivement le paragraphe suivant:

«ENQUÊTE SUR UNE ACTRICE— Une enquête a été faite ce matin à Bell-Tavern, Hoxton Road, par M. Danby, le Coroner du District, sur le décès de Sibyl Vane, une jeune actrice récemment engagée au Théâtre Royal, Holborn. On a conclu à la mort par accident. Une grande sympathie a été témoignée à la mère de la défunte qui se montra très affectée pendant qu'elle rendait son témoignage, et pendant celui du Dr Birrell qui a dressé le bulletin de décès de la jeune fille.»

Il s'assombrit et déchirant la feuille en deux, se mit à marcher dans la chambre en piétinant les morceaux du journal. Comme tout cela était affreux! Quelle horreur véritable créaient les choses! Il en voulut un peu à lord Henry de lui avoir envoyé ce reportage. C'était stupide de sa part de l'avoir marqué au crayon rouge. Victor pouvait l'avoir lu. Cet homme savait assez d'anglais pour cela.

Peut-être même l'avait-il lu et soupçonnait-il quelque chose? Après tout, qu'est-ce que cela pouvait faire? Quel rapport entre Dorian Gray et la mort de Sibyl Vane? Il n'y avait rien à craindre. Dorian Gray ne l'avait pas tuée.

Ses yeux tombèrent sur le livre jaune que lord Henry lui avait envoyé. Il se demanda ce que c'était. Il s'approcha du petit support octogonal aux tons de perle qui lui paraissait toujours être l'oeuvre de quelques étranges abeilles d'Egypte travaillant dans de l'argent; et prenant le volume, il s'installa dans un fauteuil et commença à le feuilleter; au bout d'un instant, il s'y absorba. C'était le livre le plus étrange qu'il eut jamais lu. Il lui sembla qu'aux sons délicats de flûtes, exquisément vêtus, les péchés du monde passaient devant lui en un muet cortège. Ce qu'il avait obscurément rêvé prenait corps à ses yeux; des choses qu'il n'avait jamais imaginées se révélaient à lui graduellement.

C'était un roman sans intrigue, avec un seul personnage, la simple étude psychologique d'un jeune Parisien qui occupait sa vie en essayant de réaliser, au dix-neuvième siècle, toutes las passions et les modes de penser des autres siècles, et de résumer en lui les états d'esprit par lequel le monde avait passé, aimant pour leur simple artificialité ces renonciations que les hommes avaient follement appelées Vertus, aussi bien que ces révoltes naturelles que les hommes sages appellent encore Péchés. Le style en était curieusement ciselé, vivant et obscur tout à la fois, plein d'argot et d'archaïsmes, d'expressions techniques et de phrases travaillées, comme celui qui caractérise les ouvrages de ces fins artistes de l'école française; les *Symbolistes*. Il s'y trouvait des métaphores aussi monstrueuses que des orchidées et aussi subtiles de couleurs. La vie des sans y était décrite dans des termes de philosophie mystique. On ne savait plus par instants si on lisait les extases spirituelles d'un saint du moyen âge ou les confessions morbides d'un pécheur moderne. C'était un livre empoisonné. De lourdes vapeurs d'encens se dégageaient de ses pages, obscurcissant le cerveau. La simple cadence des phrases, l'étrange monotonie de leur musique toute pleine de refrains compliqués et de mouvements savamment répétés, évoquaient dans l'esprit du jeune homme, à mesure que les chapitres se succédaient, une sorte de rêverie, un songe maladif, le rendant inconscient de la chute du jour et de l'envahissement des ombres. Un ciel vert-de-grisé sans nuages, piqué d'une étoile solitaire, éclairait les fenêtres. Il lut à cette blême lumière tant qu'il lui fut possible de lire. Enfin, après que son domestique lui eut plusieurs fois rappelé l'heure tardive, il se leva, alla dans la chambre voisine déposer le livre sur la petite table florentine qu'il avait toujours près de son lit, et s'habilla pour dîner.

Il était près de neuf heures lorsqu'il arriva au club, où il trouva lord Henry assis tout seul, dans le salon, paraissant très ennuyé.

—J'en suis bien fâché, Harry! lui cria-t-il, mais c'est entièrement de votre faute. Le livre que vous m'avez envoyé m'a tellement intéressé que j'en ai oublié l'heure.

—Oui, je pensais qu'il vous aurait plu, répliqua son hôte en se levant.

—Je ne dis pas qu'il m'a plu, je dis qu'il m'a intéressé, il y a une grande différence.

—Ah! vous avez découvert cela! murmura lord Henry.

Et ils passèrent dans la salle à manger.

XI

Pendant des années, Dorian Gray ne put se libérer de l'influence de ce livre; il serait peut-être plus juste de dire qu'il ne songea jamais à s'en libérer. Il avait fait venir de Paris neuf exemplaires à grande marge de la première édition, et les avait fait relier de différentes couleurs, en sorte qu'ils pussent concorder avec ses humeurs variées et les fantaisies changeantes de son caractère, sur lequel, il semblait, par moments, avoir perdu tout contrôle.

Le héros du livre, le jeune et prodigieux Parisien, en qui les influences romanesques et scientifiques s'étaient si étrangement confondues, lui devint une sorte de préfiguration de lui-même; et à la vérité, ce livre lui semblait être l'histoire de sa propre vie, écrite avant qu'il ne l'eût vécue.

A un certain point de vue, il était plus fortuné que le fantastique héros du roman. Il ne connut jamais—et jamais n'eut aucune raison de connaître—cette indéfinissable et grotesque horreur des miroirs, des surfaces de métal polies, des eaux tranquilles, qui survint de si bonne heure dans la vie du jeune Parisien à la suite du déclin prématuré d'une beauté qui avait été, jadis, si remarquable....

C'était presque avec une joie cruelle—la cruauté ne trouve-t-elle sa place dans toute joie comme en tout plaisir?—qu'il lisait la dernière partie du volume, avec sa réellement tragique et quelque peu emphatique analyse de la tristesse et du désespoir de celui qui perd, lui-même, ce que dans les autres et dans le monde, il a le plus chèrement apprécié.

Car la merveilleuse beauté qui avait tant fasciné Basil Hallward, et bien d'autres avec lui, ne sembla jamais l'abandonner. Même ceux qui avaient entendu sur lui les plus insolites racontars, et quoique, de temps à autres, d'étranges rumeurs sur son mode d'existence courussent dans Londres, devenant le potin des clubs, ne pouvaient croire à son déshonneur quand ils le voyaient. Il avait toujours l'apparence d'un être que le monde n'aurait souillé.

Les hommes qui parlaient grossièrement entre eux faisaient silence quand ils l'apercevaient. Il y avait quelque chose dans la pureté de sa face qui les faisait se taire. Sa simple présence semblait leur rappeler la mémoire de l'innocence qu'ils avaient ternie. Ils s'émerveillaient de ce qu'un être aussi gracieux et charmant, eût pu échapper à la tare d'une époque à la fois aussi sordide et aussi sensuelle.

Souvent, en revenant à la maison d'une de ses absences mystérieuses et prolongées qui donnèrent naissance à tant de conjectures parmi ceux qui étaient ses amis, ou qui pensaient l'être, il montait à pas de loup là-haut, à la chambre fermée, en ouvrait la porte avec une clef qui ne le quittait jamais, et là, un miroir à la main, en face du tableau de Basil Hallward, il confrontait la face devenue vieillissante et mauvaise, peinte sur la toile avec sa propre face qui lui riait dans la glace.... L'acuité du contraste augmentait son plaisir. Il devint de plus en plus enamouré de sa propre beauté, de plus en plus intéressé à la déliquescence de son âme.

Il examinait avec un soin minutieux, et parfois, avec de terribles et monstrueuses délices, les stigmates hideux qui déshonoraient ce front ridé ou se tordaient autour de la bouche épaisse et sensuelle, se demandant quels étaient les plus horribles, des signes du péché ou des marques de l'âge.... Il plaçait ses blanches mains à côté des mains rudes et bouffies de la peinture, et souriait.... Il se moquait du corps se déformant et des membres las.

Des fois, cependant, le soir, reposant éveillé dans sa chambre imprégnée de délicats parfums, ou dans la mansarde sordide de la petite taverne mal famée située près des Docks, qu'il avait accoutumé de fréquenter, déguisé et sous un faux nom, il pensait à la ruine qu'il attirait sur son âme, avec un désespoir d'autant plus poignant qu'il était purement égoïste. Mais rares étaient ces moments.

Cette curiosité de la vie que lord Henry avait insufflée le premier en lui, alors qu'ils étaient assis dans le jardin du peintre leur ami, semblait croître avec volupté. Plus il connaissait, plus il voulait connaître. Il avait des appétits dévorants, qui devenaient plus insatiable à mesure qu'il les satisfaisait.

Cependant, il n'abandonnait pas toutes relations avec le monde. Une fois ou deux par mois durant l'hiver, et chaque mercredi soir pendant la saison, il ouvrait aux invités sa maison splendide et avait les plus célèbres musiciens du moment pour charmer ses hôtes des merveilles de leur art. Ses petits dîners, dans la composition desquels lord Henry l'assistait, étaient remarqués, autant pour la sélection soigneuse et le rang de ceux qui y étaient invités, que pour le goût exquis montré dans la décoration de la table, avec ses subtils arrangements symphoniques de fleurs exotiques, ses nappes brodées, sa vaisselle antique d'argent et d'or.

Il y en avait beaucoup, parmi les jeunes gens, qui virent ou crurent voir dans Dorian Gray, la vraie réalisation du type qu'ils avaient souvent rêvé jadis à Eton ou à Oxford, le type combinant quelque chose de la culture réelle de l'étudiant avec la grâce, la distinction ou les manières parfaites d'un homme du monde. Il leur semblait être de ceux dont parle le Dante, de ceux qui cherchent à se rendre «parfaits par le culte de la Beauté». Comme Gautier, il était «celui pour qui le monde visible existe»...

Et certainement, la Vie lui était le premier, le plus grand des arts, celui dont tous les autres ne paraissent que la préparation. La mode, par quoi ce qui est réellement fantastique devient un instant universel, et le Dandysme, qui, à sa manière, est une tentative proclamant la modernité absolue de la Beauté, avaient, naturellement, retenu son attention. Sa façon de s'habiller, les manières particulières que, de temps à autre, il affectait, avaient une influence marquée sur les jeunes mondains des bals de Mayfair ou des fenêtres de clubs de Pall Mall, qui le copiaient en toutes choses, et s'essayaient à reproduire le charme accidentel de sa grâce; cela lui paraissait d'ailleurs secondaire et niais.

Car, bien qu'il fût prêt à accepter la position qui lui était offerte à son entrée dans la vie, et qu'il trouvât, à la vérité, un plaisir curieux à la pensée qu'il pouvait devenir pour le Londres de nos jours, ce que dans l'impériale Rome de Néron, l'auteur du *Satyricon* avait été, encore, au fond de son coeur, désirait-il être plus qu'un simple *Arbiter Elegantiarum*, consulté sur le port d'un bijou, le noeud d'une cravate ou le maniement d'une canne.

Il cherchait à élaborer quelque nouveau schéma de vie qui aurait sa philosophie raisonnée, ses principes ordonnés, et trouverait dans la spiritualisation des sens, sa plus haute réalisation.

Le culte des sens a, souvent, et avec beaucoup de justice, été décrié, les hommes se sentant instinctivement terrifiés devant les passions et les sensations qui semblent plus fortes qu'eux, et qu'ils ont conscience d'affronter avec des formes d'existence moins hautement organisées.

Mais il semblait à Dorian Gray que la vraie nature des sens n'avait jamais été comprise, que les hommes étaient restés brutes et sauvages parce que le monde avait cherché à les affamer par la soumission ou les anéantir par la douleur, au lieu d'aspirer à les faire les éléments d'une nouvelle spiritualité, dont un instinct subtil de Beauté était la dominante caractéristique. Comme il se figurait l'homme se mouvant dans l'histoire, il fut hanté par un sentiment de défaite.... Tant avaient été vaincus et pour un but si mesquin.

Il y avait eu des défections volontaires et folles, des formes monstrueuses de torture par soi-même et de renoncement, dont l'origine était la peur, et dont le résultat avait été une dégradation infiniment plus terrible que cette dégradation imaginaire, qu'ils avaient, en leur ignorance, cherché à éviter, la Nature, dans son ironie merveilleuse, faisant se nourrir l'anachorète avec les animaux du désert, et donnant à l'ermite les bêtes de la plaine pour compagnons. Certes, il pouvait y avoir, comme lord Harry l'avait prophétisé, un nouvel Hédonisme qui recréerait la vie, et la tirerait de ce grossier et déplaisant puritanisme revivant de nos jours. Ce serait l'affaire de l'intellectualité, certainement; il ne devait être accepté aucune théorie, aucun système impliquant le sacrifice d'un mode d'expérience passionnelle. Son but, vraiment, était l'expérience même, et non les fruits de l'expérience quels qu'ils fussent, doux ou amers. Il ne devait pas plus être tenu compte de l'ascétisme qui amène la mort des sens que du dérèglement vulgaire qui les émousse; mais il fallait apprendre à l'homme à concentrer sa volonté sur les instants d'une vie qui n'est elle-même qu'un instant.

Il est peu d'entre nous qui ne se soient quelquefois éveillés avant l'aube, ou bien après l'une de ces nuits sans rêves qui nous rendent presque amoureux de la mort, ou après une de ces nuits d'horreur et de joie informe, alors qu'à travers les cellules du cerveau se glissent des fantômes plus terribles que la réalité elle-même, animés de cette vie ardente propre à tous les grotesques, et qui prête à l'art gothique son endurante vitalité — cet art étant, on peut croire, spécialement l'art de ceux dont l'esprit a été troublé par la maladie de la rêverie....

Graduellement, des doigts blancs rampent par les rideaux qui semblent trembler.... Sous de ténébreuses formes fantastiques, des ombres muettes se dissimulent dans les coins de la chambre et s'y tapissent....

Au dehors, c'est l'éveil des oiseaux parmi les feuilles, le pas des ouvriers se rendant au travail, ou les soupirs et les sanglots du vent soufflant des collines, errant autour de la maison silencieuse, comme s'il craignait d'en éveiller les dormeurs, qui auraient alors à rappeler le sommeil de sa cave de pourpre.

Des voiles et des voiles de fine gaze sombre se lèvent, et par degrés, les choses récupèrent leurs formes et leurs couleurs, et nous guettons l'aurore refaisant à nouveau le monde.

Les miroirs blêmes retrouvent leur vie mimique. Les bougies éteintes sont où nous les avons laissées, et à côté, gît le livre à demi-coupé que nous lisions, ou la fleur montée que nous portions au bal, ou la lettre que nous avions peur de lire ou que nous avons lue trop souvent.... Rien ne nous semble changé.

Hors des ombres irréelles de la nuit, resurgit la vie réelle que nous connûmes. Il nous faut nous souvenir où nous la laissâmes; et alors s'empare de nous un terrible sentiment de la continuité nécessaire de l'énergie dans quelque cercle fastidieux d'habitudes stéréotypées, ou un sauvage désir, peut-être, que nos paupières s'ouvrent quelque matin sur un monde qui aurait été refait à nouveau dans les ténèbres pour notre plaisir—un monde dans lequel les choses auraient de nouvelles formes et de nouvelles couleurs, qui serait changé, qui aurait d'autres secrets, un monde dans lequel le passé aurait peu ou point de place, aucune survivance, même sous forme consciente d'obligation ou de regret, la remembrance même des joies ayant son amertume, et la mémoire des plaisirs, ses douleurs.

C'était la création de pareils mondes qui semblait à Dorian Gray, l'un des seuls, le seul objet même de la vie; dans sa course aux sensations, ce serait nouveau et délicieux, et posséderait cet élément d'étrangeté si essentiel au roman; il adopterait certains modes de pensée qu'il savait étrangers à sa nature, n'abandonnerait à leurs captieuses influences, et ayant, de cette façon, saisi leurs couleurs et satisfait sa curiosité intellectuelle, les laisserait avec cette sceptique indifférence qui n'est pas incompatible avec une réelle ardeur de tempérament et qui en est même, suivant certains psychologistes modernes, une nécessaire condition.

Le bruit courut quelque temps qu'il allait embrasser la communion catholique romaine; et certainement le rituel romain avait toujours eu pour lui un grand attrait. Le Sacrifice quotidien, plus terriblement réel que tous les sacrifices du monde antique, l'attirait autant par son superbe dédain de l'évidence des sens, que par la simplicité primitive de ses éléments et l'éternel pathétique de la Tragédie humaine qu'il cherche à symboliser.

Il aimait à s'agenouiller sur les froids pavés de marbre, et à contempler le prêtre, dans sa rigide dalmatique fleurie, écartant lentement avec ses blanches mains le voile du tabernacle, ou élevant l'ostensoir serti de joyaux, contenant la pâle hostie qu'on croirait parfois être, en vérité, le *panis coelestis*, le pain des anges —ou, revêtu des attributs de la Passion du Christ, brisant l'hostie dans le calice et frappant sa poitrine pour ses péchés. Les encensoirs fumants, que des enfants vêtus de dentelles et d'écarlate balançaient gravement dans l'air, comme de grandes fleurs d'or, le séduisaient infiniment. En s'en allant, il s'étonnait devant les confessionnaux obscurs, et s'attardait dans l'ombre de l'un d'eux, écoutant les hommes et les femmes souffler à travers la grille usée l'histoire véritable de leur vie.

Mais il ne tomba jamais dans l'erreur d'arrêter son développement intellectuel par l'acceptation formelle d'une croyance ou d'un système, et ne prit point pour demeure définitive, une auberge tout juste convenable au séjour d'une nuit ou de quelques heures d'une nuit sans étoiles et sans lune.

Le mysticisme, avec le merveilleux pouvoir qui est en lui de parer d'étrangeté les choses vulgaires, et l'antinomie subtile qui semble toujours l'accompagner, l'émut pour un temps....

Pour un temps aussi, il inclina vers les doctrines matérialistes du darwinisme allemand, et trouva un curieux plaisir à placer les pensées et les passions des hommes dans quelque cellule perlée du cerveau, ou dans quelque nerf blanc du corps, se complaisant à la conception de la dépendance absolue de l'esprit à certaines conditions physiques, morbides ou sanitaires, normales ou malades.

Mais, comme il a été dit déjà, aucune théorie sur la vie ne lui sembla avoir d'importance comparée à la Vie elle-même. Il eût profondément conscience de la stérilité de la spéculation intellectuelle quand on la sépare de l'action et de l'expérience. Il perçut que les sens, non moins que l'âme, avaient aussi leurs mystères spirituels et révélés.

Il se mit à étudier les parfums, et les secrets de leur confection, distillant lui-même des huiles puissamment parfumées, ou brûlant d'odorantes gommes venant de l'Orient. Il comprit qu'il n'y avait point de disposition d'esprit qui ne trouva sa contrepartie dans la vie sensorielle, et essaya de découvrir leurs relations véritables; ainsi l'encens lui sembla l'odeur des mystiques et l'ambregris, celle des passionnés; la violette évoque la mémoire des amours défuntes, le musc rend dément et le champac pervertit l'imagination. Il tenta souvent d'établir une psychologie des parfums, et d'estimer les diverses influences des racines douces-odorantes, des fleurs chargées de pollen parfumé, des baumes aromatiques, des bois de senteur sombres, du nard indien qui rend malade, de l'hovenia qui affole les hommes, et de l'aloès dont il est dit qu'il chasse la mélancolie de l'âme.

D'autres fois, il se dévouait entièrement à la musique et dans une longue chambre treillissée, au plafond de vermillon et d'or, aux murs de laque vert olive, il donnait d'étranges concerts où de folles gypsies tiraient une ardente musique de petites cithares, où de graves Tunisiens aux tartans jaunes arrachaient des sons aux cordes tendues de monstrueux luths, pendant que des nègres ricaneurs battaient avec monotonie sur des tambours de cuivre, et qu'accroupis sur des nattes écarlates, de minces Indiens coiffés de turbans soufflaient dans de longues pipes de roseau ou d'airain, en charmant, ou feignant de charmer, d'énormes serpents à capuchon ou d'horribles vipères cornues.

Les âpres intervalles et les discords aigus de cette musique barbare le réveillaient quand la grâce de Schubert, les tristesses belles de Chopin et les célestes harmonies de Beethoven ne pouvaient l'émouvoir.

Il recueillit de tous les coins du monde les plus étranges instruments qu'il fut possible de trouver, même dans les tombes des peuples morts ou parmi les quelques tribus sauvages qui ont survécu à la civilisation de l'Ouest, et il aimait à les toucher, à les essayer.

Il possédait le mystérieux *juruparis* des Indiens du Rio Negro qu'il n'est pas permis aux femmes de voir, et que ne peuvent même contempler les jeunes gens que lorsqu'ils ont été soumis au jeûne et à la flagellation, les jarres de terre des Péruviens dont on tire des sons pareils à des cris perçants d'oiseaux, les flûtes faites d'ossements humains pareilles à celles qu'Alfonso de Olvalle entendit au Chili, et les verts jaspes sonores que l'on trouve près de Cuzco et qui donnent une note de douceur singulière.

Il avait des gourdes peintes remplies de cailloux, qui résonnaient quand on les secouait, le long *clarin* des Mexicains dans lequel le musicien ne doit pas souffler, mais en aspirer l'air, le *ture* rude des tribus de l'Amazone, dont sonnent les sentinelles perchées tout le jour dans de hauts arbres et que l'on peut entendre, dit-on, à trois lieues de distance; le *teponaztli* aux deux langues vibrantes de bois, que l'on bat avec des joncs enduits d'une gomme élastique obtenu du suc laiteux des plantes; des cloches d'Astèques, dites *yolt*, réunies en grappes, et un gros tambour cylindrique, couvert de peaux de grands serpents semblables à celui que vit Bernal Diaz quand il entra avec Cortez dans le temple mexicain, et dont il nous a laissé du son douloureux une si éclatante description.

Le caractère fantastique de ces instruments le charmait, et il éprouva un étrange bonheur à penser que l'art comme la nature, avait ses monstres, choses de formes bestiales aux voix hideuses.

Cependant, au bout de quelque temps, ils l'ennuyèrent, et il allait dans sa loge à l'Opéra, seul ou avec lord Henry, écouter, extasié de bonheur, le *Tannhauser*, voyant dans l'ouverture du chef-d'oeuvre comme le prélude de la tragédie de sa propre âme.

La fantaisie des joyaux le prit, et il apparut un jour dans un bal déguisé en Anne de Joyeuse, amiral de France, portant un costume couvert de cinq cent soixante perles. Ce goût l'obséda pendant des années, et l'on peut croire qu'il ne le quitta jamais.

Il passait souvent des journées entières, rangeant et dérangeant dans leurs boîtes les pierres variées qu'il avait réunies, par exemple, le chrysobéryl vert olive qui devient rouge à la lumière de la lampe, le cymophane aux fils d'argent, le péridot couleur pistache, les topazes roses et jaunes, les escarboucles d'un fougueux écarlate aux étoiles tremblantes de quatre rais, les pierres de cinnamome d'un rouge de flamme, les spinelles oranges et violacées et les améthystes aux couches alternées de rubis et de saphyr.

Il aimait l'or rouge de la pierre solaire, la blancheur perlée de la pierre de lune, et l'arc-en-ciel brisé de l'opale laiteuse. Il fit venir d'Amsterdam trois émeraudes d'extraordinaire grandeur et d'une richesse incomparable de couleur, et il eut une turquoise *de la vieille roche* qui fit l'envie de tous les connaisseurs.

Il découvrit aussi de merveilleuses histoires de pierreries.... Dans la «Cléricalis Disciplina» d'Alphonso, il est parlé d'un serpent qui avait des yeux en vraie hyacinthe, et dans l'histoire romanesque d'Alexandre, il est dit que le conquérant d'Emathia trouva dans la vallée du Jourdain des serpents «portant sur leurs dos des colliers d'émeraude.»

Philostrate raconte qu'il y avait une gemme dans la cervelle d'un dragon qui faisait que «par l'exhibition de lettres d'or et d'une robe de pourpre» on pouvait endormir le monstre et le tuer.

Selon le grand alchimiste, Pierre de Boniface, le diamant rendait un homme invisible, et l'agate des Indes le faisait éloquent. La cornaline apaisait la colore, l'hyacinthe provoquait le sommeil et l'améthyste chassait les fumées de l'ivresse. Le grenat mettait en fuite les démons et l'hydropicus faisait changer la lune de couleur. La sélénite croissait et déclinait de couleur avec la lune, et le meloceus, qui fait découvrir les voleurs, ne pouvait être terni que par le sang d'un chevreau.

Léonardus Camillus a vu une blanche pierre prise dans la cervelle d'un crapaud nouvellement tué, qui était un antidote certain contre les poisons; le bezoard que l'on trouvait dans le coeur d'une antilope était un charme contre la peste; selon Democritus, les aspilates que l'on découvrait dans les nids des oiseaux d'Arabie, gardaient leurs porteurs de tout danger venant du feu.

Le roi de Ceylan allait à cheval par la ville avec un gros rubis dans sa main, pour la cérémonie de son couronnement. Les portes du palais de Jean-le-Prêtre étaient «faites de sardoines, au milieu desquelles était incrustée la corne d'une vipère cornue, ce qui faisait que nul homme portant du poison ne pouvait entrer.» Au fronton, l'on voyait «deux pommes d'or dans lesquelles étaient enchâssées deux escarboucles» de sorte que l'or luisait dans le jour et que les escarboucles éclairaient la nuit.

Dans l'étrange roman de Lodge «Une perle d'Amérique» il est écrit que dans la chambre de la reine, on pouvait voir «toutes les chastes femmes du monde, vêtues d'argent, regardant à travers de beaux miroirs de chrysolithes, d'escarboucles, de saphyrs et d'émeraudes vertes». Marco Polo a vu les habitants du Zipango placer des perles roses dans la bouche des morts.

Un monstre marin s'était enamouré de la perle qu'un plongeur rapportait au roi Perozes, avait tué le voleur, et pleuré sept lunes sur la perte du joyau. Quand les Huns attirèrent le roi dans une grande fosse, il s'envola, Procope nous raconte, et il ne fut jamais retrouvé bien que l'empereur Anastasius eut offert cinq cent tonnes de pièces d'or à qui le découvrirait.... Le roi de Malabar montra à un certain Vénitien un rosaire de trois cent quatre perles, une pour chaque dieu qu'il adorait.

Quand le duc de Valentinois, fils d'Alexandre VI, fit visite à Louis XII de France, son cheval était bardé de feuilles d'or, si l'on en croit Brantôme, et son chapeau portait un double rang de rubis qui répandaient une éclatante lumière. Charles d'Angleterre montait à cheval avec des étriers sertis de quatre cent vingt et un diamants. Richard II avait un costume, évalué à trente mille marks, couvert de rubis balais.

Hall décrit Henry VIII allant à la Tour avant son couronnement, comme portant «un pourpoint rehaussé d'or, le plastron brodé de diamants et autres riches pierreries, et autour du cou, un grand baudrier enrichi d'énormes balais.»

Les favoris de Jacques Ier portaient des boucles d'oreilles d'émeraudes retenues par des filigranes d'or. Edouard II donna à Piers Gaveston une armure d'or rouge semée d'hyacinthes, un collier de roses d'or serti de turquoises et un heaume emperlé.... Henry II portait des gants enrichis de pierreries montant jusqu'au coude et avait un gant de fauconnerie cousu de vingt rubis et de cinquante-deux perles. Le chapeau ducal de Charles le Téméraire, dernier duc de Bourgogne, était chargé de perles piriformes et semé de saphyrs.

Quelle exquise vie que celle de jadis! Quelle magnificence dans la pompe et la décoration! Cela semblait encore merveilleux à lire, ces fastes luxueux des temps abolis!

Puis il tourna son attention vers les broderies, les tapisseries, qui tenaient lieu de fresques dans les salles glacées des nations du Nord. Comme il s'absorbait dans ce sujet—il avait toujours eu une extraordinaire faculté d'absorber totalement son esprit dans quoi qu'il entreprît—il s'assombrit à la pensée de la ruine que le temps apportait sur les belles et prestigieuses choses. Lui, toutefois, y avait échappé....

Les étés succédaient aux étés, et les jonquilles jaunes avaient fleuri et étaient mortes bien des fois, et des nuits d'horreur répétaient l'histoire de leur honte, et lui n'avait pas changé!... Nul hiver n'abîma sa face, ne ternit sa pureté florale. Quelle différence avec les choses matérielles! Où étaient-elles maintenant?

Où était la belle robe couleur de crocus, pour laquelle les dieux avaient combattu les géants, que de brunes filles avaient tissé pour le plaisir d'Athèné?... Où, l'énorme velarium que Néron avait tendu devant le Colisée de Rome, cette voile titanesque de pourpre sur laquelle étaient représentés les cieux étoilés et Apollon conduisant son quadrige de blancs coursiers aux rênes d'or?...

Il s'attardait à regarder les curieuses nappes apportées pour le Prêtre du Soleil, sur lesquelles étaient déposées toutes les friandises et les viandes dont on avait besoin pour les fêtes, le drap mortuaire du roi Chilpéric brodé de trois cents abeilles d'or, les robes fantastiques qui excitèrent l'indignation de l'évêque de Pont, où étaient représentés «des lions, des panthères, des ours, des dogues, des forêts, des rochers, des chasseurs, en un mot tout ce qu'un peintre peut copier dans la nature» et le costume porté une fois par Charles d'Orléans dont les manches étaient adornées des vers d'une chanson commençant par

Madame, je suis tout joyeux....

L'accompagnement musical des paroles était tissé en fils d'or, et chaque note ayant la forme carrée du temps, était faite de quatre perles....

Il lut la description de l'ameublement de la chambre qui fut préparée à Rheims pour la Reine Jeanne de Bourgogne; «elle était décorée de treize cent vingt et un perroquets brodés et blasonnés aux armes du Roi, en plus de cinq cent soixante et un papillons dont les ailes portaient les armes de la reine, le tout d'or».

Catherine de Médicis avait un lit de deuil fait pour elle de noir velours parsemé de croissants de lune et de soleils. Les rideaux en étaient de damas; sur leur champ or et argent étaient brodés des couronnes de verdure et des guirlandes, les bords frangés de perles, et la chambre qui contenait ce lit était entourée de devises découpées dans un velours noir et placées sur un fond d'argent. Louis XIV avait des cariatides vêtues d'or de quinze pieds de haut dans ses palais.

Le lit de justice de Sobieski, roi de Pologne, était fait de brocard d'or de Smyrne cousu de turquoises, et dessus, les vers du Koran. Ses supports étaient d'argent doré, merveilleusement travaillé, chargés à profusion de médaillons émaillés ou de pierreries. Il avait été pris près de Vienne dans un camp turc et l'étendard de Mahomet avait flotté sous les ors tremblants de son dais.

Pendant toute une année, Dorian se passionna à accumuler les plus délicieux spécimens qu'il lui fut possible de découvrir de l'art textile et de la broderie; il se procura les adorables mousselines de Delhi finement tissées de palmes d'or et piquées d'ailes iridescentes de scarabées; les gazes du Dekkan, que leur transparence fait appeler en Orient *air tissé*, *eau courante* ou *rosée du soir*; d'étranges étoffes historiées de Java; de jaunes tapisseries chinoises savamment travaillées; des livres reliés en satin fauve ou en soie d'un bleu prestigieux, portant sur leurs plats des fleurs de lys, des oiseaux, des figures; des dentelles au point de Hongrie, des brocards siciliens et de rigides velours espagnols; des broderies georgiennes aux coins dorés et des *Foukousas* japonais aux tons d'or vert, pleins d'oiseaux aux plumages multicolores et fulgurants.

Il eut aussi une particulière passion pour les vêtements ecclésiastiques, comme il en eut d'ailleurs pour toute chose se rattachant au service de l'Église.

Dans les longs coffres de cèdre qui bordaient la galerie ouest de sa maison, il avait recueilli de rares et merveilleux spécimens de ce qui est réellement les habillements de la «Fiancée du Christ» qui doit se vêtir de pourpre, de joyaux et de linges fins dont elle cache son corps anémié par les macérations, usé par les souffrances recherchées, blessé des plaies qu'elle s'infligea.

Il possédait une chape somptueuse de soie cramoisie et d'or damassée, ornée d'un dessin courant de grenades dorées posées sur des fleurs à six pétales cantonnées de pommes de pin incrustées de perles. Les orfrois représentaient des scènes de la vie de la Vierge, et son Couronnement était brodé au chef avec des soies de couleurs; c'était un ouvrage italien du XVe siècle.

Une autre chape était en velours vert, brochée de feuilles d'acanthe cordées où se rattachaient de blanches fleurs à longue tige; les détails en étaient traités au fil d'argent et des cristaux colorés s'y rencontraient; une tête de Séraphin y figurait, travaillée au fil d'or; les orfrois étaient diaprés de soies rouges et or, et parsemés de médaillons de plusieurs saints et martyrs, parmi lesquels Saint-Sébastien.

Il avait aussi des chasubles de soie couleur d'ambre, des brocards d'or et de soie bleue, des damas de soie jaune, des étoffes d'or, où était figurée la Passion et la Crucifixion, brodées de lions, de paons et d'autres emblèmes; des dalmatiques de satin blanc, et de damas de soie rosée, décorées de tulipes, de dauphins et de fleurs de lys; des nappes d'autel de velours écarlate et de lin bleu; des corporaux, des voiles de calice, des manipules.... Quelque chose aiguisait son imagination de penser aux usages mystiques à quoi tout cela avait répondu.

Car ces trésors, toutes ces choses qu'il collectionnait dans son habitation ravissante, lui étaient un moyen d'oubli, lui étaient une manière d'échapper, pour un temps, à certaines terreurs qu'il ne pouvait supporter.

Sur les murs de la solitaire chambre verrouillée où toute son enfance s'était passée, il avait pendu de ses mains, le terrible portrait dont les traits changeants lui démontraient la dégradation réelle de sa vie, et devant il avait posé en guise de rideau un pallium de pourpre et d'or.

Pendant des semaines, il ne la visitait, tâchait d'oublier la hideuse chose peinte, et recouvrant sa légèreté de coeur, sa joie insoucianté, se replongeait passionnément dans l'existence. Puis, quelque nuit, il se glissait hors de chez lui, et se rendait aux environs horribles des *Blue Gate Fields*, et il y restait des jours, jusqu'à ce qu'il en fut chassé. A son retour, il s'asseyait en face du portrait, vomissant alternativement sa reproduction et lui-même, bien que rempli, d'autres fois, de cet orgueil de l'individualisme qui est une demie fascination du péché, et souriant, avec un secret plaisir, à l'ombre informe portant le fardeau qui aurait dû être sien.

Au bout de quelques années, il ne put rester longtemps hors d'Angleterre et vendit la villa qu'il partageait à Trouville avec lord Henry, de même que la petite maison aux murs blancs qu'il possédait à Alger où ils avaient demeuré plus d'un hiver. Il ne pouvait se faire à l'idée d'être séparé du tableau qui avait une telle part dans sa vie, et s'effrayait à penser que pendant son absence quelqu'un pût entrer dans la chambre, malgré les barres qu'il avait fait mettre à la porte.

Il sentait cependant que le portrait ne dirait rien à personne, bien qu'il conçervât, sous la turpitude et la laideur des traits, une ressemblance marquée avec lui; mais que pourrait-il apprendre à celui qui le verrait? Il rirait à ceux qui tenteraient de le railler. Ce n'était pas lui qui l'avait peint, que pouvait lui faire cette vilenie et cette honte? Le croirait-on même s'il l'avouait?

Il craignait quelque chose, malgré tout.... Parfois quand il était dans sa maison de Nottinghamshire, entouré des élégants jeunes gens de sa classe dont il était le chef reconnu, étonnant le comté par son luxe déréglé et l'incroyable splendeur de son mode d'existence, il quittait soudainement ses hôtes, et courait subitement à la ville s'assurer que la porte n'avait été forcée et que le tableau s'y trouvait encore.... S'il avait été volé? Cette pensée le remplissait d'horreur!... Le monde connaîtrait alors son secret.... Ne le connaissait-il point déjà?

Car bien qu'il fascinât la plupart des gens, beaucoup le méprisaient. Il fut presque blackboulé dans un club de West-End dont sa naissance et sa position sociale lui permettaient de plein droit d'être membre, et l'on racontait qu'une fois, introduit dans un salon du *Churchill*, le duc de Berwick et un autre gentilhomme se levèrent et sortirent aussitôt d'une façon qui fut remarquée. De singulières histoires coururent sur son compte alors qu'il eût passé sa vingt-cinquième année. Il fut colporté qu'on l'avait vu se disputer avec des matelots étrangers dans une taverne louche des environs de Whitechapel, qu'il fréquentait des voleurs et des faux monnayeurs et connaissait les mystères de leur art.

Notoires devinrent ses absences extraordinaires, et quand il reparaissait dans le monde, les hommes se parlaient l'un à l'autre dans les coins, ou passaient devant lui en ricanant, ou le regardaient avec des yeux quêteurs et froids comme s'ils étaient déterminés à connaître son secret.

Il ne porta aucune attention à ces insolences et à ces manques d'égards; d'ailleurs, dans l'opinion de la plupart des gens, ses manières franches et débonnaires, son charmant sourire d'enfant, et l'infinie grâce de sa merveilleuse jeunesse, semblaient une réponse suffisante aux calomnies, comme ils disaient, qui circulaient sur lui.... Il fut remarqué, toutefois, que ceux qui avaient paru ses plus intimes amis, semblaient le fuir maintenant. Les femmes qui l'avait farouchement adoré, et, pour lui, avaient bravé la censure sociale et défié les convenances, devenaient pâles de honte ou d'horreur quand il entrait dans la salle où elles se trouvaient.

Mais ces scandales soufflés à l'oreille accrurent pour certains, au contraire, son charme étrange et dangereux. Sa grande fortune lui fut un élément de sécurité. La société, la société civilisée tout au moins, croit difficilement du mal de ceux qui sont riches et beaux. Elle sent instinctivement que les manières sont de plus grande importance que la morale, et, à ses yeux, la plus haute respectabilité est de moindre valeur que la possession d'un bon chef.

C'est vraiment une piètre consolation que de se dire d'un homme qui vous a fait mal dîner, ou boire un vin discutable, que sa vie privée est irréprochable. Même l'exercice des vertus cardinales ne peuvent racheter des *entrées* servies demi-froides, comme lord Henry, parlant un jour sur ce sujet, le fit remarquer, et il y a vraiment beaucoup à dire à ce propos, car les règles de la bonne société sont, ou pourraient être, les mêmes que celles de l'art. La forme y est absolument essentielle. Cela pourrait avoir la dignité d'un cérémonial, aussi bien que son irréalité, et pourrait combiner le caractère insincère d'une pièce romantique avec l'esprit et la beauté qui nous font délicieuses de semblables pièces. L'insincérité est-elle une si terrible chose? Je ne le pense pas. C'est simplement une méthode à l'aide de laquelle nous pouvons multiplier nos personnalités.

C'était du moins, l'opinion de Dorian Gray.

Il s'étonnait de la psychologie superficielle qui consiste à concevoir le *Moi* dans l'homme comme une chose simple, permanente, digne de confiance, et d'une certaine essence. Pour lui, l'homme était un être composé de myriades de vies et de myriades de sensations, une complexe et multiforme créature qui portait en elle d'étranges héritages de doutes et de passions, et dont la chair même était infectée des monstrueuses maladies de la mort.

Il aimait à flâner dans la froide et nue galerie de peinture de sa maison de campagne, contemplant les divers portraits de ceux dont le sang coulait en ses veines.

Ici était Philip Herbert, dont Francis Osborne dit dans ses «Memoires on the Reigns of Queen Elizabeth and King James» qu'«il fut choyé par la cour pour sa belle figure qu'il ne conserva pas longtemgs...» Etait-ce la vie du jeune Herbert qu'il continuait quelquefois?... Quelque étrange germe empoisonné ne s'était-il communiqué de génération en génération jusqu'à lui? N'était-ce pas quelque reste obscur de cette grâce flétrie qui l'avait fait si subitement et presque sans cause, proférer dans l'atelier de Basil Hallward cette prière folle qui avait changé sa vie?...

Là, en pourpoint rouge brodé d'or, dans un manteau couvert de pierreries, la fraise et les poignets piqués d'or, s'érigeait sir Anthony Sherard, avec, à ses pieds, son armure d'argent et de sable. Quel avait été le legs de cet homme? Lui avait-il laissé, cet amant de Giovanna de Naples, un héritage de péché et de honte? N'étaient-elles simplement, ses propres actions, les rêves que ce mort n'avait osé réaliser?

Sur une toile éteinte, souriait lady Elizabeth Devereux, à la coiffe de gaze, au corsage de perles lacé, portant les manches aux crevés de satin rose. Une fleur était dans sa main droite, et sa gauche étreignait un collier émaillé de blanches roses de Damas. Sur la table à côté d'elle, une pomme et une mandoline.... Il y avait de larges rosettes vertes sur ses petits souliers pointus. Il connaissait sa vie et les étranges histoires que l'on savait de ses amants. Quelque chose de son tempérament était-il en lui? Ses yeux ovales aux lourdes paupières semblaient curieusement le regarder.

Et ce George Willoughby, avec ses cheveux poudrés et ses mouches fantastiques!... Quel mauvais air il avait! Sa face était hâlée et saturnienne, et ses lèvres sensuelles se retroussaient avec dédain. Sur ses mains jaunes et décharnées chargées de bagues, retombaient des manchettes de dentelle précieuse. Il avait été un des dandies du dix-huitième siècle et, dans sa jeunesse, l'ami de lord Ferrars.

Que penser de ce second lord Beckenham, compagnon du Prince Régent dans ses plus fâcheux jours et l'un des témoins de son mariage secret avec madame Fitz-Herbert?... Comme il paraissait fier et beau, avec ses cheveux châtains et sa pose insolente! Quelles passions lui avait-il transmises? Le monde l'avait jugé infâme; il était des orgies de Carlton House. L'étoile de la Jarretière brillait à sa poitrine....

A côté de lui était pendu le portrait de sa femme, pâle créature aux lèvres minces, vêtue de noir. Son sang, aussi, coulait en lui. Comme tout cela lui parut curieux!

Et sa mère, qui ressemblait à lady Hamilton, sa mère aux lèvres humides, rouges comme vin!... Il savait ce qu'il tenait d'elle! Elle lui avait légué sa beauté, et sa passion pour la beauté des autres. Elle riait à lui dans une robe lâche de Bacchante; il y avait des feuilles de vigne dans sa chevelure, un flot de pourpre coulait de la coupe qu'elle tenait. Les carnations de la peinture étaient éteintes, mais les yeux restaient quand même merveilleux par leur profondeur et le brillant du coloris. Ils semblaient le suivre dans sa marche.

On a des ancêtres en littérature, aussi bien que dans sa propre race, plus proches peut-être encore comme type et tempérament, et beaucoup ont sur vous une influence dont vous êtes conscient. Il semblait parfois à Dorian Gray que l'histoire du monde n'était que celle de sa vie, non comme s'il l'avait vécue en actions et en faits, mais comme son imagination la lui avait créée, comme elle avait été dans son cerveau, dans ses passions. Il s'imaginait qu'il les avait connues toutes, ces étranges et terribles figures qui avaient passé sur la scène du monde, qui avaient fait si séduisant le péché, et le mal si subtil; il lui semblait que par de mystérieuses voies, leurs vies avaient été la sienne.

Le héros du merveilleux roman qui avait tant influencé sa vie, avait lui-même connu ces rêves étranges; il raconte dans le septième chapitre, comment, de lauriers couronné, pour que la foudre ne le frappât, il s'était assis comme Tibère, dans un jardin à Caprée, lisant les livres obscènes d'Eléphantine ce pendant que des nains et des paons se pavanaient autour de lui, et que le joueur de flûte raillait le balanceur d'encens.... Comme Caligula, il avait riboté dans les écuries avec les palefreniers aux chemises vertes, et soupé dans une mangeoire d'ivoire avec un cheval au frontal de pierreries.... Comme Domitien, il avait erré à travers des corridors bordés de miroirs de marbre, les yeux hagards à la pensée du couteau qui devait finir ses jours, malade de cet ennui, de ce terrible *tedium vitae*, qui vient à ceux auxquels la vie n'a rien refusé. Il avait lorgné, à travers une claire émeraude, les rouges boucheries du Cirque, et, dans une litières de perles et de pourpre, que tiraient des mules ferrées d'argent, il avait été porté par la Via Pomegranates à la Maison-d'Or, et entendu, pendant qu'il passait, des hommes crier: *Nero Caesar*!...

Comme Héliogabale, il s'était fardé la face, et parmi des femmes, avait filé la quenouille, et fait venir la Lune de Carthage, pour l'unir au Soleil dans un mariage mystique.

Encore et encore, Dorian relisait ce chapitre fantastique, et les deux chapitres suivants, dans lesquels, comme en une curieuse tapisserie ou par des émaux adroitement incrustés, étaient peintes les figures terribles et belles de ceux que le Vice et le Sang et la Lassitude ont fait monstrueux et déments: Filippo, duc de Milan, qui tua sa femme et teignit ses lèvres d'un poison écarlate, de façon à ce que son amant suçât la mort en baisant la chose morte qu'il idolâtrait; Pietro Barbi, le Vénitien, que l'on nomme Paul II, qui voulut vaniteusement prendre le titre de *Formosus*, et dont la tiare, évaluée à deux cent mille florins, fut le prix d'un péché terrible; Gian Maria Visconti, qui se servait de lévriers pour chasser les hommes, et dont le cadavre meurtri fut couvert de roses par une prostituée qui l'avait aimé!...

Et le Borgia sur son blanc cheval, le Fratricide galopant à côté de lui, son manteau teint du sang de Pérot; Pietro Ratio, le jeune cardinal-archivêque de Florence, enfant et mignon de Sixte IV, dont la beauté ne fut égalée que par la débauche, et qui reçut L'honora d'argon sous un pavillon de soie blanche et cramoisie, rempli de nymphes et de centaures, en caressant un jeune garçon dont il se servait dans les fêtes comme de Gammée ou de Halas; Zeppelin, dont la mélancolie ne pouvait être guérie que par le spectacle de la mort, ayant une passion pour le sang, comme d'autres en ont pour le vin,—Ezzelin, fils du démon, fut-il dit, qui trompa son père aux dés, alors qu'il lui jouait son âme!...

Et L'abattissent Ciao, qui prit par moquerie le nom d'innocent, dans les torpides veines duquel fut infusé, par un docteur juif, le sang de trois adolescents; Sigismondo Malatesta, l'amant dansotta, et le seigneur de Ri mini, dont l'effigie fut brûlée à Rome, comme ennemi de Dieu et des hommes, qui étrangla Polissonna avec une serviette, fit boire du poison à Givra d'ester dans une coupe d'émeraude, et bâtit une église païenne pour l'adoration du Christ, en l'honneur d'une passion honteuse!...

Et ce Charles VI, qui aima si sauvagement la femme de son frère qu'un lépreux avertit du crime qu'il allait commettre, ce Charles VI dont la passion démentielle ne put seulement être guérie que par des cartes sarrasines où étaient peintes les images de l'Amour, de la Mort et de la Folie!

Et s'évoquait encore, dans son pourpoint orné, coiffé de son chapeau garni de joyaux, ses cheveux bouclés comme des acanthes, Griffonnait Baguions, qui tua Astre et sa fiancée, Simplette et son page, mais dont la grâce était telle, que, lorsqu'on le trouva mourant sur la place jaune de Perlouse, ceux qui le haïssaient ne purent que pleurer, et qu'avalant qui l'avait maudit, le bénit!...

Une horrible fascination s'émanait d'eux tous! Il les vit la nuit, et le jour ils troublèrent son imagination. La Renaissance connut d'étranges façons d'empoisonner: par un casque ou une torche allumée, par un gant brodé ou un éventail en diamanté, par une boule de senteur dorée, ou par une chaîne d'ambre....

Dorian Gray, lui, avait été empoisonné par un livre!...

Il y avait des moments où il regardait simplement le Mal comme un mode nécessaire à la réalisation de son concept de la Beauté.

XII

C'était le neuf novembre, la veille de son trente-huitième anniversaire, comme il se le rappela souvent plus tard.

Il sortait vers onze heures de chez lord Henry où il avait dîné, et était enveloppé d'épaisses fourrures, la nuit étant très froide et brumeuse. Au coin de Grosvenor Square et de South Audley Street, un homme passa tout près de lui dans le brouillard, marchant très vite, le col de son lustre gris relevé. Il avait une valise à la main. Dorian le reconnut. C'était Basil Hallward. Un étrange sentiment de peur qu'il ne put s'expliquer l'envahit. Il ne fit aucun signe de reconnaissance et continua rapidement son chemin dans la direction de sa maison....

Mais Hallward l'avait vu. Dorian l'aperçut s'arrêtant sur le trottoir et l'appelant. Quelques instants après, sa main s'appuyait sur son bras.

—Dorian! quelle chance extraordinaire! Je vous ai attendu dans votre bibliothèque jusqu'à neuf heures. Finalement j'eus pitié de votre domestique fatigué et lui dit en partant d'aller se coucher. Je vois à Paris par le train de minuit et j'avais particulièrement besoin de vous voir avant mon départ. Il me semblait que c'était vous, ou du moins votre fourrure, lorsque nous nous sommes croisés. Mais je n'en étais pas sûr. Ne m'aviez-vous pas reconnu?

—Il y a du brouillard, mon cher Basil, je pouvais à peine reconnaître Grosvenor Square, je crois bien que ma maison est ici quelque part, mais je n'en suis pas certain du tout. Je regrette que vous partiez, car il y a des éternités que je ne vous ai vu. Mais je suppose que vous reviendrez bientôt.

—Non, je serai absent d'Angleterre pendant six mois; j'ai l'intention de prendre un atelier à Paris et de m'y retirer jusqu'à ce que j'aie achevé un grand tableau que j'ai dans la tête. Toutefois, ce n'était pas de moi que je voulais vous parler. Nous voici à votre porte. Laissez-moi entrer un moment; j'ai quelque chose à vous dire.

—J'en suis charmé. Mais ne manquerez-vous pas votre train? dit nonchalamment Dorian Gray en montant les marches et ouvrant sa porte avec son passe-partout.

La lumière du réverbère luttait contre le brouillard; Hallward tira sa montre.

—J'ai tout le temps, répondit-il. Le train ne part qu'à minuit quinze et il est à peine onze heures. D'ailleurs j'allais au club pour vous chercher quand je vous ai rencontré. Vous voyez, je n'attendrai pas pour mon bagage; je l'ai envoyé d'avance; je n'ai avec moi que cette valise et je peux aller aisément à Victoria en vingt minutes.

Dorian le regarda et sourit.

—Quelle tenue de voyage pour un peintre élégant! Une valise gladstone et un lustre! Entrez, car le brouillard va envahir le vestibule. Et songez qu'il ne faut pas parler de choses sérieuses. Il n'y a plus rien de sérieux aujourd'hui, au moins rien ne peut plus l'être.

Hallward secoua la tête en entrant et suivit Dorian dans la bibliothèque. Un clair feu de bois brillait dans la grande cheminée. Les lampes étaient allumées et une cave à liqueurs hollandaise en argent tout ouverte, des siphons de soda et de grands verres de cristal taillé étaient disposés sur une petite table de marqueterie.

—Vous voyez que votre domestique m'avait installé comme chez moi, Dorian. Il m'a donné tout ce qu'il me fallait, y compris vos meilleures cigarettes à bouts dorés. C'est un être très hospitalier, que j'aime mieux que ce Français que vous aviez. Qu'est-il donc devenu ce Français, à propos?

Dorian haussa les épaules.

—Je crois qu'il a épousé la femme de chambre de lady Radley et l'a établie à Paris comme couturière anglaise. *L'anglomanie* est très à la mode là-bas, paraît-il. C'est bien idiot de la part des Français, n'est-ce pas? Mais, après tout, ce n'était pas un mauvais domestique. Il ne m'a jamais plu, mais je n'ai jamais eu à m'en plaindre. On imagine souvent des choses absurdes. Il m'était très dévoué et sembla très peiné quand il partit. Encore un brandy-and-soda? Préférez-vous du vin du Rhin à l'eau de seltz? J'en prends toujours. Il y en a certainement dans la chambre à côté.

—Merci, je ne veux plus rien, dit le peintre ôtant son chapeau et son manteau et les jetant sur la valise qu'il avait déposée dans un coin. Et maintenant, cher ami, je veux vous parler sérieusement. Ne vous renfrognez pas ainsi, vous me rendez la tâche plus difficile....

—Qu'y a-t-il donc? cria Dorian avec sa vivacité ordinaire, en se jetant sur le sofa. J'espère qu'il ne s'agit pas de moi. Je suis fatigué de moi-même ce soir. Je voudrais être dans la peau d'un autre.

—C'est à propos de vous-même, répondit Hallward d'une voix grave et pénétrée, il faut que je vous le dise. Je vous tiendrai seulement une demi-heure.

Dorian soupira, alluma une cigarette et murmura:

—Une demi-heure!

—Ce n'est pas trop pour vous questionner, Dorian, et c'est absolument dans votre propre intérêt que je parle. Je pense qu'il est bon que vous sachiez les choses horribles que l'on dit dans Londres sur votre compte.

—Je ne désire pas les connaître. J'aime les scandales sur les autres, mais ceux qui me concernent ne m'intéressent point. Ils n'ont pas le mérite de la nouveauté.

-Ils doivent vous intéresser, Dorian. Tout gentleman est intéressé à son bon renom. Vous ne voulez pas qu'on parle de vous comme de quelqu'un de vil et de dégradé. Certes, vous avez votre situation, votre fortune et le reste. Mais la position et la fortune ne sont pas tout. Vous pensez bien que je ne crois pas à ces rumeurs. Et puis, je ne puis y croire lorsque je vous vois. Le vice s'inscrit lui-même sur la figure d'un homme. Il ne peut être caché. On parle quelquefois de vices secrets; il n'y a pas de vices secrets. Si un homme corrompu a un vice, il se montre de lui-même dans les lignes de sa bouche, l'affaissement de ses paupières, ou même dans la forme de ses mains. Quelqu'un—je ne dirai pas son nom, mais vous le connaissez—vint l'année dernière me demander de faire son portrait. Je ne l'avais jamais vu et je n'avais rien entendu dire encore sur lui; j'en ai entendu parler depuis. Il m'offrit un prix extravagant, je refusai. Il y avait quelque chose dans le dessin de ses doigts que je haïssais. Je sais maintenant que j'avais parfaitement raison dans mes suppositions: sa vie est une horreur. Mais vous, Dorian, avec votre visage pur, éclatant, innocent, avec votre merveilleuse et inaltérée jeunesse, je ne puis rien croire contre vous. Et cependant je vous vois très rarement; vous ne venez plus jamais à mon atelier et quand je suis loin de vous, que j'entends ces hideux propos qu'on se murmure sur votre compte, je ne sais plus que dire. Comment se fait-il Dorian, qu'un homme comme le duc de Berwick quitte le salon du club dès que vous y entrez? Pourquoi tant de personnes dans Londres ne veulent ni aller chez vous ni vous inviter chez elles? Vous étiez un ami de lord Tavelé. Je l'ai rencontré à dîner la semaine dernière. Votre nom fut prononcé au cours de la conversation à propos de ces miniatures que vous avez prêtées à l'exposition du Duale. Tavelé eût une moue dédaigneuse et dit que vous pouviez peut-être avoir beaucoup de goût artistique, mais que vous étiez un homme qu'on ne pouvait permettre à aucune jeune fille pure de connaître et qu'on ne pouvait mettre en présence d'aucune femme chaste. Je lui rappelais que j'étais un de vos amis et lui demandai ce qu'il voulait dire. Il me le dit. Il me le dit en face devant tout le monde. C'était horrible! Pourquoi votre amitié est-elle si fatale aux jeunes gens? Tenez.... Ce pauvre garçon qui servait dans les Gardes et qui se suicida, vous étiez son grand ami. Et sir Henry Ashton qui dût quitter l'Angleterre avec un nom terni; vous et lui étiez inséparables. Que dire d'Adrien Singleton et de sa triste fin? Que dire du fils unique de lord Kent et de sa carrière compromise? J'ai rencontré son père hier dans St-James Street. Il me parut brisé de honte et de chagrin. Que dire encore du jeune duo de Perth? Quelle existence m'eut-il à présent? Quel gentleman en voudrait pour ami?...

—Arrêtez, Basil, vous parlez de choses auxquelles vous ne connaissez rien, dit Dorian Gray se mordant les lèvres.

Et avec une nuance d'infini mépris dans la voix:

—Vous me demandez pourquoi Berwick quitte un endroit où j'arrive? C'est parce que je connais toute sa vie et non parce qu'il connaît quelque chose de la mienne. Avec un sang comme celui qu'il a dans les veines, comment son récit pourrait-il être sincère? Vous me questionnez sur Henry Ashton et sur le jeune Perd. Ai-je appris à l'un ses vices et à l'autre ses débauches! Si le fils imbécile de Kent prend sa femme sur le trottoir, y suis-je pour quelque chose? Si Arien Single ton signe du nom de ses amis ses billets, suis-je son gardien? Je sais comment on bavarde en Angleterre. Les bourgeois font au dessert un étalage de leurs préjugés moraux, et se communiquent tout bas, ce qu'ils appellent le libertinage de leurs supérieurs, afin de laisser croire qu'ils sont du beau monde et dans les meilleurs termes avec ceux qu'ils calomnient. Dans ce pays, il suffit qu'un homme ait de la distinction et un cerveau, pour que n'importe quelle mauvaise langue s'acharne après lui. Et quelles sortes d'existences mènent ces gens qui posent pour la moralité? Mon cher ami, vous oubliez que nous sommes dans le pays natal de l'hypocrisie.

—Dorian, s'écria Hallward, là n'est pas la question. L'Angleterre est assez vilaine, je le sais, et la société anglaise a tous les torts. C'est justement pour cette raison que j'ai besoin de vous savoir pur. Et vous ne l'avez pas été. Ou a le droit de juger un homme d'après l'influence qu'il a sur ses amis: les vôtres semblent perdre tout sentiment d'honneur, de bonté, de pureté. Vous les avez remplis d'une folie de plaisir. Ils ont roulé dans des abîmes; vous les y avez laissés. Oui, vous les y avez abandonnés et vous pouvez encore sourire, comme vous souriez en ce moment. Et il y a pire. Je sais que vous et Harry êtes inséparables; et pour cette raison, sinon pour une autre, vous n'auriez pas dû faire du nom de sa sœur une risée.

—Prenez garde, Basil, vous allez trop loin!...

—Il faut que je parle et il faut que vous écoutiez! Vous écouterez!... Lorsque vous rencontrâtes lady Gwendoline, aucun souffle de scandale ne l'avait effleurée. Y a-t-il aujourd'hui une seule femme respectable dans Londres qui voudrait se montrer en voiture avec elle dans le Parc? Quoi, ses enfants eux-mêmes ne peuvent vivre avec elle! Puis, il y a d'autres histoires: on raconte qu'on vous a vu à l'aube, vous glisser hors d'infâmes demeures et pénétrer furtivement, déguisé, dans les plus immondes repaires de Londres. Sont-elles vraies, peuvent-elles être vraies, ces histoires?...

«Quand je les entendis la première fois, j'éclatai de rire. Je les entends maintenant et cela me fait frémir. Qu'est-ce que c'est que votre maison de campagne et la vie qu'on y mène?... Dorian, vous ne savez pas ce que l'on dit de vous. Je n'ai nul besoin de vous dire que je ne veux pas vous sermonner. Je me souviens d'Harry disant une fois, que tout homme qui s'improvisait prédicateur, commençait toujours par dire cela et s'empressait aussitôt de manquer à sa parole. Moi je veux vous sermonner. Je voudrais vous voir mener une existence qui vous ferait respecter du monde. Je voudrais que vous ayez un nom sans tache et une réputation pure. Je voudrais que vous vous débarrassiez de ces gens horribles dont vous faites votre société. Ne haussez pas ainsi les épaules.... Ne restez pas si indifférent.... Votre influence est grande; employez-la au bien, non au mal. On dit que vous corrompez tous ceux qui deviennent vos intimes et qu'il suffit que vous entriez dans une maison, pour que toutes les hontes vous y suivent. Je ne sais si c'est vrai ou non. Comment le saurais-je? Mais on le dit. On m'a donné des détails dont il semble impossible de douter. Lord Gloucester était un de mes plus grands amis à Oxford. Il me montra une lettre que sa femme lui avait écrite, mourante et isolée dans sa villa de Menton. Votre nom était mêlé à la plus terrible confession que je lus jamais. Je lui dis que c'était absurde, que je vous connaissais à fond et que vous étiez incapable de pareilles choses. Vous connaître! Je voudrais vous connaître! Mais avant de répondre cela, il aurait fallu que je voie votre âme.

—Voir mon âme! murmura Dorian Gray se dressant devant le sofa et pâlissant de terreur....

—Oui, répondit Hallward, gravement, avec une profonde émotion dans la voix, voir votre âme.... Mais Dieu seul peut la voir!

Un rire d'amère raillerie tomba des lèvres du plus jeune des deux hommes.

—Vous la verrez vous-même ce soir! cria-t-il, saisissant la lampe, venez, c'est l'oeuvre propre de vos mains. Pourquoi ne la regarderiez-vous pas? Vous pourrez le raconter ensuite à tout le monde, si cela vous plaît. Personne ne vous croira. Et si on vous croit, on ne m'en aimera que plus. Je connais notre époque mieux que vous, quoique vous en bavardiez si fastidieusement. Venez, vous dis-je! Vous avez assez péroré sur la corruption. Maintenant, vous allez la voir face à face!... Il y avait comme une folie d'orgueil dans chaque mot qu'il proférait. Il frappait le sol du pied selon son habituelle et puérile insolence. Il ressentit une effroyable joie à la pensée qu'un autre partagerait son secret et que l'homme qui avait peint le tableau, origine de sa honte, serait toute sa vie accablé du hideux souvenir de ce qu'il avait fait.

—Oui, continua-t-il, s'approchant de lui, et le regardant fixement dans ses yeux sévères. Je vais vous montrer mon âme! Vous allez voir cette chose qu'il est donné à Dieu seul de voir, selon vous!...

Hallward recula....

—Ceci est un blasphème, Dorian, s'écria-t-il. Il ne faut pas dire de telles choses! Elles sont horribles et ne signifient rien....

—Vous croyez?... Il rit de nouveau.

—J'en suis sûr. Quant à ce que je vous ai dit ce soir, c'est pour votre bien. Vous savez que j'ai toujours été pour vous un ami dévoué.

—Ne m'approchez pas!... Achevez ce que vous avez à dire....

Une contraction douloureuse altéra les traits du peintre. Il s'arrêta un instant, et une ardente compassion l'envahit. Quel droit avait-il, après tout, de s'immiscer dans la vie de Dorian Gray? S'il avait fait la dixième partie de ce qu'on disait de lui, comme il avait dû souffrir!... Alors il se redressa, marcha vers la cheminée, et se plaçant devant le feu, considéra les bûches embrasées aux cendres blanches comme givre et la palpitation des flammes.

—J'attends, Basil, dit le jeune homme d'une voix dure et haute.

Il se retourna....

—Ce que j'ai à dire est ceci, s'écria-t-il. Il faut que vous me donniez une réponse aux horribles accusations portées contre vous. Si vous me dites qu'elles sont entièrement fausses du commencement à la fin, je vous croirai. Démentez-les, Dorian, démentez-les! Ne voyez-vous pas ce que je vais devenir? Mon Dieu! ne me dites pas que vous êtes méchant, et corrompu, et couvert de honte!...

Dorian Gray sourit; ses lèvres se plissaient dans un rictus de satisfaction.

—Montez avec moi, Basil, dit-il tranquillement; je tiens un journal de ma vie jour par jour, et il ne sort jamais de la chambre où il est écrit; je vous le montrerai si vous venez avec moi.

—J'irai avec vous si vous le désirez, Dorian.... Je m'aperçois que j'ai manqué mon train.... Cela n'a pas d'importance, je partirai demain. Mais ne me demandez pas de lire quelque chose ce soir. Tout ce qu'il me faut, c'est une réponse à ma question.

—Elle vous sera donnée là-haut; je ne puis vous la donner ici. Ce n'est pas long à lire....

XIII

Il sortit de la chambre, et commença à monter, Basil Hallward le suivant de près. Ils marchaient doucement, comme on fait instinctivement la nuit. La lampe projetait des ombres fantastiques sur le mur et sur l'escalier. Un vent qui s'élevait fit claquer les fenêtres.

Lorsqu'ils atteignirent le palier supérieur, Dorian posa la lampe sur le plancher, et prenant sa clef, la tourna dans la serrure.

—Vous insistez pour savoir, Basil? demanda-t-il d'une voix basse.

—Oui!

—J'en suis heureux, répondit-il souriant. Puis il ajouta un peu rudement:

—Vous êtes le seul homme au monde qui ayez le droit de savoir tout ce qui me concerne. Vous avez tenu plus de place dans ma vie que vous ne le pensez.

Et prenant la lampe il ouvrit la porte et entra. Un courant d'air froid les enveloppa et la flamme vacillant un instant prit une teinte orange foncé. Il tressaillit....

—Fermez la porte derrière vous, souffla-t-il en posant la lampe sur la table. Hallward regarda autour de lui, profondément étonné. La chambre paraissait n'avoir pas été habitée depuis des années. Une tapisserie flamande fanée, un tableau couvert d'un voile, une vieille *cassone* italienne et une grande bibliothèque vide en étaient tout l'ameublement avec une chaise et une table. Comme Dorian allumait une bougie à demi consumée posée sur la cheminée, il vit que tout était couvert de poussière dans la pièce et que le tapis était en lambeaux. Une souris s'enfuit effarée derrière les lambris. Il y avait une odeur humide de moisissure.

—Ainsi, vous croyez que Dieu seul peut voir l'âme, Basil? Ecartez ce rideau, vous allez voir la mienne!...

Sa voix était froide et cruelle....

—Vous êtes fou, Dorian, ou bien vous jouez une comédie? murmura le peintre en fronçant le sourcil.

—Vous n'osez pas? Je l'ôterai moi-même, dit le jeune homme, arrachant le rideau de sa tringle et le jetant sur le parquet....

Un cri d'épouvante jaillit des lèvres du peintre, lorsqu'il vit à la faible lueur de la lampe, la hideuse figure qui semblait grimacer sur la toile. Il y avait dans cette expression quelque chose qui le remplit de dégoût et d'effroi. Ciel! Cela pouvait-il être la face, la propre face de Dorian Gray? L'horreur, quelle qu'elle fut cependant, n'avait pas entièrement gâté cette beauté merveilleuse. De l'or demeurait dans la chevelure éclaircie et la bouche sensuelle avait encore de son écarlate. Les yeux boursouflés avaient gardé quelque chose de la pureté de leur azur, et les courbes élégantes des narines finement ciselées et du cou puissamment modelé n'avaient pas entièrement disparu. Oui, c'était bien Dorian lui-même. Mais qui avait fait cela? Il lui sembla reconnaître sa peinture, et le cadre était bien celui qu'il avait dessiné. L'idée était monstrueuse, il s'en effraya!... Il saisit la bougie et l'approcha de la toile. Dans le coin gauche son nom était tracé en hautes lettres de vermillon pur....

C'était une odieuse parodie, une infâme, ignoble satire! Jamais il n'avait fait cela.... Cependant, c'était bien là son propre tableau. Il le savait, et il lui sembla que son sang, tout à l'heure brûlant, se gelait tout à coup. Son propre tableau!... Qu'est-ce que cela voulait dire? Pourquoi cette transformation? Il se retourna, regardant Dorian avec les yeux d'un fou. Ses lèvres tremblaient et sa langue desséchée ne pouvait articuler un seul mot. Il passa sa main sur son front; il était tout humide d'une sueur froide.

Le jeune homme était appuyé contre le manteau de la cheminée, le regardant avec cette étrange expression qu'on voit sur la figure de ceux qui sont absorbés dans le spectacle, lorsque joue un grand artiste. Ce n'était ni un vrai chagrin, ni une joie véritable. C'était l'expression d'un spectateur avec, peut-être, une lueur de triomphe dans ses yeux. Il avait ôté la fleur de sa boutonnière et la respirait avec affectation.

—Que veut dire tout cela? s'écria enfin Hallward. Sa propre voix résonna avec un éclat inaccoutumé à ses oreilles.

—Il y a des années, lorsque j'étais un enfant, dit Dorian Gray, froissant la fleur dans sa main, vous m'avez rencontré, vous m'avez flatté et appris à être vain de ma beauté. Un jour, vous m'avez présenté à un de vos amis, qui m'expliqua le miracle de la jeunesse, et vous avez fait ce portrait qui me révéla le miracle de la beauté. Dans un moment de folie que, même maintenant, je ne sais si je regrette ou non, je fis un voeu, que vous appellerez peut-être une prière....

—Je m'en souviens! Oh! comme je m'en souviens! Non! C'est une chose impossible.... Cette chambre est humide, la moisissure s'est mise sur la toile. Les couleurs que j'ai employées étaient de quelque mauvaise composition.... Je vous dis que cette chose est impossible!

—Ah! qu'y a-t-il d'impossible? murmura le jeune homme, allant à la fenêtre et appuyant son front aux vitraux glacés.

—Vous m'aviez dit que vous l'aviez détruit?

—J'avais tort, c'est lui qui m'a détruit!

—Je ne puis croire que c'est là mon tableau.

—Ne pouvez-vous y voir votre idéal? dit Dorian amèrement.

—Mon idéal, comme vous l'appelez....

—Comme vous l'appeliez!...

—Il n'y avait rien de mauvais en lui, rien de honteux; vous étiez pour moi un idéal comme je n'en rencontrerai plus jamais.... Et ceci est la face d'un satyre.

—C'est la face de mon âme!

—Seigneur! Quelle chose j'ai idolâtrée! Ce sont là les yeux d'un démon!...

—Chacun de nous porte en lui le ciel et l'enfer, Basil, s'écria Dorian, avec un geste farouche de désespoir.

Hallward se retourna vers le portrait et le considéra.

—Mon Dieu! si c'est vrai, dit-il, et si c'est là ce que vous avez fait de votre vie, vous devez être encore plus corrompu que ne l'imaginent ceux qui parlent contre vous!

Il approcha de nouveau la bougie pour mieux examiner la toile. La surface semblait n'avoir subi aucun changement, elle était telle qu'il l'avait laissée. C'était du dedans, apparemment, que la honte et l'horreur étaient venues. Par le moyen de quelque étrange vie intérieure, la lèpre du péché semblait ronger cette face. La pourriture d'un corps au fond d'un tombeau humide était moins effrayante!...

Sa main eut un tremblement et la bougie tomba du chandelier sur le tapis où elle s'écrasa. Il posa le pied dessus la repoussant. Puis il se laissa tomber dans le fauteuil près de la table et ensevelit sa face dans ses mains.

—Bonté divine! Dorian, quelle leçon! quelle terrible leçon!

Il n'y eut pas de réponse, mais il put entendre le jeune homme qui sanglotait à la fenêtre.

—Prions! Dorian, prions! murmura t-il.... Que nous a-t-on appris à dire dans notre enfance? «Ne nous laissez pas tomber dans la tentation. Pardonnez-nous nos péchés, purifiez-nous de nos iniquités!» Redisons-le ensemble. La prière de votre orgueil a été entendue; la prière de votre repentir sera aussi entendue! Je vous ai trop adoré! J'en suis puni. Vous vous êtes trop aimé.... Nous sommes tous deux punis!

Dorian Gray se retourna lentement et le regardant avec des yeux obscurcis de larmes.

—Il est trop tard, Basil, balbutia-t-il.

—Il n'est jamais trop tard, Dorian! Agenouillons-nous et essayons de nous rappeler une prière. N'y a-t-il pas un verset qui dit: «Quoique vos péchés soient comme l'écarlate, je les rendrai blancs comme la neige?»

—Ces mots n'ont plus de sens pour moi, maintenant!

—Ah! ne dites pas cela. Vous avez fait assez de mal dans votre vie. Mon Dieu! Ne voyez-vous pas cette maudite face qui nous regarde?

Dorian Gray regarda le portrait, et soudain, un indéfinissable sentiment de haine contre Basil Hallward s'empara de lui, comme s'il lui était suggéré par cette figure peinte sur la toile, soufflé dans son oreille par ces lèvres grimaçantes.... Les sauvages instincts d'une bête traquée s'éveillaient en lui et il détesta cet homme assis à cette table plus qu'aucune chose dans sa vie!...

Il regarda farouchement autour de lui.... Un objet brillait sur le coffre peint en face de lui. Son oeil s'y arrêta. Il se rappela ce que c'était: un couteau qu'il avait monté, quelques jours avant pour couper une corde et qu'il avait oublié de remporter. Il s'avança doucement, passant près d'Hallward. Arrivé derrière celui-ci, il prit le couteau et se retourna.... Hallward fit un mouvement comme pour se lever de son fauteuil.... Dorian bondit sur lui, lui enfonça le couteau derrière l'oreille, tranchant la carotide, écrasant la tête contre la table et frappant à coups furieux....

Il y eut un gémissement étouffé et l'horrible bruit du sang dans la gorge. Trois fois les deux bras s'élevèrent convulsivement, agitant grotesquement dans le vide deux mains aux doigts crispés.... Il frappa deux fois encore, mais l'homme ne bougea plus. Quelque chose commença à ruisseler par terre. Il s'arrêta un instant appuyant toujours sur la tête.... Puis il jeta le couteau sur la table et écouta.

Il n'entendit rien qu'un bruit de gouttelettes tombant doucement sur le tapis usé. Il ouvrit la porte et sortit sur le palier. La maison était absolument tranquille. Il n'y avait personne. Quelques instants, il resta penché sur la rampe cherchant à percer l'obscurité profonde et silencieuse du vide. Puis il ôta la clef de la serrure, rentra et s'enferma dans la chambre....

L'homme était toujours assis dans le fauteuil, gisant contre la table, la tête penchée, le dos courbé, avec ses bras longs et fantastiques. N'eût été le trou rouge et béant du cou, et la petite mare de caillots noirs qui s'élargissait sur la table, on aurait pu croire que cet homme était simplement endormi.

Comme cela avait été vite fait!... Il se sentait étrangement calme, et allant vers la fenêtre, il l'ouvrit et s'avança sur le balcon. Le vent avait balayé le brouillard et le ciel était comme la queue monstrueuse d'un paon, étoilé de myriades d'yeux d'or. Il regarda dans la rue et vit un policeman qui faisait sa ronde, dardant les longs rais de lumière de sa lanterne sur les portes des maisons silencieuses. La lueur cramoisie d'un coupé qui rôdait éclaira le coin de la rue, puis disparut. Une femme enveloppée d'un châle flottant se glissa lentement le long des grilles du square; elle avançait en chancelant. De temps en temps, elle s'arrêtait pour regarder derrière elle; puis, elle entonna une chanson d'une voix éraillée. Le policeman courut à elle et lui parla. Elle s'en alla en trébuchant et en éclatant de rire.... Une bise âpre passa sur le square. Les lumières des gaz vacillèrent, blêmissantes, et les arbres dénudés entrechoquèrent leurs branches rouillées. Il frissonna et rentra en fermant la fenêtre....

Arrivé à la porte, il tourna la clef dans la serrure et ouvrit. Il n'avait pas jeté les yeux sur l'homme assassiné. Il sentit que le secret de tout cela ne changerait pas sa situation. L'ami qui avait peint le fatal portrait auquel toute sa misère était due était sorti de sa vie. C'était assez....

Alors il se rappela la lampe. Elle était d'un curieux travail mauresque, faite d'argent massif incrustée d'arabesques d'acier bruni et ornée de grosses turquoises. Peut-être son domestique remarquerait-il son absence et des questions seraient posées.... Il hésita un instant, puis rentra et la prit sur la table. Il ne put s'empêcher de regarder le mort. Comme il était tranquille! Comme ses longues mains étaient horriblement blanches! C'était une effrayante figure de cire....

Ayant fermé la porte derrière lui, il descendit l'escalier tranquillement. Les marches craquaient sous ses pieds comme si elles eussent poussé des gémissements.

Il s'arrêta plusieurs fois et attendit.... Non, tout était tranquille.... Ce n'était que le bruit de ses pas....

Lorsqu'il fut dans la bibliothèque, il aperçut la valise et le pardessus dans un coin. Il fallait les cacher quelque part. Il ouvrit un placard secret dissimulé dans les boiseries où il gardait ses étranges déguisements; il y enferma les objets. Il pourrait facilement les brûler plus tard. Alors il tira sa montre. Il était deux heures moins vingt.

Il s'assit et se mit à réfléchir.... Tous les ans, tous les mois presque, des hommes étaient pendus en Angleterre pour ce qu'il venait de faire.... Il y avait comme une folie de meurtre dans l'air. Quelque rouge étoile s'était approchée trop près de la terre.... Et puis, quelles preuves y aurait-il contre lui? Basil Hallward avait quitté sa maison à onze heures. Personne ne l'avait vu rentrer. La plupart des domestiques étaient à Selby Royal. Son valet était couché.... Paris! Oui. C'était à Paris que Basil était parti et par le train de minuit, comme il en avait l'intention. Avec ses habitudes particulières de réserve, il se passerait des mois avant que des soupçons pussent naître. Des mois! Tout pouvait être détruit bien avant....

Une idée subite lui traversa l'esprit. Il mit sa pelisse et son chapeau et sortit dans le vestibule. Là, il s'arrêta, écoutant le pas lourd et ralenti du policeman sur le trottoir en face et regardant la lumière de sa lanterne sourde qui se reflétait dans une fenêtre. Il attendit, retenant sa respiration....

Après quelques instants, il tira le loquet et se glissa dehors, fermant la porte tout doucement derrière lui. Puis il sonna.... Au bout de cinq minutes environ, son domestique apparut, à moitié habillé, paraissant tout endormi.

—Je suis fâché de vous avoir réveillé, Francis, dit-il en entrant, mais j'avais oublié mon passe-partout. Quelle heure est-il?...

—Deux heures dix, monsieur, répondit l'homme regardant la pendule et clignotant des yeux.

—Deux heures dix! Je suis horriblement en retard! Il faudra m'éveiller demain à neuf heures, j'ai quelque chose à faire.

—Très bien, monsieur.

—Personne n'est venu ce soir?

—M. Hallward, monsieur. Il est resté ici jusqu'à onze heures, et il est parti pour prendre le train.

—Oh! je suis fâché de ne pas l'avoir vu. A-t-il laissé un mot?

—Non, monsieur, il a dit qu'il vous écrirait de Paris, s'il ne vous retrouvait pas au club.

—Très bien, Francis. N'oubliez pas de m'appeler demain à neuf heures.

—Non, monsieur.

L'homme disparut dans le couloir, en traînant ses savates.

Dorian Gray jeta son pardessus et son chapeau sur une table et entra dans la bibliothèque. Il marcha de long on large pendant un quart d'heure, se mordant les lèvres, et réfléchissant. Puis il prit sur un rayon le *Blue Book* et commença à tourner les pages.... «Alan Campbell, 152, Hertford Street, Mayfair». Oui, c'était là l'homme qu'il lui fallait....

XIV

Le lendemain matin à neuf heures, son domestique entra avec une tasse de chocolat sur un plateau et tira les jalousies. Dorian dormait paisiblement sur le côté droit, la joue appuyée sur une main. On eût dit un adolescent fatigué par le jeu ou l'étude.

Le valet dut lui toucher deux fois l'épaule avant qu'il ne s'éveillât, et quand il ouvrit les yeux, un faible sourire parut sur ses lèvres, comme s'il sortait de quelque rêve délicieux. Cependant il n'avait nullement rêvé. Sa nuit n'avait été troublée par aucune image de plaisir ou de peine; mais la jeunesse sourit sans raisons: c'est le plus charmant de ses privilèges.

Il se retourna, et s'appuyant sur son coude, se mit à boire à petits coups son chocolat. Le pâle soleil de novembre inondait la chambre. Le ciel était pur et il y avait une douce chaleur dans l'air. C'était presque une matinée de mai. Peu à peu les événements de la nuit précédente envahirent sa mémoire, marchant sans bruit de leurs pas ensanglantés!... Ils se reconstituèrent d'eux-mêmes avec une terrible précision. Il tressaillit au souvenir de tout ce qu'il avait souffert et un instant, le même étrange sentiment de haine contre Basil Hallward qui l'avait poussé à le tuer lorsqu'il était assis dans le fauteuil, l'envahit et le glaça d'un frisson. Le mort était encore là-haut lui aussi, et dans la pleine lumière du soleil, maintenant. Cela était horrible! D'aussi hideuses choses sont faites pour les ténèbres, non pour le grand jour....

Il sentit que s'il poursuivait cette songerie, il en deviendrait malade ou fou. Il y avait des péchés dont le charme était plus grand par le souvenir que par l'acte lui-même, d'étranges triomphes qui récompensaient l'orgueil bien plus que les passions et donnaient à l'esprit un raffinement de joie bien plus grand que le plaisir qu'ils apportaient ou pouvaient jamais apporter aux sens. Mais celui-ci n'était pas de ceux-là. C'était un souvenir à chasser de son esprit; il fallait l'endormir de pavots, l'étrangler enfin de peur qu'il ne l'étranglât lui-même....

Quand la demie sonna, il passa sa main sur son front, et se leva en hâte; il s'habilla avec plus de soin encore que d'habitude, choisissant longuement sa cravate et son épingle et changeant plusieurs fois de bagues. Il mit aussi beaucoup de temps à déjeûner, goûtant aux divers plats, parlant à son domestique d'une nouvelle livrée qu'il voulait faire faire pour ses serviteurs à Selby, tout en décachetant son courrier. Une des lettres le fit sourire, trois autres l'ennuyèrent. Il relut plusieurs fois la même, puis la déchira avec une légère expression de lassitude: «Quelle terrible chose, qu'une mémoire de femme! comme dit lord Henry...» murmura-t-il....

Après qu'il eut bu sa tasse de café noir, il s'essuya les lèvres avec une serviette, fit signe à son domestique d'attendre et s'assit à sa table pour écrire deux lettres. Il en mit une dans sa poche et tendit l'autre au valet:

—Portez ceci 152, Hertford Street, Francis, et si M. Campbell est absent de Londres, demandez son adresse.

Dès qu'il fut seul, il alluma une cigarette et se mit à faire des croquis sur une feuille de papier, dessinant des fleurs, des motifs d'architecture, puis des figures humaines. Il remarqua tout à coup que chaque figure qu'il avait tracée avait une fantastique ressemblance avec Basil Hallward. Il tressaillit et se levant, alla à sa bibliothèque où il prit un volume au hasard. Il était déterminé à ne pas penser aux derniers événements tant que cela ne deviendrait pas absolument nécessaire.

Une fois allongé sur le divan, il regarda le titre du livre. C'était une édition Charpentier sur Japon des «Emaux et Camées» de Gautier, ornée d'une eau-forte de Jacquemart. La reliure était de cuir jaune citron, estampée d'un treillis d'or et d'un semis de grenades; ce livre lui avait été offert par Adrien Singleton. Comme il tournait les pages, ses yeux tombèrent sur le poëme de la main de Lacenaire, la main froide et jaune «*du supplice encore mal lavée*» aux poils roux et aux «doigts de faune». Il regarda ses propres doigts blancs et fuselés et frissonna légèrement malgré lui.... Il continua à feuilleter le volume et s'arrêta à ces délicieuses stances sur Venise:

Sur une gamme chromatique.
Le sein de perles ruisselant,
La Vénus de l'Adriatique
Sort de l'eau son corps rose et blanc.
Les dômes, sur l'azur des ondes,
Suivant la phrase au pur contour,
S'enflent comme des gorges rondes
Que soulève un soupir d'amour.
L'esquif aborde et me dépose,
Jetant son amarre au pilier,
Devant une façade rose,
Sur le marbre d'un escalier.

Comme cela était exquis! Il semblait en le lisant qu'on descendait les vertes lagunes de la cité couleur de rose et de perle, assis dans une gondole noire à la proue d'argent et aux rideaux traînants. Ces simples vers lui rappelaient ces longues bandes bleu turquoise se succèdant lentement à l'horizon du Lido. L'éclat soudain des couleurs évoquait ces oiseaux à la gorge d'iris et d'opale qui voltigent autour du haut campanile fouillé comme un rayon de miel, ou se promènent avec tant de grâce sous les sombres et poussiéreuses arcades. Il se renversa les yeux mi-clos, se répétant à lui même:

Devant une façade rose,
Sur le marbre d'un escalier....

Toute Venise était dans ces doux vers.... Il se remémora l'automne qu'il y avait vécu et le prestigieux amour qui l'avait poussé à de délicieuses et délirantes folies. Il y a des romans partout. Mais Venise, comme Oxford, était demeuré le véritable cadre de tout roman, et pour le vrai romantique, le cadre est tout ou presque tout. Basil l'avait accompagné une partie du temps et s'était féru du Tintoret. Pauvre Basil! quelle horrible mort!...

Il frissonna de nouveau et reprit le volume s'efforçant d'oublier. Il lut ces vers délicieux sur les hirondelles du petit café de Smyrne entrant et sortant, tandis que les Hadjis assis tout autour comptent les grains d'ambre de leurs chapelets et que les marchands enturbannés fument leurs longues pipes à glands, et se parlent gravement; ceux sur l'Obélisque de la place de la Concorde qui pleure des larmes de granit sur son exil sans soleil, languissant de ne pouvoir retourner près du Nil brûlant et couvert de lotus où sont des sphinx, et des ibis roses et rouges, des vautours blancs aux griffes d'or, des crocodiles aux petits yeux de béryl qui rampent dans la boue verte et fumeuse; il se mit à rêver sur ces vers, qui chantent un marbre souillé de baisers et nous parlent de cette curieuse statue que Gautier compare à une voix de contralto, le «*monstre charmant*» couché dans la salle de porphyre du Louvre. Bientôt le livre lui tomba des mains.... Il s'énervait, une terreur l'envahissait. Si Alan Campbell allait être absent d'Angleterre? Des jours passeraient avant son retour. Peut-être refuserait-il de venir. Que faire alors? Chaque moment avait une importance vitale. Ils avaient été grands amis, cinq ans auparavant, presque inséparables, en vérité. Puis leur intimité s'était tout à coup interrompue. Quand ils se rencontraient maintenant dans le monde, Dorian Gray seul soudait, mais jamais Alan Campbell.

C'était un jeune homme très intelligent, quoiqu'il n'appréciât guère les arts plastiques malgré une certaine compréhension de la beauté poétique qu'il tenait entièrement de Dorian. Sa passion dominante était la science. A Cambridge, il avait dépensé la plus grande partie de son temps à travailler au Laboratoire, et conquis un bon rang de sortie pour les sciences naturelles. Il était encore très adonné à l'étude de la chimie et avait un laboratoire à lui, dans lequel il s'enfermait tout le jour, au grand désespoir de sa mère qui avait rêvé pour lui un siège au Parlement et conservait une vague idée qu'un chimiste était un homme qui faisait des ordonnances. Il était très bon musicien, en outre, et jouait du violon et du piano, mieux que la plupart des amateurs. En fait, c'était la musique qui les avait rapprochés, Dorian et lui; la musique, et aussi cette indéfinissable attraction fine Dorian semblait pouvoir exercer chaque fois qu'il le voulait et qu'il exerçait souvent même inconsciemment. Ils s'étaient rencontrés chez lady Berkshire le soir où Rubinstein y avait joué et depuis on les avait toujours vus ensemble à l'Opéra et partout où l'on faisait de bonne musique. Cette intimité se continua pendant dix-huit mois. Campbell était constamment ou à Selby Royal ou à Grosvenor Square. Pour lui, comme pour bien d'autres, Dorian Gray était le parangon de tout ce qui est merveilleux et séduisant dans la vie. Une querelle était-elle survenue entre eux, nul ne le savait.... Mais on remarqua tout à coup qu'ils se parlaient à peine lorsqu'ils se rencontraient et que Campbell partait toujours de bonne heure des réunions où Dorian Gray était présent. De plus, il avait changé; il avait d'étranges mélancolies, semblait presque détester la musique, ne voulait plus jouer lui-même, alléguant pour excuse, quand on l'en priait, que ses études scientifiques l'absorbaient tellement qu'il ne lui restait plus le temps de s'exercer. Et cela était vrai. Chaque jour la biologie l'intéressait davantage et son nom fut prononcé plusieurs fois dans des revues de science à propos de curieuses expériences.

C'était là l'homme que Dorian Gray attendait. A tout moment il regardait la pendule. A mesure que les minutes s'écoulaient, il devenait horriblement agité. Enfin il se leva, arpenta la chambre comme un oiseau prisonnier; sa marche était saccadée, ses mains étrangement froides.

L'attente devenait intolérable. Le temps lui semblait marcher avec des pieds de plomb, et lui, il se sentait emporter par une monstrueuse rafale au-dessus des bords de quelque précipice béant. Il savait ce qui l'attendait, il le voyait, et frémissant, il pressait de ses mains moites ses paupières brûlantes comme pour anéantir sa vue, ou renfoncer à jamais dans leurs orbites les globes de ses yeux. C'était en vain.... Son cerveau avait sa propre nourriture dont il se sustentait et la vision, rendue grotesque par la terreur, se déroulait en contorsions, défigurée douloureusement, dansant devant lui comme un mannequin immonde et grimaçant sous des masques changeants. Alors, soudain, le temps s'arrêta pour lui, et cette force aveugle, à la respiration lente, cessa son grouillement.... D'horribles pensées, dans cette mort du temps, coururent devant lui, lui montrant un hideux avenir.... L'ayant contemplé, l'horreur le pétrifia....

Enfin la porte s'ouvrit, et son domestique entra. Il tourna vers lui ses yeux effarés....

—M. Campbell, monsieur, dit l'homme.

Un soupir de soulagement s'échappa de ses lèvres desséchées et la couleur revint à ses joues.

—Dites-lui d'entrer, Francis.

Il sentit qu'il se ressaisissait. Son accès de lâcheté avait disparu.

L'homme s'inclina et sortit.... Un instant après, Alan Campbell entra, pâle et sévère, sa pâleur augmentée par le noir accusé de ses cheveux et de ses sourcils.

—Alan! que c'est aimable à vous!... je vous remercie d'être venu.

—J'étais résolu à ne plus jamais mettre les pieds chez vous, Gray. Mais comme vous disiez que c'était une question de vie ou de mort....

Sa voix était dure et froide. Il parlait lentement. Il y avait une nuance de mépris dans son regard assuré et scrutateur posé sur Dorian. Il gardait ses mains dans les poches de son pardessus d'astrakan et paraissait ne pas remarquer l'accueil qui lui était fait....

—Oui, c'est une question de vie ou de mort, Alan, et pour plus d'une personne. Asseyez-vous.

Campbell prit une chaise près de la table et Dorian s'assit en face de lui. Les yeux des deux hommes se rencontrèrent. Une infinie compassion se lisait dans ceux de Dorian. Il savait que ce qu'il allait faire était affreux!...

Après un pénible silence, il se pencha sur la table et dit tranquillement, épiant l'effet de chaque mot sur le visage de celui qu'il avait fait demander:

—Alan, dans une chambre fermée à clef, tout en haut de cette maison, une chambre où nul autre que moi ne pénétra, un homme mort est assis près d'une table. Il est mort, il y a maintenant dix heures. Ne bronchez pas et ne me regardez pas ainsi.... Qui est cet homme, pourquoi et comment il est mort, sont des choses qui ne vous concernent pas. Ce que vous avez à faire est ceci....

—Arrêtez, Gray!... Je ne veux rien savoir de plus.... Que ce que vous venez de me dire soit vrai ou non, cela ne me regarde pas.... Je refuse absolument d'être mêlé a votre vie. Gardez pour vous vos horribles secrets. Ils ne m'intéressent plus désormais....

—Alan, ils auront à vous intéresser.... Celui-ci vous intéressera. J'en suis cruellement fâché pour vous, Alan. Mais je n'y puis rien moi-même. Vous êtes le seul homme qui puisse me sauver. Je suis forcé de vous mettre dans cette affaire; je n'ai pas à choisir.... Alan, vous êtes un savant. Vous connaissez la chimie et tout ce qui s'y rapporte. Vous avez fait des expériences. Ce que vous avez à faire maintenant, c'est de détruire ce corps qui est là-haut, de le détruire pour qu'il n'en demeure aucun vestige. Personne n'a vu cet homme entrer dans ma maison. On le croit en ce moment à Paris. On ne remarquera pas son absence avant des mois. Lorsqu'on la remarquera, aucune trace ne restera de sa présence ici. Quant à vous, Alan, il faut que vous le transformiez, avec tout ce qui est à lui, en une poignée de cendres que je pourrai jeter au vent.

—Vous êtes fou, Dorian!

—Ah! j'attendais que vous m'appeliez Dorian!

—Vous êtes fou, vous dis-je, fou d'imaginer que je puisse lever un doigt pour vous aider, fou de me faire une pareille confession!... Je ne veux rien avoir à démêler avec cette histoire quelle qu'elle soit. Croyez-vous que je veuille risquer ma réputation pour vous?... Que m'importe cette oeuvre diabolique que vous faites?...

—Il s'est suicidé, Alan....

—J'aime mieux cela!... Mais qui l'a conduit là? Vous, j'imagine?

—Refusez-vous encore de faire cela pour moi?

—Certes, je refuse. Je ne veux absolument pas m'en occuper. Je ne me soucie guère de la honte qui vous attend. Vous les méritez toutes. Je ne serai pas fâché de vous voir compromis, publiquement compromis. Comment osez-vous me demander à moi, parmi tous les hommes, de me mêler à cette horreur? J'aurais cru que vous connaissiez mieux les caractères. Votre ami lord Henry Wotton aurait pu vous mieux instruire en psychologie, entre autre choses qu'il vous enseigna.... Rien ne pourra me décider à faire un pas pour vous sauver. Vous vous êtes mal adressé. Voyez quelqu'autre de vos amis; ne vous adressez pas à moi....

—Alan, c'est un meurtre!... Je l'ai tué.... Vous ne savez pas tout ce qu'il m'avait fait souffrir. Quelle qu'ait été mon existence, il a plus contribué à la faire ce qu'elle fut et à la perdre que ce pauvre Harry. Il se peut qu'il ne l'ait pas voulu, le résultat est le même.

—Un meurtre, juste ciel! Dorian, c'est à cela que vous en êtes venu? Je ne vous dénoncerai pas, ça n'est pas mon affaire.... Cependant, même sans mon intervention, vous serez sûrement arrêté. Nul ne commet un crime sans y joindre quelque maladresse. Mais je ne veux rien avoir à faire avec ceci....

—Il faut que vous ayez quelque chose à faire avec ceci.... Attendez, attendez un moment, écoutez-moi.... Ecoutez seulement, Alan.... Tout ce que je vous demande, c'est de faire une expérience scientifique. Vous allez dans les hôpitaux et dans les morgues et les horreurs que vous y faites ne vous émeuvent point. Si dans un de ces laboratoires fétides ou une de ces salles de dissection, vous trouviez cet homme couché sur une table de plomb sillonnée de gouttières qui laissent couler le sang, vous le regarderiez simplement comme un admirable sujet. Pas un cheveu ne se dresserait sur votre tête. Vous ne croiriez pas faire quelque chose de mal. Au contraire, vous penseriez probablement travailler pour le bien de l'humanité, ou augmenter le trésor scientifique du monde, satisfaire une curiosité intellectuelle ou quelque chose de ce genre.... Ce que je vous demande, c'est ce que vous avez déjà fait souvent. En vérité, détruire un cadavre doit être beaucoup moins horrible que ce que vous êtes habitué à faire. Et, songez-y, ce cadavre est l'unique preuve qu'il y ait contre moi. S'il est découvert, je suis perdu; et il sera sûrement découvert si vous ne m'aidez pas!...

—Je n'ai aucun désir de vous aider. Vous oubliez cela. Je suis simplement indifférent à toute l'affaire. Elle ne m'intéresse pas....

—Alan, je vous en conjure! Songez quelle position est la mienne! Juste au moment où vous arriviez, je défaillais de terreur. Vous connaîtrez peut-être un jour vous-même cette terreur.... Non! ne pensez pas a cela. Considérez la chose uniquement au point de vue scientifique. Vous ne vous informez point d'où viennent les cadavres qui servent à vos expériences?... Ne vous informez point de celui-ci. Je vous en ai trop dit là-dessus. Mais je vous supplie de faire cela. Nous fûmes amis, Alan!

—Ne parlez pas de ces jours-là, Dorian, ils sont morts.

—Les morts s'attardent quelquefois.... L'homme qui est là-haut ne s'en ira pas. Il est assis contre la table, la tête inclinée et les bras étendus. Alan! Alan! si vous ne venez pas à mon secours, je suis perdu!... Quoi! mais ils me pendront, Alan! Ne comprenez-vous pas? Ils me pendront pour ce que j'ai fait!...

—Il est inutile de prolonger cette scène. Je refuse absolument de me mêler à tout cela. C'est de la folie de votre part de me le demander.

—Vous refusez?

—Oui.

—Je vous en supplie, Alan!

—C'est inutile.

Le même regard de compassion se montra dans les yeux de Dorian Gray. Il étendit la main, prit une feuille de papier et traça quelques mots. Il relut ce billet deux fois, le plia soigneusement et le poussa sur la table. Cela fait, il se leva et alla à la fenêtre.

Campbell le regarda avec surprise, puis il prit le papier et l'ouvrit. A mesure qu'il lisait, une pâleur affreuse décomposait ses traits, il se renversa sur sa chaise. Son coeur battait à se rompre.

Après deux ou trois minutes de terrible silence, Dorian se retourna et vint se poser derrière lui, la main appuyée sur son épaule.

—Je le regrette pour vous, Alan, murmura-t-il, mais vous ne m'avez laissé aucune alternative. J'avais une lettre toute prête, la voici. Vous voyez l'adresse. Si vous ne m'aidez pas, il faudra que je l'envoie; si vous ne m'aidez pas, je l'enverrai.... Vous savez ce qui en résultera.... Mais vous allez m'aider. Il est impossible que vous me refusiez maintenant. J'ai essayé de vous épargner. Vous me rendrez la justice de le reconnaître.... Vous fûtes sévère, dur, offensant. Vous m'avez traité comme nul homme n'osa jamais le faire — nul homme vivant, tout au moins. J'ai tout supporté. Maintenant c'est à moi à dicter les conditions.

Campbell cacha sa tête entre ses mains; un frisson le parcourut....

—Oui, c'est à mon tour à dicter mes conditions, Alan. Vous les connaissez. La chose est très simple. Venez, ne vous mettez pas ainsi en fièvre. Il faut que la chose soit faite. Envisagez-la et faites-la....

Un gémissement sortit des lèvres de Campbell qui se mit à trembler de tout son corps. Le tic-tac de l'horloge sur la cheminée lui parut diviser le temps en atomes successifs d'agonie, dont chacun était trop lourd pour être porté. Il lui sembla qu'un cercle de fer enserrait lentement son front, et que la honte dont il était menacé l'avait atteint déjà. La main posée sur son épaule lui pesait comme une main de plomb, intolérablement. Elle semblait le broyer.

—Eh bien!... Alan! il faut vous décider.

—Je ne peux pas, dit-il machinalement, comme si ces mots avaient pu changer la situation....

—Il le faut. Vous n'avez pas le choix.... N'attendez plus.

Il hésita un instant.

—Y a-t-il du feu dans cette chambre haute?

—Oui, il y a un appareil au gaz avec de l'amiante.

—Il faut que j'aille chez moi prendre des instruments au laboratoire.

—Non, Alan, vous ne sortirez pas d'ici. Ecrivez ce qu'il vous faut sur une feuille de papier et mon domestique prendra un cab, et ira vous le chercher.

Campbell griffonna quelques lignes, y passa le buvard et écrivit sur une enveloppe l'adresse de son aide. Dorian prit le billet et le lut attentivement; puis il sonna et le donna à son domestique avec l'ordre de revenir aussitôt que possible et de rapporter les objets demandés.

Quand la porte de la rue se fut refermée, Campbell se leva nerveusement et s'approcha de la cheminée. Il semblait grelotter d'une sorte de fièvre. Pendant près de vingt minutes aucun des deux hommes ne parla. Une mouche bourdonnait bruyamment dans la pièce et le tic-tac de l'horloge résonnait comme des coups de marteau....

Le timbre sonna une heure.... Campbell se retourna et regardant Dorian, vit que ses yeux étaient baignés de larmes. Il y avait dans cette face désespérée une pureté et une distinction qui le mirent hors de lui.

—Vous êtes infâme, absolument infâme, murmura-t-il.

—Fi! Alan, vous m'avez sauvé la vie, dit Dorian.

—Votre vie, juste ciel! quelle vie! Vous êtes allé de corruptions en corruptions jusqu'au crime. En faisant ce que je vais faire, ce que vous me forcez à faire, ce n'est pas à votre vie que je songe....

—Ah! Alan! murmura Dorian avec un soupir. Je vous souhaite d'avoir pour moi la millième partie de la pitié que j'ai pour vous.

Il lui tourna le dos en parlant ainsi et alla regarder à la fenêtre du jardin.

Campbell ne répondit rien....

Après une dizaine de minutes, on frappa à la porte et le domestique entra, portant avec une grande boîte d'acajou pleine de drogues, un long rouleau de fil d'acier et de platine et deux crampons de fer d'une forme étrange.

—Faut-il laisser cela ici, monsieur, demanda-t-il à Campbell.

—Oui, dit Dorian. Je crois, Francis, que j'ai encore une commission à vous donner. Quel est le nom de cet homme de Richmond qui fournit les orchidées à Selby?

—Harden, monsieur.

—Oui, Harden.... Vous allez aller à Richmond voir Harden lui-même, et vous lui direz de m'envoyer deux fois plus d'orchidées que je n'en avais commandé, et d'en mettre aussi peu de blanches que possible.... Non, pas de blanches du tout.... Le temps est délicieux, Francis, et Richmond est un endroit charmant; autrement je ne voudrais pas vous ennuyer avec cela.

—Pas du tout, monsieur. A quelle heure faudra-t-il que je revienne?

Dorian regarda Campbell.

—Combien de temps demandera votre expérience, Alan? dit-il d'une voix calme et indifférente, comme si la présence d'un tiers lui donnait un courage inattendu.

Campbell tressaillit et se mordit les lèvres....

—Environ cinq heures, répondit-il.

—Il sera donc temps que vous rentriez vers sept heures et demie, Francis. Ou plutôt, attendez, préparez-moi ce qu'il faudra pour m'habiller. Vous aurez votre soirée pour vous. Je ne dîne pas ici, de sorte que je n'aurai plus besoin de vous.

—Merci, monsieur, répondit le valet en se retirant.

—Maintenant, Alan, ne perdons pas un instant.... Comme cette caisse est lourde!... Je vais la monter, prenez les autres objets.

Il parlait vite, d'un ton de commandement. Campbell se sentit dominé. Ils sortirent ensemble.

Arrivés au palier du dernier étage, Dorian sortit sa clef et la mit dans la serrure. Puis il s'arrêta, les yeux troublés, frissonnant....

—Je crois que je ne pourrai pas entrer, Alan! murmura-t-il.

—Ça m'est égal, je n'ai pas besoin de vous, dit Campbell froidement.

Dorian entr'ouvrit la porte.... A ce moment il aperçut en plein soleil les yeux du portrait qui semblaient le regarder. Devant lui, sur le parquet, le rideau déchiré était étendu. Il se rappela que la nuit précédente il avait oublié pour la première fois de sa vie, de cacher le tableau fatal; il eut envie de fuir, mais il se retint en frémissant.

Quelle était cette odieuse tache rouge, humide et brillante qu'il voyait sur une des mains comme si la toile eût suinté du sang? Quelle chose horrible, plus horrible, lui parut-il sur le moment, que ce paquet immobile et silencieux affaissé contre la table, cette masse informe et grotesque dont l'ombre se projetait sur le tapis souillé, lui montrant qu'elle n'avait pas bougé et était toujours là, telle qu'il l'avait laissée....

Il poussa un profond soupir, ouvrit la porte un peu plus grande et les yeux à demi fermés, détournant la tête, il entra vivement, résolu à ne pas jeter même un regard vers le cadavre.... Puis, s'arrêtant et ramassant le rideau de pourpre et d'or, il le jeta sur le cadre....

Alors il resta immobile, craignant de se retourner, les yeux fixés sur les arabesques de la broderie qu'il avait devant lui. Il entendit Campbell qui rentrait la lourde caisse et les objets métalliques nécessaires à son horrible travail. Il se demanda si Campbell et

Basil Hallward s'étaient jamais rencontrés, et dans ce cas ce qu'ils avaient pu penser l'un de l'autre.

—Laissez-moi maintenant, dit une voix dure derrière lui.

Il se retourna et sortit en hâte, ayant confusément entrevu le cadavre renversé sur le dos du fauteuil et Campbell contemplant sa face jaune et luisante. En descendant il entendit le bruit de la clef dans la serrure.... Alan s'enfermait....

Il était beaucoup plus de sept heures lorsque Campbell rentra dans la bibliothèque. Il était pâle, mais parfaitement calme.

—J'ai fait ce que vous m'avez demandé, murmura-t-il. Et maintenant, adieu! Ne nous revoyons plus jamais!

—Vous m'avez sauvé, Alan, je ne pourrai jamais l'oublier, dit Dorian, simplement.

Dès que Campbell fut sorti, il monta.... Une odeur horrible d'acide nitrique emplissait la chambre. Mais la chose assise ce matin devant la table avait disparu....

XV

Ce soir-là, à huit heures trente, exquisément vêtu, la boutonnière ornée d'un gros bouquet de violettes de Parme Dorian Gray était introduit dans le salon de lady Narborough par des domestiques inclinés.

Les veines de ses tempes palpitaient fébrilement et il était dans un état de sauvage excitation, mais l'élégante révérence qu'il eut vers la main de la maîtresse de la maison fut aussi aisée et aussi gracieuse qu'à l'ordinaire. Peut-être n'est-on jamais plus à l'aise que lorsqu'on a quelque comédie à jouer. Certes, aucun de ceux qui virent Dorian Gray ce soir-là, n'eût pu imaginer qu'il venait de traverser un drame aussi horrible qu'aucun drame de notre époque. Ces doigts délicats ne pouvaient avoir tenu le couteau d'un assassin, ni ces lèvres souriantes blasphémé Dieu. Malgré lui il s'étonnait du calme de son esprit et pour un moment il ressentit profondément le terrible plaisir d'avoir une vie double.

C'était une réunion intime, bientôt transformée en confusion par lady Narborough, femme très intelligente dont lord Henry parlait comme d'une femme qui avait gardé de beaux restes d'une remarquable laideur. Elle s'était montrée l'excellente épouse d'un de nos plus ennuyeux ambassadeurs et ayant enterré son mari convenablement sous un mausolée de marbre, qu'elle avait elle-même dessiné, et marié ses filles à des hommes riches et mûrs, se consacrait maintenant aux plaisirs de l'art français, de la cuisine française et de l'esprit français quand elle pouvait l'atteindre....

Dorian était un de ses grands favoris; elle lui disait toujours qu'elle était ravie de ne l'avoir pas connue dans sa jeunesse.

—Car, mon cher ami, je suis sûre que je serai devenue follement amoureuse de vous, ajoutait-elle, j'aurais jeté pour vous mon bonnet par dessus les moulins! Heureusement que l'on ne pensait pas à vous alors! D'ailleurs nos bonnets étaient si déplaisants et les moulins si occupés à prendre le vent que je n'eus jamais de flirt avec personne. Et puis, ce fut de la faute de Narborough. Il était tellement myope qu'il n'y aurait eu aucun plaisir à tromper un mari qui n'y voyait jamais rien!...

Ses invités, ce soir-là, étaient plutôt ennuyeux.... Ainsi qu'elle l'expliqua à Dorian, derrière un éventail usé, une de ses filles mariées lui était tombée à l'improviste, et pour comble de malheur, avait amené son mari avec elle.

—Je trouve cela bien désobligeant de sa part, mon cher, lui souffla-t-elle à l'oreille.... Certes, je vais passer chaque été avec eux en revenant de Hombourg, mais il faut bien qu'une vieille femme comme moi aille quelquefois prendre un peu d'air frais. Au reste, je les réveille réellement. Vous n'imaginez pas l'existence qu'ils mènent. C'est la plus complète vie de campagne. Ils se lèvent de bonne heure, car ils ont tant à faire, et se couchent tôt ayant si peu à penser. Il n'y a pas eu le moindre scandale dans tout le voisinage depuis le temps de la Reine Elizabeth, aussi s'endorment-ils tous après dîner. Il ne faut pas aller vous asseoir près d'eux. Vous resterez près de moi et vous me distrairez....

Dorian murmura un compliment aimable et regarda autour de lui. C'était certainement une fastidieuse réunion. Deux personnages lui étaient inconnus et les autres étaient: Ernest Harrowden, un de ces médiocres entre deux âges, si communs dans les clubs de Londres qui n'ont pas d'ennemis, mais qui n'en sont pas moins détestés de leurs amis; Lady Ruxton, une femme de quarante-sept ans, à la toilette tapageuse, au nez recourbé, qui essayait toujours de se trouver compromise, mais était si parfaitement banale qu'à son grand désappointement, personne n'eut jamais voulu croire à aucune médisance sur son compte; Mme Erlynne, personne aux cheveux roux vénitiens, très réservée, affectée d'un délicieux bégaiement; Lady Alice Chapman, la fille de l'hôtesse, triste et mal fagotée, lotie d'une de ces banales figures britanniques qu'on ne se rappelle jamais; et enfin son mari, un être aux joues rouges, aux favoris blancs, qui, comme beaucoup de ceux de son espèce, pensait qu'une excessive jovialité pouvait suppléer au manque absolu d'idées....

Dorian regrettait presque d'être venu, lorsque lady Narborough regardant la grande pendule qui étalait sur la cheminée drapée de mauve ses volutes prétentieuses de bronze doré, s'écria:

—Comme c'est mal à Henry Wotton d'être si en retard! J'ai envoyé ce matin chez lui à tout hasard et il m'a promis de ne pas nous manquer.

Ce lui fut une consolation de savoir qu'Harry allait venir et quand la porte s'ouvrit et qu'il entendit sa voix douce et musicale, prêtant son charme à quelque insincère compliment, l'ennui le quitta.

Pourtant, à table, il ne put rien manger. Les mets se succédaient dans son assiette sans qu'il y goûtât. Lady Narborough ne cessait de le gronder pour ce qu'elle appelait: «une insulte à ce pauvre Adolphe qui a composé le *menu* exprès pour vous.» De temps en temps lord Henry le regardait, s'étonnant de son silence et de son air absorbé. Le sommelier remplissait sa coupe de Champagne; il buvait avidement et sa soif semblait en augmenter.

—Dorian, dit enfin lord Henry, lorsqu'on servit le *chaud-froid*, qu'avez-vous donc ce soir?... Vous ne paraissez pas à votre aise?

—Il est amoureux, s'écria lady Narborough, et je crois qu'il a peur de me l'avouer, de crainte que je ne sois jalouse. Et il a raison, je le serais certainement....

—Chère lady Narborough, murmura Dorian en souriant, je n'ai pas été amoureux depuis une grande semaine, depuis que Mme de Ferrol a quitté Londres.

—Comment les hommes peuvent-ils être amoureux de cette femme, s'écria la vieille dame. Je ne puis vraiment le comprendre!

—C'est tout simplement parce qu'elle vous rappelle votre enfance, lady Narborough, dit lord Henry. Elle est le seul trait d'union entre nous et vos robes courtes.

—Elle ne me rappelle pas du tout mes robes courtes, lord Henry. Mais je me souviens très bien de l'avoir vue à Vienne il y a trente ans.... Etait-elle assez *décolletée* alors!

—Elle est encore *décolletée*, répondit-il, prenant une olive de ses longs doigts, et quand elle est en brillante toilette elle ressemble à une *édition de luxe* d'un mauvais roman français. Elle est vraiment extraordinaire et pleine de surprises. Son goût pour la famille est étonnant: lorsque son troisième mari mourut, ses cheveux devinrent parfaitement dorés de chagrin!

—Pouvez-vous dire, Harry!... s'écria Dorian.

—C'est une explication romantique! s'exclama en riant l'hôtesse. Mais, vous dites son troisième mari, lord Henry.... Vous ne voulez pas dire que Ferrol est le quatrième?

—Certainement, lady Narborough.

—Je n'en crois pas un mot.

—Demandez plutôt à M. Gray, c'est un de ses plus intimes amis.

—Est-ce vrai, M. Gray?

—Elle me l'a dit, lady Narborough, dit Dorian. Je lui ai demandé si comme Marguerite de Navarre, elle ne conservait pas leurs coeurs embaumés et pendus à sa ceinture. Elle me répondit que non, car aucun d'eux n'en avait.

—Quatre maris!... Ma parole c'est *trop de zèle*!...

—*Trop d'audace*, lui ai-je dit, repartit Dorian.

—Oh! elle est assez audacieuse, mon cher, et comment est Ferrol?... Je ne le connais pas.

—Les maris des très belles femmes appartiennent à la classe des criminels, dit lord Henry en buvant à petits coups.

Lady Narborough le frappa de son éventail.

—Lord Henry, je ne suis pas surprise que le monde vous trouve extrêmement méchant!...

—Mais pourquoi le monde dit-il cela? demanda lord Henry en levant la tête. Ce ne peut être que le monde futur. Ce monde-ci et moi nous sommes en excellents termes.

—Tous les gens que je connais vous trouvent très méchant, s'écria la vieille dame, hochant la tête.

Lord Henry redevint sérieux un moment.

—C'est tout à fait monstrueux, dit-il enfin, cette façon qu'on a aujourd'hui de dire derrière le dos des gens ce qui est.... absolument vrai!...

—N'est-il pas incorrigible? s'écria Dorian, se renversant sur le dossier de sa chaise.

—Je l'espère bien! dit en riant l'hôtesse. Mais si en vérité, vous adorez tous aussi ridiculement Mme de Ferrol, il faudra que je me remarie aussi, afin d'être à la mode.

—Vous ne vous remarierez jamais, lady Narborough, interrompit lord Henry. Vous fûtes beaucoup trop heureuse la première fois. Quand une femme se remarie c'est qu'elle détestait son premier époux. Quand un homme se remarie, c'est qu'il adorait sa première femme. Les femmes cherchent leur bonheur, les hommes risquent le leur.

—Narborough n'était pas parfait! s'écria la vieille dame.

—S'il l'avait été, vous ne l'eussiez point adoré, fut la réponse. Les femmes nous aiment pour nos défauts. Si nous en avons pas mal, elles nous passeront tout, même notre intelligence.... Vous ne m'inviterez plus, j'en ai peur, pour avoir dit cela, lady Narborough, mais c'est entièrement vrai.

—Certes, c'est vrai, lord Henry.... Si nous autres femmes, ne vous aimions pas pour vos défauts, que deviendriez-vous? Aucun de vous ne pourrait se marier. Vous seriez un tas d'infortunés célibataires.... Non pas cependant, que cela vous changerait beaucoup: aujourd'hui, tous les hommes mariés vivent comme des garçons et tous les garçons comme des hommes mariés.

—«*Fin de siècle!*...», murmura lord Henry.

—«*Fin de globe!*...», répondit l'hôtesse.

—Je voudrais que ce fut la *Fin du globe*, dit Dorian avec un soupir. La vie est une grande désillusion.

—Ah, mon cher ami! s'écria lady Narborough mettant ses gants, ne me dites pas que vous avez épuisé la vie. Quand un homme dit cela, on comprend que c'est la vie qui l'a épuisé. Lord Henry est très méchant et je voudrais souvent l'avoir été moi-même; mais vous, vous êtes fait pour être bon, vous êtes si beau!... Je vous trouverai une jolie femme. Lord Henry, ne pensez-vous pas que M. Gray devrait se marier?...

—C'est ce que je lui dis toujours, lady Narborough, acquiesça lord Henry en s'inclinant.

—Bien. Il faudra que nous nous occupions d'un parti convenable pour lui. Je parcourrai ce soir le «Debrett» avec soin et dresserai une liste de toutes les jeunes filles à marier.

—Avec leurs âges, lady Narborough? demanda Dorian.

—Certes, avec leurs âges, dûment reconnus.... Mais il ne faut rien faire avec précipitation. Je veux que ce soit ce que *le Morning Post* appelle une union assortie, et je veux que vous soyez heureux!

—Que de bêtises on dit sur les mariages heureux! s'écria lord Henry. Un homme peut être heureux avec n'importe quelle femme aussi longtemps qu'il ne l'aime pas!...

—Ah! quel affreux cynique vous faites!... fit en se levant la vieille dame et en faisant un signe vers lady Ruxton.

—Il faudra bientôt revenir dîner avec moi. Vous êtes vraiment un admirable tonique, bien meilleur que celui que Sir Andrew m'a proscrit. Il faudra aussi me dire quelles personnes vous aimeriez rencontrer. Je veux que ce soit un choix parfait.

—J'aime les hommes qui ont un avenir et les femmes qui ont un passé, répondit lord Henry. Ne croyez-vous pas que cela puisse faire une bonne compagnie?

—Je le crains, dit-elle riant, en se dirigeant vers la porte...Mille pardons, ma chère lady Ruxton, ajouta-t-elle, je n'avais pas vu que vous n'aviez pas fini votre cigarette.

—Ce n'est rien, lady, Narborough, je fume beaucoup trop. Je me limiterai à l'avenir.

—N'en faites rien, lady Ruxton, dit lord Henry. La modération est une chose fatale. Assez est aussi mauvais qu'un repas; plus qu'assez est aussi bon qu'une fête.

Lady Ruxton le regarda avec curiosité.

—Il faudra venir m'expliquer cela une de ces après-midi, lord Henry; la théorie me parait séduisante, murmura-t-elle en sortant majestueusement....

—Maintenant songez à ne pas trop parler de politique et de scandales, cria lady Narborough de la porte. Autrement nous nous querellerons.

Les hommes éclatèrent de rire et M. Chapman remonta solennellement du bout de la table et vint s'asseoir à la place d'honneur. Dorian Gray alla se placer près de lord Henry. M. Chapman se mit a parler très haut de la situation à la Chambre des Communes. Il avait de gros rires en nommant ses adversaires. Le mot *doctrinaire*—mot plein de terreurs pour l'esprit britannique—revenait de temps en temps dans sa conversation. Un préfixe allitéré est un ornement à l'art oratoire. Il élevait l'«Union Jack» sur le pinacle de la Pensée. (Nom familier donné au drapeau anglais. (N.D.T.)) La stupidité héréditaire de la race—qu'il dénommait jovialement le bon sens anglais—était, comme il le démontrait, le vrai rempart de la Société.

Un sourire vint aux lèvres de lord Henry qui se retourna vers Dorian.

—Etes-vous mieux, cher ami? demanda-t-il.... vous paraissiez mal à votre aise à table?

—Je suis très bien, Harry, un peu fatigué, voilà tout.

—Vous fûtes charmant hier soir. La petite duchesse est tout à fait folle de vous. Elle m'a dit qu'elle irait à Selby.

—Elle m'a promis de venir le vingt.

—Est-ce que Monmouth y sera aussi?

—Oh! oui, Harry....

—Il m'ennuie terriblement, presque autant qu'il ennuie la duchesse. Elle est très intelligente, trop intelligente pour une femme. Elle manque de ce charme indéfinissable des faibles. Ce sont les pieds d'argile qui rendent précieux l'or de la statue. Ses pieds sont fort jolis, mais ils ne sont pas d'argile; des pieds de porcelaine blanche, si vous voulez. Ils ont passé au feu et ce que le feu ne détruit pas, il le durcit. Elle a eu des aventures....

—Depuis quand est-elle mariée? demanda Dorian.

—Depuis une éternité, m'a-t-elle dit. Je crois, d'après l'armorial, que ce doit être depuis dix ans, mais dix ans avec Monmouth peuvent compter pour une éternité. Qui viendra encore?

—Oh! les Willoughbys, Lord Rugby et sa femme, notre hôtesse, Geoffroy Clouston, les habitués.... J'ai invité Lord Grotrian.

—Il me plaît, dit lord Henry. Il ne plaît pas à tout le monde, mais je le trouve charmant. Il expie sa mise quelquefois exagérée et son éducation toujours trop parfaite. C'est une figure très moderne.

—Je ne sais s'il pourra venir, Harry. Il faudra peut-être qu'il aille à Monte-Carlo avec son père.

—Ah! quel peste que ces gens! Tâchez donc qu'il vienne. A propos, Dorian, vous êtes parti de bien bonne heure, hier soir. Il n'était pas encore onze heures. Qu'avez-vous fait?... Etes-vous rentré tout droit chez vous?

Dorian le regarda brusquement.

—Non, Harry, dit-il enfin. Je ne suis rentré chez moi que vers trois heures.

—Etes-vous allé au club?

—Oui, répondit-il. Puis il se mordit les lèvres.... Non, je veux dire, je ne suis pas allé au club.... Je me suis promené. Je ne sais plus ce que j'ai fait.... Comme vous êtes indiscret, Harry! Vous voulez toujours savoir ce qu'on fait; moi, j'ai toujours besoin d'oublier ce que j'ai fait.... Je suis rentré à deux heures et demie, si vous tenez à savoir l'heure exacte; j'avais oublié ma clef et mon domestique a dû m'ouvrir. S'il vous faut des preuves, vous les lui demanderez.

Lord Henry haussa les épaules.

—Comme si cela m'intéressait, mon cher ami! Montons au salon —Non, merci, M. Chapman, pas de sherry....

—Il vous est arrivé quelque chose, Dorian.... Dites-moi ce que c'est. Vous n'êtes pas vous-même ce soir.

—Ne vous inquiétez pas de moi, Harry, je suis irritable, nerveux. J'irai vous voir demain ou après demain. Faites mes excuses à lady Narborough. Je ne monterai pas. Je vais rentrer. Il faut que je rentre.

—Très bien, Dorian. J'espère que je vous verrai demain au thé; la Duchesse viendra.

—Je ferai mon possible, Harry, dit-il, en s'en allant.

En rentrant chez lui il sentit que la terreur qu'il avait chassée l'envahissait de nouveau. Les questions imprévues de lord Henry, lui avaient fait perdre un instant tout son sang-froid, et il avait encore besoin de calme. Des objets dangereux restaient à détruire. Il se révoltait à l'idée de les toucher de ses mains.

Cependant il fallait que ce fut fait. Il se résigna et quand il eut fermé à clef la porte de sa bibliothèque il ouvrit le placard secret où il avait jeté le manteau et la valise de Basil Hallward. Un grand feu brûlait dans la cheminée; il y jeta encore une bûche. L'odeur de cuir roussi et du drap brûlé était insupportable. Il lui fallut trois quarts d'heure pour consumer le tout. A la fin, il se sentit faiblir, presque malade; et ayant allumé des pastilles d'Alger dans un brûle-parfums de cuivre ajouré, il se rafraîchit les mains et le front avec du vinaigre de toilette au musc.

Soudain il frissonna.... Ses yeux brillaient étrangement, il mordillait fiévreusement sa lèvre inférieure. Entre deux fenêtres se trouvait un grand cabinet florentin, en ébène incrusté d'ivoire et de lapis. Il le regardait comme si c'eût été un objet capable de le ravir et de l'effrayer tout à la fois et comme s'il eût contenu quelque chose qu'il désirait et dont il avait peur. Sa respiration était haletante. Un désir fou s'empara de lui. Il alluma une cigarette, puis la jeta. Ses paupières s'abaissèrent, et les longues franges de ses cils faisaient une ombre sur ses joues. Il regarda encore le cabinet. Enfin, il se leva du divan où il était étendu, alla vers le meuble, l'ouvrit et pressa un bouton dissimulé dans un coin. Un tiroir triangulaire sortit lentement. Ses doigts y plongèrent instinctivement et en retirèrent une petite boîte de laque vieil or, délicatement travaillée; les côtés en étaient ornés de petites vagues en relief et de cordons de soie où pendaient des glands de fils métalliques et des perles de cristal. Il ouvrit la boîte. Elle contenait une pâte verte ayant l'aspect de la cire et une odeur forte et pénétrante....

Il hésita un instant, un étrange sourire aux lèvres.... Il grelottait, quoique l'atmosphère de la pièce fut extraordinairement chaude, puis il s'étira, et regarda la pendule. Il était minuit moins vingt. Il remit la boîte, ferma la porte du meuble et rentra dans sa chambre.

Quand les douze coups de bronze de minuit retentirent dans la nuit épaisse, Dorian Gray, mal vêtu, le cou enveloppé d'un cache-nez, se glissait hors de sa maison. Dans Bond Street il rencontra un *hansom* attelé d'un bon cheval. Il le héla, et donna à voix basse une adresse au cocher.

L'homme secoua la tête.

—C'est trop loin pour moi, murmura-t-il.

—Voilà un souverain pour vous, dit Dorian; vous en aurez un autre si vous allez vite.

—Très bien, monsieur, répondit l'homme, vous y serez dans une heure, et ayant mis son pourboire dans sa poche, il fit faire demi-tour à son cheval qui partit rapidement dans la direction du fleuve.

XVI

Une pluie froide commençait à tomber, et les réverbères luisaient fantômatiquement dans le brouillard humide. Les public-houses se fermaient et des groupes ténébreux d'hommes et de femmes se séparaient aux alentours. D'ignobles éclats de rire fusaient des bars; en d'autres, des ivrognes braillaient et criaient....

Etendu dans le *hansom*, son chapeau posé en arrière sur sa tête, Dorian Gray regardait avec des yeux indifférents la honte sordide de la grande ville; il se répétait à lui-même les mots que lord Henry lui avait dits le jour de leur première rencontre: «Guérir l'âme par le moyen des sens et les sens au moyen de l'âme...» Oui, là était le secret; il l'avait souvent essayé et l'essaierait encore. Il y a des boutiques d'opium où l'on peut acheter l'oubli, des tanières d'horreur où la mémoire des vieux péchés s'abolit par la folie des péchés nouveaux.

La lune se levait basse dans le ciel, comme un crâne jaune.... De temps à autre, un lourd nuage informe, comme un long bras, la cachait. Les réverbères devenaient de plus en plus rares, et les rues plus étroites et plus sombres.... A un certain moment le cocher perdit son chemin et dut rétrograder d'un demi-mille; une vapeur enveloppait le cheval, trottant dans les flaques d'eau.... Les vitres du *hansom* étaient ouatées d'une brume grise....

«Guérir l'âme par le moyen des sens, et les sens au moyen de l'âme.» Ces mots sonnaient singulièrement à son oreille.... Oui, son âme était malade à la mort.... Etait-il vrai que les sens la pouvaient guérir?... Un sang innocent avait été versé.... Comment racheter cela? Ah! il n'était point d'expiation!... Mais quoique le pardon fut impossible, possible encore était l'oubli, et il était déterminé à oublier cette chose, à en abolir pour jamais le souvenir, à l'écraser comme on écrase une vipère qui vous a mordu.... Vraiment de quel droit Basil lui avait-il parlé ainsi? Qui l'avait autorisé à se poser en juge des autres? Il avait dit des choses qui étaient effroyables, horribles, impossibles à endurer....

Le *hansom* allait cahin-caha, de moins en moins vite, semblait-il.... Il abaissa la trappe et dit à l'homme de se presser. Un hideux besoin d'opium commençait à le ronger. Sa gorge brûlait, et ses mains délicates se crispaient nerveusement; il frappa férocement le cheval avec sa canne.

Le cocher ricana et fouetta sa bête.... Il se mit à rire à son tour, et l'homme se tut....

La route était interminable, les rues lui semblaient comme la toile noire d'une invisible araignée. Cette monotonie devenait insupportable, et il s'effraya de voir le brouillard s'épaissir.

Ils passèrent près de solitaires briqueteries.... Le brouillard se raréfiait, et il put voir les étranges fours en forme de bouteille d'où sortaient des langues de feu oranges en éventail. Un chien aboya comme ils passaient et dans le lointain cria quelque mouette errante. Le cheval trébucha dans une ornière, fit un écart et partit au galop....

Au bout d'un instant, ils quittèrent le chemin glaiseux, et éveillèrent les échos des rues mal pavées.... Les fenêtres n'étaient point éclairées, mais ça et là, des ombres fantastiques se silhouettaient contre des jalousies illuminées; il les observait curieusement. Elles se remuaient comme de monstrueuses marionnettes, qu'on eût dit vivantes; il les détesta.... Une rage sombre était dans son coeur.

Au coin d'une rue, une femme leur cria quelque chose d'une porte ouverte, et deux hommes coururent après la voiture l'espèce de cent yards; le cocher les frappa de son fouet.

Il a été reconnu que la passion nous fait revenir aux mêmes pensées.... Avec une hideuse réitération, les lèvres mordues de Dorian Gray répétaient et répétaient encore la phrase captieuse qui lui parlait d'âme et de sens, jusqu'à ce qu'il y eût trouvé la parfaite expression de son humeur, et justifié, par l'approbation intellectuelle, les sentiments qui le dominaient.... D'une cellule à l'autre de son cerveau rampait la même pensée; et le sauvage désir de vivre, le plus terrible de tous les appétits humains, vivifiait chaque nerf et chaque fibre de son être. La laideur qu'il avait haïe parce qu'elle fait les choses réelles, lui devenait chère pour cette raison; la laideur était la seule réalité.

Les abominables bagarres, l'exécrable taverne, la violence crue d'une vie désordonnée, la vilenie des voleurs et des déclassés, étaient plus vraies, dans leur intense actualité d'impression, que toutes les formes gracieuses d'art, que les ombres rêveuses du chant; c'était ce qu'il lui fallait pour l'oubli.... Dans trois jours il serait libre....

Soudain, l'homme arrêta brusquement son cheval à l'entrée d'une sombre ruelle. Par-dessus les toits bas, et les souches dentelées des cheminées des maisons, s'élevaient des mâts noirs de vaisseaux; des guirlandes de blanche brume s'attachaient aux vergues ainsi que des voiles de rêve....

—C'est quelque part par ici, n'est-ce pas, m'sieu? demanda la voix rauque du cocher par la trappe.

Dorian tressaillit et regarda autour de lui....

—C'est bien comme cela, répondit-il; et après être sorti hâtivement du cab et avoir donné au cocher le pourboire qu'il lui avait promis, il marcha rapidement dans la direction du quai.... De ci, de là, une lanterne luisait à la poupe d'un navire de commerce; la lumière dansait et se brisait dans les flots. Une rouge lueur venait d'un steamer au long cours qui faisait du charbon. Le pavé glissant avait l'air d'un mackintosh mouillé.

Il se hâta vers la gauche, regardant derrière lui de temps à autre pour voir s'il n'était pas suivi. Au bout de sept à huit minutes, il atteignit une petite maison basse, écrasée entre deux manufactures misérables.... Une lumière brillait à une fenêtre du haut. Il s'arrêta et frappa un coup particulier.

Quelques instants après, des pas se firent entendre dans le corridor, et il y eut un bruit de chaînes décrochées. La porte s'ouvrit doucement, et il entra sans dire un mot à la vague forme humaine, qui s'effaça dans l'ombre comme il entrait. Au fond du corridor, pendait un rideau vert déchiré que souleva le vent venu de la rue. L'ayant écarté, il entra dans une longue chambre basse qui avait l'air d'un salon de danse de troisième ordre. Autour des murs, des becs de gaz répandaient une lumière éclatante qui se déformait dans les glaces pleines de chiures de mouches, situées en face. De graisseux réflecteurs d'étain à côtes se trouvaient derrière, frissonnants disques de lumière.... Le plancher était couvert d'un sable jaune d'ocre, sali de boue, taché de liqueur renversée.

Des Malais étaient accroupis près d'un petit fourneau à charbon de bois jouant avec des jetons d'os, et montrant en parlant des dents blanches. Dans un coin sur une table, la tête enfouie dans ses bras croisés était étendu un matelot, et devant le bar aux peintures criardes qui occupait tout un côté de la salle, deux femmes hagardes se moquaient d'un vieux qui brossait les manches de son paletot, avec une expression de dégoût....

—Il croit qu'il a des fourmis rouges sur lui, dit l'une d'elles en riant, comme Dorian passait.... L'homme les regardait avec terreur et se mit à geindre.

Au bout de la chambre, il y avait un petit escalier, menant à une chambre obscure. Alors que Dorian en franchit les trois marches détraquées, une lourde odeur d'opium le saisit. Il poussa un soupir profond, et ses narines palpitèrent de plaisir....

En entrant, un jeune homme aux cheveux blonds et lisses, en train d'allumer à une lampe une longue pipe mince, le regarda et le salua avec hésitation.

—Vous ici, Adrien, murmura Dorian.

—Où pourrais-je être ailleurs, répondit-il insoucieusement. Personne ne veut plus me fréquenter à présent....

—Je croyais que vous aviez quitté l'Angleterre.

—Darlington ne veut rien faire.... Mon frère a enfin payé la note.... Georges ne veut pas me parler non plus. Ça m'est égal, ajouta-t-il avec un soupir.. Tant qu'on a cette drogue, on n'a pas besoin d'amis. Je pense que j'en ai eu de trop....

Dorian recula, et regarda autour de lui les gens grotesques, qui gisaient avec des postures fantastiques sur des matelas en loques.... Ces membres déjetés, ces bouches béantes, ces yeux ouverts et vitreux, l'attirèrent.... Il savait dans quels étranges cieux ils souffraient, et quels ténébreux enfers leur apprenaient le secret de nouvelles joies; ils étaient mieux que lui, emprisonné dans sa pensée. La mémoire, comme une horrible maladie, rongeait son âme; de temps à autre, il voyait les yeux de Basil Hallward fixés sur lui.... Cependant, il ne pouvait rester là; la présence d'Adrien Singleton le gênait; il avait besoin d'être dans un lieu où personne ne sût qui il était; il aurait voulu s'échapper de lui-même....

—Je vais dans un autre endroit, dit-il au bout d'un instant.

—Sur le quai?...

—Oui....

—Cette folle y sera sûrement; on n'en veut plus ici..

Dorian leva les épaules.

—Je suis malade des femmes qui aiment: les femmes qui haïssent sont beaucoup plus intéressantes. D'ailleurs, cette drogue est encore meilleure....

—C'est tout à fait pareil....

—Je préfère cela. Venez boire quelque chose; j'en ai grand besoin.

—Moi, je n'ai besoin de rien, murmura le jeune homme.

—Ça ne fait rien.

Adrien Singleton se leva paresseusement et suivit Dorian au bar.

Un mulâtre, dans un turban déchiré et un ulster sale, grimaça un hideux salut en posant une bouteille de brandy et deux gobelets devant eux. Les femmes se rapprochèrent doucement, et se mirent à bavarder. Dorian leur tourna le dos, et, à voix basse, dit quelque chose à Adrien Singleton.

Un sourire pervers, comme un kriss malais, se tordit sur la face de l'une des femmes:

—Il paraît que nous sommes bien fiers ce soir, ricana-t-elle.

—Ne me parlez pas, pour l'amour de Dieu, cria Dorian, frappant du pied. Que désirez-vous? de l'argent? en voilà! Ne me parlez plus....

Deux éclairs rouges traversèrent les yeux boursouflés de la femme, et s'éteignirent, les laissant vitreux et sombres. Elle hocha la tête et rafla la monnaie sur le comptoir avec des mains avides.... Sa compagne la regardait envieusement....

—Ce n'est point la peine, soupira Adrien Singleton. Je ne me soucie pas de revenir? A quoi cela me servirait-il? Je suis tout à fait heureux maintenant....

—Vous m'écrirez si vous avez besoin de quelque chose, n'est-ce pas? dit Dorian un moment après.

—Peut-être!...

—Bonsoir, alors.

—Bonsoir...répondit le jeune homme, en remontant les marches, essuyant ses lèvres desséchées avec un mouchoir.

Dorian se dirigea vers la porte, la face douloureuse; comme il tirait le rideau, un rire ignoble jaillit des lèvres peintes de la femme qui avait pris l'argent.

—C'est le marché du démon! hoqueta-t-elle d'une voix éraillée.

—Malédiction, cria-t-il, ne me dites pas cela!

Elle fit claquer ses doigts....

—C'est le Prince Charmant que vous aimez être appelé, n'est-ce pas? glapit-elle derrière lui.

Le matelot assoupi, bondit sur ses pieds à ces paroles, et regarda autour de lui, sauvagement. Il entendit le bruit de la porte du corridor se fermant.... Il se précipita dehors en courant....

Dorian Gray se hâtait le long des quais sous la bruine.

Sa rencontre avec Adrien Singleton l'avait étrangement ému; il s'étonnait que la ruine de cette jeune vie fut réellement son fait, comme Basil Hallward le lui avait dit d'une manière si insultante. Il mordit ses lèvres et ses yeux s'attristèrent un moment. Après tout, qu'est-ce que cela pouvait lui faire?... La vie est trop courte pour supporter encore le fardeau des erreurs d'autrui. Chaque homme vivait sa propre vie, et la payait son prix pour la vivre.... Le seul malheur était que l'on eût à payer si souvent pour une seule faute, car il fallait payer toujours et encore.... Dans ses marchés avec les hommes, la Destinée ne ferme jamais ses comptes.

Les psychologues nous disent, quand la passion pour le vice, ou ce que les hommes appellent vice, domine notre nature, que chaque fibre du corps, chaque cellule de la cervelle, semblent être animés de mouvements effrayants; les hommes et les femmes, dans de tels moments, perdent le libre exercice de leur volonté; ils marchent vers une fin terrible comme des automates. Le choix leur est refusé et la conscience elle-même est morte, ou, si elle vit encore, ne vit plus que pour donner à la rébellion son attrait, et son charme à la désobéissance; car tous les péchés, comme les théologiens sont fatigués de nous le rappeler, sont des péchés de désobéissance. Quand cet Ange hautain, étoile du matin, tomba du ciel, ce fut en rebelle qu'il tomba!...

Endurci, concentré dans le mal, l'esprit souillé, l'âme assoiffée de révolte, Dorian Gray hâtait le pas de plus en plus.... Comme il pénétrait sous une arcade sombre, il avait accoutumé souvent de prendre pour abréger son chemin vers l'endroit mal famé où il allait, il se sentit subitement saisi par derrière, et avant qu'il eût le temps de se défendre, il était violemment projeté contre le mur; une main brutale lui étreignait la gorge!...

Il se défendit follement, et par un effort désespéré, détacha, de son cou les doigts qui l'étouffaient.... Il entendit le déclic d'un revolver, et aperçut la lueur d'un canon poli pointé vers sa tête, et la forme obscure d'un homme court et râblé....

—Que voulez-vous? balbutia-t-il.

—Restez tranquille! dit l'homme. Si vous bougez, je vous tue!...

—Vous êtes fou! Que vous ai-je fait?

—Vous avez perdu la vie de Sibyl Vane, et Sibyl Vane était ma soeur! Elle s'est tuée, je le sais.... Mais sa mort est votre oeuvre, et je jure que je vais vous tuer!... Je vous ai cherché pendant des années, sans guide, sans trace. Les deux personnes qui vous connaissaient sont mortes. Je ne savais rien de vous, sauf le nom favori dont elle vous appelait. Par hasard, je l'ai entendu ce soir. Réconciliez-vous avec Dieu, car, ce soir, vous allez mourir!...

Dorian Gray faillit s'évanouir de terreur....

—Je ne l'ai jamais connue, murmura-t-il, je n'ai jamais entendu parler d'elle, vous êtes fou....

—Vous feriez mieux de confesser votre péché, car aussi vrai que je suis James Vane, vous allez mourir!

Le moment était terrible!... Dorian ne savait que faire, que dire!...

—A genoux! cria l'homme. Vous avez encore une minute pour vous confesser, pas plus. Je pars demain pour les Indes et je dois d'abord régler cela.... Une minute! Pas plus!...

Les bras de Dorian retombèrent. Paralysé de terreur, il ne pouvait penser.... Soudain, une ardente espérance lui traversa l'esprit!...

—Arrêtez! cria-t-il. Il y a combien de temps que votre soeur est morte? Vite, dites-moi!...

—Dix huit ans, dit l'homme. Pourquoi cette question? Le temps n'y fait rien....

— Dix-huit ans, répondit Dorian Gray, avec un rire triomphant.... Dix-huit ans! Conduisez-moi sous une lanterne et voyez mon visage!...

James Vane hésita un moment, ne comprenant pas ce que cela voulait dire, puis il saisit Dorian Gray et le tira hors de l'arcade....

Bien que la lumière de la lanterne fut indécise et vacillante, elle suffit cependant à lui montrer, lui sembla-t-il, l'erreur effroyable dans laquelle il était tombé, car la face de l'homme qu'il allait tuer avait toute la fraîcheur de l'adolescence et la pureté sans tache de la jeunesse. Il paraissait avoir un peu plus de vingt ans, à peine plus; il ne devait guère être plus vieux que sa soeur, lorsqu'il la quitta, il y avait tant d'années.... Il devenait évident que ce n'était pas l'homme qui avait détruit sa vie....

Il le lâcha, et recula....

— Mon Dieu! Mon Dieu, cria-t-il!... Et j'allais vous tuer!

Dorian Gray respira....

— Vous avez failli commettre un crime horrible, mon ami, dit-il, le regardant sévèrement. Que cela vous soit un avertissement de ne point chercher à vous venger vous-même.

— Pardonnez-moi, monsieur, murmura James Vane.... On m'a trompé. Un mot que j'ai entendu dans cette maudite taverne m'a mis sur une fausse piste.

— Vous feriez mieux de rentrer chez vous et de serrer ce revolver qui pourrait vous attirer des ennuis, dit Dorian Gray en tournant les talons et descendant doucement la rue.

James Vane restait sur le trottoir, rempli d'horreur, tremblant de la tête aux pieds.... Il ne vit pas une ombre noire, qui, depuis un instant, rampait le long du mur suintant, fut un moment dans la lumière, et s'approcha de lui à pas de loup.. Il sentit une main qui se posait sur son bras, et se retourna en tressaillant.... C'était une des femmes qui buvaient au bar.

—Pourquoi ne l'avez-vous pas tué, siffla-t-elle, en approchant de lui sa face hagarde. Je savais que vous le suiviez quand vous vous êtes précipité de chez Daly. Fou que vous êtes! Vous auriez dû le tuer! Il a beaucoup d'argent, et il est aussi mauvais que mauvais!..

—Ce n'était pas l'homme que je cherchais, répondit-il, et je n'ai besoin de l'argent de personne. J'ai besoin de la vie d'un homme! L'homme que je veux tuer a près de quarante ans. Celui-là était à peine un adolescent. Dieu merci! Je n'ai pas souillé mes mains de son sang.

La femme eut un rire amer....

—A peine un adolescent, ricana-t-elle.... Savez-vous qu'il y a près de dix-huit ans que le Prince Charmant m'a fait ce que je suis?

—Vous mentez! cria James Vane.

Elle leva les mains au ciel.

—Devant Dieu, je dis la vérité! s'écria-t-elle....

—Devant Dieu!...

—Que je devienne muette s'il n'en est ainsi. C'est le plus mauvais de ceux qui viennent ici. On dit qu'il s'est vendu au diable pour garder sa belle figure! Il y a près de dix-huit ans que je l'ai rencontré. Il n'a pas beaucoup changé depuis. C'est comme je vous le dis, ajouta-t-elle avec un regard mélancolique.

—Vous le jurez?...

—Je le jure, dirent ses lèvres en écho. Mais ne me trahissez pas, gémit-elle. Il me fait peur.... Donnez-moi quelque argent pour trouver un logement cette nuit.

Il la quitta avec un juron, et se précipita au coin de la rue, mais Dorian Gray avait disparu.... Quand il revint, la femme était partie aussi....

XVII

Une semaine plus tard, Dorian Gray était assis dans la serre de Selby Royal, parlant à la jolie duchesse de Monmouth, qui, avec son mari, un homme de soixante ans, à l'air fatigué, était parmi ses hôtes. C'était l'heure du thé, et la douce lumière de la grosse lampe couverte de dentelle qui reposait sur la table, faisait briller les chines délicats et l'argent repoussé du service; la duchesse présidait la réception.

Ses mains blanches se mouvaient gentiment parmi les tasses, et ses lèvres d'un rouge sanglant riaient à quelque chose que Dorian lui soufflait. Lord Henry était étendu sur une chaise d'osier drapée de soie, les regardant. Sur un divan de couleur pêche, lady Narborough feignait d'écouter la description que lui faisait le duc du dernier scarabée brésilien dont il venait d'enrichir sa collection.

Trois jeunes gens en des smokings recherchés offraient des gâteaux à quelques dames. La société était composée de douze personnes et l'on en attendait plusieurs autres pour le jour suivant.

—De quoi parlez-vous? dit lord Henry se penchant vers la table et y déposant sa tasse. J'espère que Dorian vous fait part de mon plan de rebaptiser toute chose, Gladys. C'est une idée charmante.

—Mais je n'ai pas besoin d'être rebaptisée, Harry, répliqua la duchesse, le regardant de ses beaux yeux. Je suis très satisfaite de mon nom, et je suis certaine que M. Gray est content du sien.

—Ma chère Gladys, je ne voudrais changer aucun de vos deux noms pour tout au monde; ils sont tous deux parfaits.... Je pensais surtout aux fleurs.... Hier, je cueillis une orchidée pour ma boutonnière. C'était une adorable fleur tachetée, aussi perverse que les sept péchés capitaux. Distraitement, je demandais à l'un des jardiniers comment elle s'appelait. Il me répondit que c'était un beau spécimen de *Robinsoniana* ou quelque chose d'aussi affreux.... C'est une triste vérité, mais nous avons perdu la faculté de donner de jolis noms aux objets. Les noms sont tout. Je ne me dispute jamais au sujet des faits; mon unique querelle est sur les mots: c'est pourquoi je hais le réalisme vulgaire en littérature. L'homme qui appellerait une bêche, une bêche, devrait être forcé d'en porter une; c'est la seule chose qui lui conviendrait....

—Alors, comment vous appellerons-nous, Harry, demanda-t-elle.

—Son nom est le prince Paradoxe, dit Dorian.

—Je le reconnais à ce trait, s'exclama la duchesse.

—Je ne veux rien entendre, dit lord Henry, s'asseyant dans un fauteuil. On ne peut se débarrasser d'une étiquette. Je refuse le titre.

—Les Majestés ne peuvent abdiquer, avertirent de jolies lèvres.

—Vous voulez que je défende mon trône, alors?...

—Oui.

—Je dirai les vérités de demain.

—Je préfère les fautes d'aujourd'hui, répondit la duchesse.

—Vous me désarmez, Gladys, s'écria-t-il, imitant son opiniâtreté.

—De votre bouclier, Harry, non de votre lance....

—Je ne joute jamais contre la beauté, dit-il avec son inclinaison de main.

—C'est une erreur, croyez-moi. Vous mettez la beauté trop haut.

—Comment pouvez-vous dire cela? Je crois, je l'avoue, qu'il vaut mieux être beau que bon. Mais d'un autre côté, personne n'est plus disposé que je ne le suis à reconnaître qu'il vaut mieux être bon que laid.

—La laideur est alors un des sept péchés capitaux, s'écria la duchesse. Qu'advient-il de votre comparaison sur les orchidées?...

—La laideur est une des sept vertus capitales, Gladys. Vous, en bonne Tory, ne devez les mésestimer.

—La bière, la Bible et les sept vertus capitales ont fait notre Angleterre ce qu'elle est.

—Vous n'aimez donc pas votre pays?

—J'y vis.

—C'est que vous en censurez le meilleur!

—Voudriez-vous que je m'en rapportasse au verdict de l'Europe sur nous? interrogea-t-il.

—Que dit-elle de nous?

—Que Tartuffe a émigré en Angleterre et y a ouvert boutique.

—Est-ce de vous, Harry?

—Je vous le donne.

—Je ne puis m'en servir, c'est trop vrai.

—Vous n'avez rien à craindre; nos compatriotes ne se reconnaissent jamais dans une description.

—Ils sont pratiques.

—Ils sont plus rusés que pratiques. Quand ils établissent leur grand livre, ils balancent la stupidité par la fortune et le vice par l'hypocrisie.

—Cependant, nous avons fait de grandes choses.

—Les grandes choses nous furent imposées, Gladys.

—Nous en avons porté le fardeau.

—Pas plus loin que le *Stock Exchange*.

Elle secoua la tête.

—Je crois dans la race, s'écria-t-elle.

—Elle représente les survivants de la poussée.

—Elle suit son développement.

—La décadence m'intéresse plus.

—Qu'est-ce que l'Art? demanda-t-elle.

—Une maladie.

—L'Amour?

—Une illusion.

—La religion?

—Une chose qui remplace élégamment la Foi.

—Vous êtes un sceptique.

—Jamais! Le scepticisme est le commencement de la Foi.

—Qu'êtes-vous?

—Définir est limiter.

—Donnez-moi un guide.

—Les fils sont brisés. Vous vous perdriez dans le labyrinthe.

—Vous m'égarez.... Parlons d'autre chose.

—Notre hôte est un sujet délicieux. Il fut baptisé, il y a des ans, le Prince Charmant.

—Ah! Ne me faites pas souvenir de cela! s'écria Dorian Gray.

—Notre hôte est plutôt désagréable ce soir, remarqua avec enjouement la duchesse. Je crois qu'il pense que Monmouth ne m'a épousée, d'après ses principes scientifiques, que comme le meilleur spécimen qu'il a pu trouver du papillon moderne.

—J'espère du moins que l'idée ne lui viendra pas de vous transpercer d'une épingle, duchesse, dit Dorian en souriant.

—Oh! ma femme de chambre s'en charge.... quand je l'ennuie....

—Et comment pouvez-vous l'ennuyer, duchesse?

—Pour les choses les plus triviales, je vous assure. Ordinairement, parce que j'arrive à neuf heures moins dix et que je lui confie qu'il faut que je sois habillée pour huit heures et demie.

—Quelle erreur de sa part!... Vous devriez la congédier.

—Je n'ose, M. Gray. Pensez donc, elle m'invente des chapeaux. Vous souvenez-vous de celui que je portais au garden-party de Lady Hilstone?.... Vous ne vous en souvenez pas, je le sais, mais c'est gentil de votre part de faire semblant de vous en souvenir. Eh bien! il a été fait avec rien; tous les jolis chapeaux sont faits de rien.

—Comme les bonnes réputations, Gladys, interrompit lord Henry.... Chaque effet que vous produisez vous donne un ennemi de plus. Pour être populaire, il faut être médiocre.

—Pas avec les femmes, fit la duchesse hochant la tête, et les femmes gouvernent le monde. Je vous assure que nous ne pouvons supporter les médiocrités. Nous autres femmes, comme on dit, aimons avec nos oreilles comme vous autres hommes, aimez avec vos yeux, si toutefois vous aimez jamais....

—Il me semble que nous ne faisons jamais autre chose, murmura Dorian.

—Ah! alors, vous n'avez jamais réellement aimé, M. Gray, répondit la duchesse sur un ton de moquerie triste.

—Ma chère Gladys, s'écria lord Henry, comment pouvez-vous dire cela? La passion vit par sa répétition et la répétition convertit en art un penchant. D'ailleurs, chaque fois qu'on aime c'est la seule fois qu'on ait jamais aimé. La différence d'objet n'altère pas la sincérité de la passion; elle l'intensifie simplement. Nous ne pouvons avoir dans la vie au plus qu'une grande expérience, et le secret de la vie est de la reproduire le plus souvent possible.

—Même quand vous fûtes blessé par elle, Harry? demanda la duchesse après un silence.

—Surtout quand on fut blessé par elle, répondit lord Henry.

Une curieuse expression dans l'oeil, la duchesse, se tournant, regarda Dorian Gray:

—Que dites-vous de cela, M. Gray? interrogea-t-elle.

Dorian hésita un instant; il rejeta sa tête en arrière, et riant:

—Je suis toujours d'accord avec Harry, Duchesse.

—Même quand il a tort?

—Harry n'a jamais tort, Duchesse.

—Et sa philosophie vous rend heureux?

—Je n'ai jamais recherché le bonheur. Qui a besoin du bonheur?... Je n'ai cherché que le plaisir.

—Et vous l'avez trouvé, M. Gray?

—Souvent, trop souvent....

La duchesse soupira....

—Je cherche la paix, dit-elle, et si je ne vais pas m'habiller, je ne la trouverai pas ce soir.

—Laissez-moi vous cueillir quelques orchidées, duchesse, s'écria Dorian en se levant et marchant dans la serre....

—Vous flirtez de trop près avec lui, dit lord Henry à sa cousine. Faites attention. Il est fascinant....

—S'il ne l'était pas, il n'y aurait point de combat.

—Les Grecs affrontent les Grecs, alors?

—Je suis du côté des Troyens; ils combattaient pour une femme.

—Ils furent défaits....

—Il y a des choses plus tristes que la défaite, répondit-elle.

—Vous galopez, les rênes sur le cou....

—C'est l'allure qui nous fait vivre.

—J'écrirai cela dans mon journal ce soir.

—Quoi?

—Qu'un enfant brûlé aime le feu.

—Je ne suis pas même roussie; mes ailes sont intactes.

—Vous en usez pour tout, excepté pour la fuite.

—Le courage a passé des hommes aux femmes. C'est une nouvelle expérience pour nous.

—Vous avez une rivale.

—Qui?

—Lady Narborough, souffla-t-il en riant. Elle l'adore.

—Vous me remplissez de crainte. Le rappel de l'antique nous est fatal, à nous qui sommes romantiques.

—Romantiques! Vous avez toute la méthode de la science.

—Les hommes ont fait notre éducation.

—Mais ne vous ont pas expliquées....

—Décrivez-nous comme sexe, fut le défi.

—Des sphinges sans secrets.

Elle le regarda, souriante....

—Comme M. Gray est longtemps, dit-elle. Allons l'aider. Je ne lui ai pas dit la couleur de ma robe.

—Vous devriez assortir votre robe à ses fleurs, Gladys.

—Ce serait une reddition prématurée.

—L'Art romantique procède par gradation.

—Je me garderai une occasion de retraite.

—A la manière des Parthes?...

—Ils trouvèrent la sécurité dans le désert; je ne pourrais le faire.

—Il n'est pas toujours permis aux femmes de choisir, répondit-il....

A peine avait-il fini cette menace que du fond de la serre arriva un gémissement étouffé, suivi de la chute sourde d'un corps lourd!... Chacun tressauta. La duchesse restait immobile d'horreur.... Les yeux remplis de crainte, lord Henry se précipita parmi les palmes pendantes, et trouva Dorian Gray gisant la face contre le sol pavé de briques, évanoui, comme mort....

Il fut porté dans le salon bleu et déposé sur un sofa. Au bout de quelques minutes, il revint à lui, et regarda avec une expression effarée....

—Qu'est-il arrivé? demanda-t-il. Oh! je me souviens. Suis-je sauf ici, Harry?...

Un tremblement le prit....

—Mon cher Dorian, répondit lord Henry, c'est une simple syncope, voilà tout. Vous devez vous être surmené. Il vaut mieux pour vous que vous ne veniez pas au dîner; je prendrai votre place.

—Non, j'irai dîner, dit-il se dressant. J'aime mieux descendre dîner. Je ne veux pas être seul!

Il alla dans sa chambre et s'y habilla. A table, il eut comme une sauvage et insouciante gaieté dans les manières; mais de temps à autre, un frisson de terreur le traversait, alors qu'il revoyait, plaquée comme un blanc mouchoir sur les vitres de la serre, la figure de James Vane, le guettant!...

XVIII

Le lendemain, il ne sortit pas et passa la plus grande partie de la journée dans sa chambre, en proie avec une terreur folle de mourir, indifférent à la vie cependant.... La crainte d'être surveillé, chassé, traqué, commençait à le dominer. Il tremblait quand un courant d'air remuait la tapisserie. Les feuilles mortes que le vent chassait contre les vitraux sertis de plomb lui semblaient pareilles à ses résolutions dissipées, à ses regrets ardents.... Quand il fermait les yeux, il revoyait la figure du matelot le regardant à travers la vitre embuée, et l'horreur paraissait avoir, une fois de plus, mis sa main sur son coeur!...

Mais peut-être, était-ce son esprit troublé qui avait suscité la vengeance des ténèbres, et placé devant ses yeux les hideuses formes du châtiment. La vie actuelle était un chaos, mais il y avait quelque chose de fatalement logique dans l'imagination. C'est l'imagination qui met le remords à la piste du péché.... C'est l'imagination qui fait que le crime emporte avec lui d'obscures punitions. Dans le monde commun des faits, les méchants ne sont pas punis, ni les bons récompensés; le succès est donné aux forts, et l'insuccès aux faibles; c'est tout....

D'ailleurs, si quelque étranger avait rôdé autour de la maison, les gardiens ou les domestiques l'auraient vu. Si des traces de pas avaient été relevées dans les parterres, les jardiniers en auraient fait la remarque.... Décidément c'était une simple illusion; le frère de Sibyl Vane n'était pas revenu pour le tuer. Il était parti sur son vaisseau pour sombrer dans quelque mer arctique.... Pour lui, en tout cas, il était sauf.... Cet homme ne savait qui il était, ne pouvait le savoir; le masque de la jeunesse l'avait sauvé.

Et cependant, en supposant même que ce ne fut qu'une illusion, n'était-ce pas terrible de penser que la conscience pouvait susciter de pareils fantômes, leur donner des formes visibles, et les faire se mouvoir!... Quelle sorte d'existence serait la sienne si, jours et nuits, les ombres de son crime le regardaient de tous les coins silencieux, le raillant de leurs cachettes, lui soufflant à l'oreille dans les fêtes, réveillant de leurs doigts glacés quand il dormirait!... A cette pensée rampant dans son esprit, il pâlit, et soudainement l'air lui parut se refroidir....

Oh! quelle étrange heure de folie, celle où il avait tué son ami! Combien effroyable, la simple remembrance de cette scène! Il la voyait encore! Chaque détail hideux lui en revenait, augmenté d'horreur!...

Hors de la caverne ténébreuse du temps, effrayante et drapée d'écarlate, surgissait l'image de son crime!

Quand lord Henry vint vers six heures, il le trouva sanglotant comme si son coeur éclatait!...

Ce ne fut que le troisième jour qu'il se hasarda à sortir. Il y avait quelque chose dans l'air clair, chargé de senteurs de pin de ce matin d'hiver, qui paraissait lui rapporter sa joie et son ardeur de vivre; mais ce n'était pas seulement les conditions physiques de l'ambiance qui avaient causé ce changement. Sa propre nature se révoltait contre cet excès d'angoisse qui avait cherché à gâter, à mutiler la perfection de son calme; il en est toujours ainsi avec les tempéraments subtils et finement trempés; leurs passions fortes doivent ou plier ou les meurtrir. Elles tuent l'homme si elles ne meurent pas elles-mêmes. Les chagrins médiocres et les amours bornées survivent. Les grandes amours et les vrais chagrins s'anéantissent par leur propre plénitude....

Il s'était convaincu qu'il avait été la victime de son imagination frappée de terreur, et il songeait à ses terreurs avec compassion et quelque mépris.

Après le déjeuner du matin, il se promena près d'une heure avec la duchesse dans le jardin, puis ils traversèrent le parc en voiture pour rejoindre la chasse. Un givre, craquant sous les pieds, était répandu sur le gazon comme du sable. Le ciel était une coupe renversée de métal bleu. Une légère couche de glace bordait la surface unie du lac entouré de roseaux....

Au coin d'un bois de sapins, il aperçut sir Geoffrey Clouston, le frère de la duchesse, extrayant de son fusil deux cartouches tirées. Il sauta à bas de la voiture et après avoir dit au groom de reconduire la jument au château, il se dirigea vers ses hôtes, à travers les branches tombées et les broussailles rudes.

—Avez-vous fait bonne chasse, Geoffroy? demanda-t-il.

—Pas très bonne, Dorian.... Les oiseaux sont dans la plaine: je crois qu'elle sera meilleure après le lunch, quand nous avancerons dans les terres.... Dorian flâna à côté de lui.... L'air était vif et aromatique, les lueurs diverses qui brillaient dans le bois, les cris rauques des rabatteurs éclatant de temps à autre, les détonations aiguës des fusils qui se succédaient, l'intéressèrent et le remplirent d'un sentiment de délicieuse liberté. Il fut emporté par l'insouciance du bonheur, par l'indifférence hautaine de la joie....

Soudain, d'une petite éminence gazonnée, à vingt pas devant eux, avec ses oreilles aux pointes noires dressées, et ses longues pattes de derrière étendues, partit un lièvre. Il se lança vers un bouquet d'aulnes. Sir Geoffrey épaula son fusil, mais il y avait quelque chose de si gracieux dans les mouvements de l'animal, que cela ravit Dorian qui s'écria: «Ne tirez pas, Geoffrey! Laissez-le vivre!...»

—Quelle sottise, Dorian! dit son compagnon en riant, et comme le lièvre bondissait dans le fourré, il tira.... On entendit deux cris, celui du lièvre blessé, ce qui est affreux, et celui d'un homme mortellement frappé,—ce qui est autrement horrible!

—Mon Dieu! J'ai atteint un rabatteur, s'exclama sir Geoffrey. Quel âne, que cet homme qui se met devant les fusils! Cessez de tirer! cria-t-il de toute la force de ses poumons. Un homme est blessé!...

Le garde général arriva courant, un bâton à la main.

—Où, monsieur? cria-t-il, où est-il?

Au même instant, le feu cessait sur toute la ligne.

—Ici, répondit furieusement sir Geoffrey, en se précipitant vers le fourré. Pourquoi ne maintenez-vous pas vos hommes en arrière?... Vous m'avez gâté ma chasse d'aujourd'hui....

Dorian les regarda entrer dans l'aunaie, écartant les branches.... Au bout d'un instant, ils en sortirent, portant un corps dans le soleil. Il se retourna, terrifié.... Il lui semblait que le malheur le suivait où il allait.... Il entendit sir Geoffrey demander si l'homme était réellement mort, et l'affirmative réponse du garde. Le bois lui parut soudain hanté de figures vivantes; il y entendait comme le bruit d'une myriade de pieds et un sourd bourdonnement de voix.... Un grand faisan à gorge dorée s'envola dans les branches au-dessus d'eux.

Après quelques instants qui lui parurent, dans son état de trouble, comme des heures sans fin de douleur, il sentit qu'une main se posait sur son épaule; il tressaillit et regarda autour de lui....

—Dorian, dit lord Henry, je ferai mieux d'annoncer que la chasse est close pour aujourd'hui. Ce ne serait pas bien de la continuer.

—Je voudrais qu'elle fut close à jamais, Harry, répondit-il amèrement. Cette chose est odieuse et cruelle. Est-ce que cet homme est....

Il ne put achever....

—Je le crains, répliqua lord Henry. Il a reçu la charge entière dans la poitrine. Il doit être mort sur le coup. Allons, venez à la maison....

Ils marchèrent côte à côte dans la direction de l'avenue pendant près de cinquante yards sans se parler.... Enfin Dorian se tourna vers lord Henry et lui dit avec un soupir profond:

—C'est un mauvais présage, Harry, un bien mauvais présage!

—Quoi donc? interrogea lord Henry.... Ah! cet accident, je crois. Mon cher ami, je n'y puis rien.... C'est la faute de cet homme.... Pourquoi se mettait-il devant les fusils? Ça ne nous regarde pas.... C'est naturellement malheureux pour Geoffrey. Ce n'est pas bon de tirer les rabatteurs; ça fait croire qu'on est un mauvais fusil, et cependant Geoffrey ne l'est pas, car il tire fort bien.... Mais pourquoi parler de cela?...

Dorian secoua la tête:

—Mauvais présage, Harry!... J'ai idée qu'il va arriver quelque chose de terrible à l'un d'entre nous.... A moi, peut-être....

Il se passa la main sur les yeux, avec un geste douloureux....

Lord Henry éclata de rire....

—La seule chose terrible au monde est l'ennui, Dorian. C'est le seul péché pour lequel il n'existe pas de pardon.... Mais probablement, cette affaire ne nous amènera pas de désagréments, à moins que les rabatteurs n'en bavardent en dînant; je leur défendrai d'en parler.... Quant aux présages, ça n'existe pas: la destinée ne nous envoie pas de hérauts; elle est trop sage.... ou trop cruelle pour cela. D'ailleurs, que pourrait-il vous arriver, Dorian?... Vous avez tout ce que dans le monde un homme peut désirer. Quel est celui qui ne voudrait changer son existence contre la vôtre?...

—Il n'est personne avec qui je ne la changerais, Harry.... Ne riez pas!... Je dis vrai.... Le misérable paysan qui vient de mourir est plus heureux que moi. Je n'ai point la terreur de la mort. C'est la venue de la mort qui me terrifie!... Ses ailes monstrueuses semblent planer dans l'air lourd autour de moi!... Mon Dieu! Ne voyez-vous pas, derrière ces arbres, un homme qui me guette, qui m'attend!...

Lord Henry regarda dans la direction que lui indiquait la tremblante main gantée....

—Oui, dit-il en riant.... Je vois le jardinier qui vous attend. Je m'imagine qu'il a besoin de savoir quelles sont les fleurs que vous voulez mettre sur la table, ce soir.... Vous êtes vraiment nerveux, mon cher! Il vous faudra voir le médecin, quand vous retournerez à la ville.... Dorian eut un soupir de soulagement en voyant s'approcher le jardinier. L'homme leva son chapeau, regarda hésitant du côté de lord Henry, et sortit une lettre qu'il tendit à son maître.

—Sa Grâce m'a dit d'attendre une réponse, murmura-t-il.

Dorian mit la lettre dans sa poche.

—Dites à Sa Grâce, que je rentre, répondit-il froidement.

L'homme fit demi-tour, et courut dans la direction de la maison.

—Comme les femmes aiment à faire les choses dangereuses, remarqua en riant lord Henry. C'est une des qualités que j'admire le plus en elles. Une femme flirtera avec n'importe qui au monde, aussi longtemps qu'on la regardera....

—Comme vous aimez dire de dangereuses choses, Harry.... Ainsi, en ce moment, vous vous égarez. J'estime beaucoup la duchesse, mais je ne l'aime pas.

—Et la duchesse vous aime beaucoup, mais elle vous estime moins, ce qui fait que vous êtes parfaitement appariés.

—Vous parlez scandaleusement, Harry, et il n'y a dans nos relations aucune base scandaleuse.

—La base de tout scandale est une certitude immorale, dit lord Henry, allumant une cigarette.

—Vous sacrifiez n'importe qui, Harry, pour l'amour d'un épigramme.

—Les gens vont à l'autel de leur propre consentement, fut la réponse. —Je voudrais aimer! s'écria Dorian Gray avec une intonation profondément pathétique dans la voix. Mais il me semble que j'ai perdu la passion et oublié le désir. Je suis trop concentré en moi-même. Ma personnalité m'est devenue un fardeau, j'ai besoin de m'évader, de voyager, d'oublier. C'est ridicule de ma part d'être venu ici. Je pense que je vais envoyer un télégramme à Harvey pour qu'on prépare le yacht. Sur un yacht, on est en sécurité....

—Contre quoi, Dorian?... Vous avez quelque ennui. Pourquoi ne pas me le dire? Vous savez que je vous aiderais.

—Je ne puis vous le dire, Harry, répondit-il tristement. Et d'ailleurs ce n'est qu'une lubie de ma part. Ce malheureux accident m'a bouleversé. J'ai un horrible pressentiment que quelque chose de semblable ne m'arrive.

—Quelle folie!

—Je l'espère.... mais je ne puis m'empêcher d'y penser.... Ah! voici la duchesse, elle a l'air d'Arthémise dans un costume tailleur.... Vous voyez que nous revenions, duchesse....

—J'ai appris ce qui est arrivé, M. Gray, répondit-elle. Ce pauvre Geoffrey est tout à fait contrarié.... Il paraîtrait que vous l'aviez conjuré de ne pas tirer ce lièvre. C'est curieux!

—Oui, c'est très curieux. Je ne sais pas ce qui m'a fait dire cela. Quelque caprice, je crois; ce lièvre avait l'air de la plus jolie des choses vivantes.... Mais je suis fâché qu'on vous ait rapporté l'accident. C'est un odieux sujet....

—C'est un sujet ennuyant, interrompit lord Henry. Il n'a aucune valeur psychologique. Ah! si Geoffrey avait commis cette chose exprès, comme c'eut été intéressant!... J'aimerais connaître quelqu'un qui eût commis un vrai meurtre.

—Que c'est mal à vous de parler ainsi, cria la duchesse. N'est-ce pas, M. Gray?... Harry!... M. Gray est encore indisposé!... Il va se trouver mal!...

Dorian se redressa avec un effort et sourit.

—Ce n'est rien, duchesse, murmura-t-il, mes nerfs sont surexcités; c'est tout.... Je crains de ne pouvoir aller loin ce matin. Je n'ai pas entendu ce qu'Harry disait.... Etait-ce mal? Vous me le direz une autre fois. Je pense qu'il vaut mieux que j'aille me coucher. Vous m'en excuserez, n'est-ce pas?...

Ils avaient atteint les marches de l'escalier menant de la serre à la terrasse. Comme la porte vitrée se fermait derrière Dorian, lord Henry tourna vers la duchesse ses yeux fatigués.

—L'aimez-vous beaucoup, demanda-t-il.

Elle ne fit pas une immédiate réponse, considérant le paysage....

—Je voudrais bien le savoir...dit-elle enfin.

Il secoua la tête:

—La connaissance en serait fatale. C'est l'incertitude qui vous charme. La brume rend plus merveilleuses les choses.

—On peut perdre son chemin.

—Tous les chemins mènent au même point, ma chère Gladys.

—Quel est-il?

—La désillusion.

—C'est mon début dans la vie, soupira-t-elle.

—Il vous vint couronné....

—Je suis fatigué des feuilles de fraisier.

—Elles vous vont bien.

(La feuille de fraisier est l'ornement héraldique, en Angleterre, des *couronnes* ducales. (N.D.T.))

—Seulement en public....

—Vous les regretterez.

—Je n'en perdrai pas un pétale.

—Monmouth a des oreilles.

—La vieillesse est dure d'oreille.

—N'a-t-il jamais été jaloux?

— Je voudrais qu'il l'eût été.

Il regarda autour de lui comme cherchant quelque chose...

— Que cherchez-vous? demanda-t-elle.

— La mouche de votre fleuret, répondit-il.... Vous l'avez laissée tomber.

— J'ai encore le masque, dit-elle en riant.

— Il fait vos yeux plus adorables!

Elle rit à nouveau. Ses dents apparurent, tels de blancs pépins dans un fruit écarlate....

Là-haut, dans sa chambre, Dorian Gray gisait sur un sofa, la terreur dans chaque fibre frissonnante de son corps. La vie lui était devenue subitement un fardeau trop lourd à porter. La mort terrible du rabatteur infortuné, tué dans le fourré comme un fauve, lui semblait préfigurer sa mort. Il s'était presque trouvé mal à ce que lord Henry avait dit, par hasard, en manière de plaisanterie cynique.

A cinq heures, il sonna son valet et lui donna l'ordre de préparer ses malles pour l'express du soir, et de faire atteler le brougham pour huit heures et demie. Il était résolu à ne pas dormir une nuit de plus à Selby Royal; c'était un lieu de funèbre augure. La Mort y marchait dans le soleil. Le gazon de la forêt avait été taché de sang.

Puis il écrivit un mot à lord Henry, lui disant qu'il allait à la ville consulter un docteur, et le priant de divertir ses invités pendant son absence. Comme il le mettait dans l'enveloppe, on frappa à la porte, et son valet vint l'avertir que le garde principal désirait lui parler.... Il fronça les sourcils et mordit ses lèvres:

— Faites-le entrer, dit-il après un instant d'hésitation. Comme l'homme entrait, Dorian tira un carnet de chèques de son tiroir et l'ouvrant devant lui:

—Je pense que vous venez pour le malheureux accident de ce matin, Thornton, dit-il, en prenant une plume.

—Oui, monsieur, dit le garde-chasse.

—Est-ce que le pauvre garçon était marié? Avait-il de la famille? demanda Dorian d'un air ennuyé. S'il en est ainsi, je ne la laisserai pas dans le besoin et je leur enverrai l'argent que vous jugerez nécessaire.

—Nous ne savons qui il est, monsieur. C'est pourquoi j'ai pris la liberté de venir vous voir.

—Vous ne savez qui il est, dit Dorian insoucieusement; que voulez-vous dire? N'était-il pas l'un de vos hommes?...

—Non, monsieur; personne ne l'avait jamais vu; il a l'air d'un marin.

La plume tomba des doigts de Dorian, et il lui parut que son coeur avait soudainement cessé de battre.

—Un marin!... clama-t-il. Vous dites un marin?...

—Oui, monsieur.... Il a vraiment l'air de quelqu'un qui a servi dans la marine. Il est tatoué aux deux bras, notamment.

—A-t-on trouvé quelque chose sur lui, dit Dorian en se penchant vers l'homme et le regardant fixement. Quelque chose faisant connaître son nom?...

—Rien qu'un peu d'argent, et un revolver à six coups. Nous n'avons découvert aucun nom.... L'apparence convenable, mais grossière. Une sorte de matelot, croyons-nous....

Dorian bondit sur ses pieds.... Une espérance terrible le traversa.... Il s'y cramponna follement....

—Où est le corps? s'écria-t-il. Vite, je veux le voir!

—Il a été déposé dans une écurie vide de la maison de ferme. Les gens n'aiment pas avoir ces sortes de choses dans leurs maisons. Ils disent qu'un cadavre apporte le malheur.

—La maison de ferme.... Allez m'y attendre. Dites à un palefrenier de m'amener un cheval.... Non, n'en faites rien.... J'irai moi-même aux écuries. Ça économisera du temps.

Moins d'un quart d'heure après, Dorian Gray descendait au grand galop la longue avenue; les arbres semblaient passer devant lui comme une procession spectrale, et des ombres hostiles traversaient son chemin. Soudain, la jument broncha devant un poteau de barrière et le désarçonna presque. Il la cingla à l'encolure de sa cravache. Elle fendit l'air comme une flèche; les pierres volaient sous ses sabots....

Enfin, il atteignit la maison de ferme. Deux hommes causaient dans la cour. Il sauta de la selle et remit les rênes à l'un d'eux. Dans l'écurie la plus écartée, une lumière brillait. Quelque chose lui dit que le corps était là; il se précipita vers la porte et mit la main au loquet....

Il hésita un moment, sentant qu'il était sur la pente d'une découverte qui referait ou gâterait à jamais sa vie.... Puis il poussa la porte et entra.

Sur un amas de sacs, au fond, dans un coin, gisait le cadavre d'un homme habillé d'une chemise grossière et d'un pantalon bleu. Un mouchoir taché lui couvrait la face. Une chandelle commune, fichée à côté de lui dans une bouteille, grésillait....

Dorian Gray frissonna.... Il sentit qu'il ne pourrait pas enlever lui-même le mouchoir.... Il dit à un garçon de ferme de venir.

—Otez cette chose de la figure; je voudrais la voir, fit-il en s'appuyant au montant de la porte.

Quand le valet eût fait ce qu'il lui commandait, il s'avança.... Un cri de joie jaillit de ses lèvres! L'homme qui avait été tué dans le fourré était James Vane!...

Il resta encore quelques instants à considérer le cadavre....

Comme il reprenait en galopant le chemin de la maison, ses yeux étaient pleins de larmes, car il se savait la vie sauve....

XIX

—Pourquoi me dire que vous voulez devenir bon? s'écria lord Henry, trempant ses doigts blancs dans un bol de cuivre rouge rempli d'eau de rose. Vous êtes absolument parfait. Ne changez pas, de grâce....

Dorian Gray hocha la tête:

—Non, Harry. J'ai fait trop de choses abominables dans ma vie; je n'en veux plus faire. J'ai commencé hier mes bonnes actions.

—Où étiez-vous hier?

—A la campagne, Harry.... Je demeurais dans une petite auberge.

—Mon cher ami, dit lord Henry en souriant, tout le monde peut être bon à la campagne; on n'y trouve point de tentations.... C'est pourquoi les gens qui vivent hors de la ville sont absolument incivilisés; la civilisation n'est d'aucune manière, une chose facile à atteindre. Il n'y a que deux façons d'y arriver: par la culture ou la corruption. Les gens de la campagne n'ont aucune occasion d'atteindre l'une ou l'autre; aussi stagnent-ils....

—La culture ou la corruption, répéta Dorian.... Je les ai un peu connues. Il me semble terrible, maintenant, que ces deux mots puissent se trouver réunis. Car j'ai un nouvel idéal, Harry. Je veux changer; je pense que je le suis déjà.

—Vous ne m'avez pas encore dit quelle était votre bonne action; ou bien me disiez-vous que vous en aviez fait plus d'une? demanda son compagnon pendant qu'il versait dans son assiette une petite pyramide cramoisie de fraises aromatiques, et qu'il la neigeait de sucre en poudre au moyen d'une cuiller tamisée en forme de coquille.

—Je puis vous la dire, Harry. Ce n'est pas une histoire que je raconterai à tout le monde.... J'ai épargné une femme. Cela semble vain, mais vous comprendrez ce que je veux dire.... Elle était très belle et ressemblait étonnamment à Sibyl Vane. Je pense que c'est cela qui m'attira vers elle. Vous vous souvenez de Sibyl, n'est-ce pas? Comme cela me semble loin!... Hetty n'était pas de notre classe, naturellement; c'était une simple fille de village. Mais je l'aimais réellement; je suis sûr que je l'aimais. Pendant ce merveilleux mois de mai que nous avons eu, j'avais pris l'habitude d'aller la voir deux ou trois fois pas semaine. Hier, elle me rencontra dans un petit verger. Les fleurs de pommier lui couvraient les cheveux et elle riait. Nous devions partir ensemble ce matin à l'aube.... Soudainement, je me décidai à la quitter, la laissant fleur comme je l'avais trouvée....

—J'aime à croire que la nouveauté de l'émotion doit vous avoir donné un frisson de vrai plaisir, Dorian, interrompit lord Henry. Mais je puis finir pour vous votre idylle. Vous lui avez donné de bons conseils et...brisé son coeur.... C'était le commencement de votre réforme?

—Harry, vous êtes méchant! Vous ne devriez pas dire ces choses abominables. Le coeur d'Hetty n'est pas brisé; elle pleura, cela s'entend, et ce fut tout. Mais elle n'est point déshonorée; elle peut vivre, comme Perdita, dans son jardin où poussent la menthe et le souci.

—Et pleurer sur un Florizel sans foi, ajouta lord Henry en riant et se renversant sur le dossier de sa chaise. Mon cher Dorian, vos manières sont curieusement enfantines.... Pensez-vous que désormais, cette jeune fille se contentera de quelqu'un de son rang. Je suppose qu'elle se mariera quelque jour à un rude charretier ou à un paysan grossier; le fait de vous avoir rencontré, de vous avoir aimé, lui fera détester son mari, et elle sera malheureuse. Au point de vue moral, je ne puis dire que j'augure bien de votre grand renoncement.... Pour un début, c'est pauvre.... En outre savez-vous si le corps d'Hetty ne flotte pas à présent dans quelque étang de moulin, éclairé par les étoiles, entouré par des nénuphars, comme Ophélie?...

—Je ne veux penser à cela, Harry? Vous vous moquez de tout, et, de cette façon, vous suggérez les tragédies les plus sérieuses.... Je suis désolé de vous en avertir, mais je ne fais plus attention à ce que vous me dites. Je sais que j'ai bien fait d'agir ainsi. Pauvre Hetty! Comme je me rendais à cheval à la ferme, ce matin, j'aperçus sa figure blanche à la fenêtre, comme un bouquet de jasmin.... Ne parlons plus de cela, et n'essayez pas de me persuader que la première bonne action que j'aie faite depuis des années, le premier petit sacrifice de moi-même que je me connaisse, soit une sorte de péché. J'ai besoin d'être meilleur. Je deviens meilleur.... Parlez-moi de vous. Que dit-on à la ville? Je n'ai pas été au club depuis plusieurs jours.

—On parle encore de la disparition de ce pauvre Basil.

—J'aurais cru qu'on finirait par s'en fatiguer, dit Dorian se versant un peu de vin, et fronçant légèrement les sourcils.

—Mon cher ami, on n'a parlé de cela que pendant six semaines, et le public anglais n'a pas la force de supporter plus d'un sujet de conversation tous les trois mois. Il a été cependant assez bien partagé, récemment: il y a eu mon propre divorce, et le suicide d'Alan Campbell; à présent, c'est la disparition mystérieuse d'un artiste. On croit à Scotland-Yard que l'homme à l'ulster gris qui quitta Londres pour Paris, le neuf novembre, par le train de minuit, était ce pauvre Basil, et la police française déclare que Basil n'est jamais venu à Paris. J'aime à penser que dans une quinzaine, nous apprendrons qu'on l'a vu à San-Francisco. C'est une chose bizarre, mais on voit à San-Francisco toutes les personnes qu'on croit disparues. Ce doit être une ville délicieuse; elle possède toutes les attractions du monde futur....

—Que pensez-vous qu'il soit arrivé à Basil? demanda Dorian levant son verre de Bourgogne à la lumière et s'émerveillant lui-même du calme avec lequel il discutait ce sujet.

—Je n'en ai pas la moindre idée. Si Basil veut se cacher, ce n'est point là mon affaire. S'il est mort.... je n'ai pas besoin d'y penser. La mort est la seule chose qui m'ait jamais terrifié. Je la hais!...

—Pourquoi, dit paresseusement l'autre.

—Parce que, répondit lord Henry en passant sous ses narines le treillis doré d'une boîte ouverte de vinaigrette, on survit à tout de nos jours, excepté à cela. La mort et la vulgarité sont les deux seules choses au dix-neuvième siècle que l'on ne peut expliquer.... Allons prendre le café dans le salon, Dorian. Vous me jouerez du Chopin. Le gentleman avec qui ma femme est partie interprétait Chopin d'une manière exquise.... Pauvre Victoria!.. Je l'aimais beaucoup; la maison est un peu triste sans elle. La vie conjugale est simplement une habitude, une mauvaise habitude. Mais on regrette même la perte de ses mauvaises habitudes; peut être est-ce celles-là que l'on regrette le plus; elles sont une partie essentielle de la personnalité.

Dorian ne dit rien, mais se levant de table, il passa dans la chambre voisine, s'assit au piano et laissa ses doigts errer sur les ivoires blancs et noirs des touches. Quand on apporta le café, il s'arrêta, et regardant lord Henry, lui dit:

—Harry, ne vous est-il jamais venu à l'idée que Basil avait été assassiné?

Lord Henry eut un bâillement:

—Basil était très connu et portait toujours une montre Waterbury.... Pourquoi l'aurait-on assassiné? Il n'était pas assez habile pour avoir des ennemis; je ne parle pas de son merveilleux talent de peintre; mais un homme peut peindre comme Velasquez et être aussi terne que possible. Basil était réellement un peu lourdaud.... Il m'intéressa une fois, quand il me confia, il y a des années, la sauvage adoration qu'il avait pour vous et que vous étiez le motif dominant de son art.

—J'aimais beaucoup Basil, dit Dorian, avec une intonation triste dans la voix. Mais ne dit-on pas qu'il a été assassiné?

—Oui, quelques journaux.... Cela ne me semble guère probable. Je sais qu'il y a quelques vilains endroits dans Paris, mais Basil n'était pas homme à les fréquenter. Il n'était pas curieux; c'était son défaut principal.

—Que diriez-vous, Harry, si je vous disais que j'ai assassiné Basil? dit Dorian en l'observant attentivement pendant qu'il parlait.

—Je vous dirais, mon cher ami, que vous posez pour un caractère qui ne vous va pas. Tout crime est vulgaire, comme toute vulgarité est crime. Ça ne vous siérait pas de commettre un meurtre. Je suis désolé de blesser peut-être votre vanité en parlant ainsi, mais je vous assure que c'est vrai. Le crime appartient exclusivement aux classes inférieures; je ne les blâme d'ailleurs nullement. J'imagine que le crime est pour elles ce que l'art est à nous, simplement une méthode de se procurer d'extraordinaires sensations.

—Une méthode pour se procurer des sensations? Croyez-vous donc qu'un homme qui a commis un crime pourrait recommencer ce même crime? Ne me racontez pas cela!...

—Toute chose devient un plaisir quand on la fait trop souvent, dit en riant lord Henry. C'est là un des plus importants secrets de l'existence. Je croirais, cependant, que le meurtre est toujours une faute; on ne doit jamais rien commettre dont on ne puisse causer après dîner.... Mais ne parlons plus du pauvre Basil. Je voudrais croire qu'il a pu avoir une fin aussi romantique que celle que vous supposez; mais je ne puis.... Il a dû tomber d'un omnibus dans la Seine, et le conducteur n'en a point parlé.... Oui, telle a été probablement sa fin.... Je le vois très bien sur le dos, gisant sous les eaux vertes avec de lourdes péniches passant sur lui et de longues herbes dans les cheveux. Voyez-vous, je ne crois pas qu'il eût fait désormais une belle oeuvre. Pendant les dix dernières années, sa peinture s'en allait beaucoup. Dorian poussa un soupir, et lord Henry traversant la chambre, alla chatouiller la tête d'un curieux perroquet de Java, un gros oiseau au plumage gris, à la crête et à la queue vertes, qui se balançait sur un bambou. Comme ses doigts effilés le touchaient, il fit se mouvoir la dartre blanche de ses paupières clignotantes sur ses prunelles semblables à du verre noir et commença à se dandiner en avant et en arrière.

—Oui, continua lord Henry se tournant et sortant son mouchoir de sa poche, sa peinture s'en allait tout à fait. Il me semblait avoir perdu quelque chose. Il avait perdu un idéal. Quand vous et lui cessèrent d'être grands amis, il cessa d'être un grand artiste. Qu'est-ce qui vous sépara?... Je crois qu'il vous ennuyait. Si cela fût, il ne vous oublia jamais. C'est une habitude qu'ont tous les fâcheux. A propos qu'est donc devenu cet admirable portrait qu'il avait peint d'après vous? Je crois ne point l'avoir revu depuis qu'il y mit la dernière main. Ah! oui, je me souviens que vous m'avez dit, il y a des années, l'avoir envoyé à Selby et qu'il fut égaré ou volé en route. Vous ne l'avez jamais retrouvé?... Quel malheur! C'était vraiment un chef-d'oeuvre! Je me souviens que je voulais l'acheter. Je voudrais l'avoir acheté maintenant. Il appartenait à la meilleure époque de Basil. Depuis lors, ses oeuvres montrèrent ce curieux mélange de mauvaise peinture et de bonnes intentions qui fait qu'un homme mérite d'être appelé un représentant de l'art anglais. Avez-vous mis des annonces pour le retrouver? Vous auriez dû en mettre.

—Je ne me souviens plus, dit Dorian. Je crois que oui. Mais je ne l'ai jamais aimé. Je regrette d'avoir posé pour ce portrait. Le souvenir de tout cela m'est odieux. Il me remet toujours en mémoire ces vers d'une pièce connue, *Hamlet*, je crois.... Voyons, que disent-ils?...

Like the painting of a sorrow,
A face without a heart
(Comme la peinture d'un chagrin
Une figure sans coeur)
«Oui, c'était tout à fait cela....

Lord Henry se mit à rire....

—Si un homme traite sa vie en artiste, son cerveau c'est son coeur, répondit-il s'enfonçant dans un fauteuil.

Dorian Gray secoua la tête et plaqua quelques accords sur le piano. «*Like the painting of a sorrow*» répéta-t-il «*a face without a heart.*»

L'autre se renversa, le regardant les yeux à demi fermés....

—A propos, Dorian, interrogea-t-il après une pose, «quel profit y a-t-il pour un homme qui gagne le monde entier et perd — comment diable était-ce? — sa propre âme?»

Le piano sonnait faux.... Dorian s'arrêta et regardant son ami:

—Pourquoi me demandez-vous cela, Harry?

—Mon cher ami, dit lord Henry, levant ses sourcils d'un air surpris, je vous le demande parce que je suppose que vous pouvez me faire une réponse. Voilà tout. J'étais au Parc dimanche dernier et près de l'Arche de Marbre se trouvait un rassemblement de gens mal vêtus qui écoutaient quelque vulgaire prédicateur de carrefour. Au moment où je passais, j'entendis cet homme proposant cette question à son auditoire. Elle me frappa comme étant assez dramatique. Londres est riche en incidents de ce genre. «Un dimanche humide, un chrétien bizarre en mackintosh, un cercle de figures blanches et maladives sous un toit inégal de parapluies ruisselants, une phrase merveilleuse jeté au vent comme un cri par des lèvres hystériques, tout cela était là une chose vraiment belle dans son genre, et tout à fait suggestive. Je songeais à dire au prophète que l'art avait une âme, mais que l'homme n'en avait pas. Je crains, cependant, qu'il ne m'eût point compris.

—Non, Harry. L'âme est une terrible réalité. On peut l'acheter, la vendre, en trafiquer. On peut l'empoisonner ou la rendre parfaite. Il y a une âme en chacun de nous. Je le sais.

—En êtes-vous bien sûr, Dorian?

—Absolument sûr.

—Ah! alors ce doit être une illusion. Les choses dont on est absolument sûr, ne sont jamais vraies. C'est la fatalité de la Foi et la leçon du Roman. Comme vous êtes grave! Ne soyez pas aussi sérieux. Qu'avons-nous de commun, vous et moi, avec les superstitions de notre temps? Rien.... Nous sommes débarrassés de notre croyance à l'âme.... Jouez-moi quelque chose, Dorian.

Jouez-moi un nocturne, et tout on jouant, dites-moi tout bas comment vous avez pu garder votre jeunesse. Vous devez avoir quelque secret. Je n'ai que dix ans de plus que vous et je suis flétri, usé, jauni. Vous êtes vraiment merveilleux, Dorian. Vous n'avez jamais été plus charmant à voir que ce soir. Vous me rappelez le premier jour que je vous ai vu. Vous étiez un peu plus joufflu et timide, tout à fait extraordinaire. Vous avez changé, certes, mais pas en apparence. Je voudrais bien que vous me disiez votre secret. Pour retrouver ma jeunesse je ferais tout au monde, excepté de prendre de l'exercice, de me lever de bonne heure ou d'être respectable.... O jeunesse! Rien ne te vaut! Quelle absurdité de parler de l'ignorance des jeunes gens! Les seuls hommes dont j'écoute les opinions avec respect sont ceux qui sont plus jeunes que moi. Ils me paraissent marcher devant moi. La vie leur a révélé ses dernières merveilles. Quant aux vieux, je les contredis toujours. Je le fais par principe. Si vous leur demandez leur opinion sur un évènement d'hier, ils vous donnent gravement les opinions courantes en 1820, alors qu'on portait des bas longs...qu'on croyait à tout et qu'on ne savait absolument rien. Comme ce morceau que vous jouez-là est délicieux! J'imagine que Chopin a dû l'écrire à Majorque, pendant que la mer gémissait autour de sa villa et que l'écume salée éclaboussait les vitres? C'est exquisément romantique. C'est une grâce vraiment, qu'un art nous soit laissé qui n'est pas un art d'imitation! Ne vous arrêtez pas; j'ai besoin de musique ce soir. Il me semble que vous êtes le jeune Apollon et que je suis Marsyas vous écoutant. J'ai mes propres chagrins, Dorian, et dont vous n'en avez jamais rien su. Le drame de la vieillesse n'est pas qu'on est vieux, mais bien qu'on fût jeune. Je suis étonné quelquefois de ma propre sincérité. Ah! Dorian, que vous êtes heureux! Quelle vie exquise que la vôtre! Vous avez goûté longuement de toutes choses. Vous avez écrasé les raisins mûrs contre votre palais. Rien ne vous a été caché. Et tout cela vous fût comme le son d'une musique: vous n'en avez pas été atteint. Vous êtes toujours le même.

—Je ne suis pas le même, Harry.

—Si, vous êtes le même. Je me figure ce que sera le restant de vos jours. Ne le gâtez par aucun renoncement. Vous êtes à présent un être accompli. Ne vous rendez pas incomplet. Vous êtes actuellement sans défaut.... Ne hochez pas la tête; vous le savez bien. Cependant, ne vous faites pas illusion. La vie ne se gouverne pas par la volonté ou les intentions. C'est une question de nerfs, de fibres, de cellules lentement élaborées où se cache la pensée et où les passions ont leurs rêves. Vous pouvez vous croire sauvé et fort. Mais un ton de couleur entrevu dans la chambre, un ciel matinal, un certain parfum que vous avez aimé et qui vous apporte de subtiles ressouvenances, un vers d'un poëme oublié qui vous revient en mémoire, une phrase musicale que vous ne jouez plus, c'est de tout cela, Dorian, je vous assure que dépend notre existence. Browning l'a écrit quelque part, mais nos sens nous le font imaginer aisément. Il y a des moments où l'odeur du *lilas blanc* me pénètre et où je crois revivre le plus étrange mois de toute ma vie. Je voudrais pouvoir changer avec vous, Dorian. Le monde a hurlé contre nous deux, mais il vous a eu et vous aura toujours en adoration. Vous êtes le type que notre époque demande et qu'elle craint d'avoir trouvé. Je suis heureux que vous n'ayez jamais rien fait: ni modelé une statue, ni peint une toile, ni produit autre chose que vous-même!... Votre art, ce fut votre vie. Vous vous êtes mis vous-même en musique. Vos jours sont vos sonnets.

Dorian se leva du piano et passant la main dans sa chevelure:

—Oui, murmura-t-il, la vie me fut exquise.... Mais je ne veux plus vivre cette même vie, Harry. Et vous ne devriez pas me dire ces choses extravagantes. Vous ne me connaissez pas tout entier. Si vous saviez tout, je crois bien que vous vous éloigneriez de moi. Vous riez? Ne riez pas....

—Pourquoi vous arrêtez-vous de jouer, Dorian? Remettez-vous au piano et jouez-moi encore ce Nocturne. Voyez cette large lune couleur de miel qui monte dans le ciel sombre. Elle attend que vous la charmiez. Si vous jouez, elle va se rapprocher de la terre.... Vous ne voulez pas? Allons au club, alors. La soirée a été charmante, il faut bien la terminer. Il y a quelqu'un au *White* qui désire infiniment faire votre connaissance: le jeune lord Pool, l'aîné des fils de Bournemouth. Il copie déjà vos cravates et m'a demandé de vous être présenté. Il est tout à fait charmant, et me fait presque songer à vous.

—J'espère que non, dit Dorian avec un regard triste, mais je me sens fatigué ce soir, Harry; je n'irai pas club. Il est près de onze heures, et je désire me coucher de bonne heure.

—Restez.... Vous n'avez jamais si bien joué que ce soir. Il y avait dans votre façon de jouer quelque chose de merveilleux. C'était d'un sentiment que je n'avais encore jamais entendu.

—C'est parce que je vais devenir bon, répondit-il souriant. Je suis déjà un peu changé.

—Vous ne pouvez changer avec moi, Dorian, dit lord Henry. Nous serons toujours deux amis.

—Pourtant, vous m'avez un jour empoisonné avec un livre. Je n'oublierai pas cela.... Harry, promettez-moi de ne plus jamais prêter ce livre à personne. Il est malfaisant.

—Mon cher ami, vous commencez à faire de la morale. Vous allez bientôt devenir comme les convertis et les revivalistes, prévenant tout le monde contre les péchés dont ils sont eux-mêmes fatigués. Vous êtes trop charmant pour faire cela. D'ailleurs, ça ne sert à rien. Nous sommes ce que nous sommes et serons ce que nous pourrons. Quant à être empoisonné par un livre, on ne vit jamais rien de pareil. L'art n'a aucune influence sur les actions; il annihile le désir d'agir, il est superbement stérile. Les livres que le monde appelle immoraux sont les livres qui lui montrent sa propre honte. Voilà tout. Mais ne discutons pas de littérature.... Venez demain, je monte à cheval à onze heures. Nous pourrons faire une promenade ensemble et je vous mènerai ensuite déjeuner chez lady Branksome. C'est une femme charmante, elle désire vous consulter sur une tapisserie qu'elle voudrait acheter. Pensez-vous venir? Ou bien déjeunerons-nous avec notre petite duchesse? Elle dit qu'elle ne vous voit plus. Peut-être êtes-vous fatigué de Gladys? Je le pensais. Sa manière d'esprit vous donne sur les nerfs.... Dans tous les cas, soyez ici à onze heures.

—Faut-il vraiment que je vienne, Harry?

—Certainement, le Parc est adorable en ce moment. Je crois qu'il n'y a jamais eu autant de lilas depuis l'année où j'ai fait votre connaissance.

—Très bien, je serai ici à onze heures, dit Dorian. Bonsoir, Harry....

Arrivé à la porte, il hésita un moment comme s'il eût eu encore quelque chose à dire. Puis il soupira et sortit....

XX

Il faisait une nuit délicieuse, si douce, qu'il jeta son pardessus sur son bras, et ne mit même pas son foulard autour de son cou. Comme il se dirigeait vers la maison, fumant sa cigarette, deux jeunes gens en tenue de soirée passèrent près de lui. Il entendit l'un d'eux souffler à l'autre: «C'est Dorian Gray...!» Il se remémora sa joie de jadis alors que les gens se le désignaient, le regardaient; ou se parlaient de lui. Il était fatigué, maintenant, d'entendre prononcer son nom. La moitié du charme qu'il trouvait au petit village où il avait été si souvent dernièrement, venait de ce que personne ne l'y connaissait.

Il avait souvent dit à là jeune fille dont il s'était fait aimer qu'il était pauvre, et elle l'avait cru; une fois, il lui avait dit qu'il était méchant; elle s'était mise à rire, et lui avait répondu que les méchants étaient toujours très vieux et très laids. Quel joli rire elle avait. On eût dit la chanson d'une grive...! Comme elle était gracieuse dans ses robes de cotonnade et ses grande chapeaux. Elle ne savait rien de la vie, mais elle possédait tout ce que lui, avait perdu.

Quand il atteignit son habitation, il trouva son domestique qui l'attendait.... Il l'envoya se coucher, se jeta sur le divan de la bibliothèque, et commença à songer à quelques-unes des choses que lord Henry lui avait dites....

Etait-ce vrai que l'on ne pouvait jamais changer.... Il se sentit un ardent et sauvage désir pour la pureté sans tache de son adolescence — son adolescence rose et blanche, comme lord Henry l'avait une fois appelée. Il se rendait compte qu'il avait terni son âme, corrompu son esprit, et qu'il s'était créé d'horribles remords; qu'il avait eu sur les autres une désastreuse influence, et qu'il y avait trouvé une mauvaise joie; que de toutes les vies qui avaient traversé la sienne et qu'il avait souillées, la sienne était encore la plus belle et la plus remplie de promesses....

Tout cela était-il irréparable? N'était-il plus pour lui, d'espérance?...

Ah! quel effroyable moment d'orgueil et de passion, celui où il avait demandé que le portrait assumât le poids de ses jours, et qu'il gardât, lui, la splendeur impolluée de l'éternelle jeunesse!

Tout son malheur était dû à cela! N'eût-il pas mieux valu que chaque péché de sa vie apportât avec lui sa rapide et sûre punition! Il y a une purification dans le châtiment. La prière de l'homme à un Dieu juste devrait-être, non pas: Pardonnez-nous nos péchés! Mais: Frappez-nous pour nos iniquités!...

Le miroir curieusement travaillé que lord Henry lui avait donné il y avait si longtemps, reposait sur la table, et les amours d'ivoire riaient autour comme jadis. Il le prit, ainsi qu'il l'avait fait, cette nuit d'horreur, alors qu'il avait pour la première fois, surpris un changement dans le fatal portrait, et jeta ses regards chargés de pleurs sur l'ovale poli.

Une fois, quelqu'un qui l'avait terriblement aimé, lui avait écrit une lettre démentielle, finissant par ces mots idolâtres: «Le monde est changé parce que vous êtes fait d'ivoire et d'or. Les courbes de vos lèvres écrivent à nouveau l'histoire!»

Cette phrase lui revint en mémoire, et il se la répéta plusieurs fois.

Il prit soudain sa beauté en aversion, et jetant le miroir à terre, il en écrasa les éclats sous son talon!... C'était sa beauté qui l'avait perdu, cette beauté et cette jeunesse pour lesquelles il avait tant prié; car sans ces deux choses, sa vie aurait pu ne pas être tachée. Sa beauté ne lui avait été qu'un masque, sa jeunesse qu'une raillerie.

Qu'était la jeunesse d'ailleurs? Un instant vert et prématuré, un temps d'humeurs futiles, de pensées maladives.... Pourquoi avait-il voulu porter sa livrée.... La jeunesse l'avait perdu.

Il valait mieux ne pas songer au passé! Rien ne le pouvait changer.... C'était à lui-même, à son propre futur, qu'il fallait songer....

James Vane était couché dans une tombe sans nom au cimetière de Selby; Alan Campbell s'était tué une nuit dans son laboratoire, sans révéler le secret qu'il l'avait forcé de connaître; l'émotion actuelle soulevée autour de la disparition de Basil Hallward, s'apaiserait bientôt: elle diminuait déjà. Il était parfaitement sauf à présent.

Ce n'était pas, en vérité, la mort de Basil Hallward qui l'oppressait; c'était la mort vivante de son âme.

Basil avait peint le portrait qui avait gâté sa vie; il ne pouvait pardonner cela: c'était le portrait qui avait tout fait.... Basil lui avait dit des choses vraiment insupportables qu'il avait d'abord écoutées avec patience. Ce meurtre avait été la folie d'un moment, après tout.... Quant à Alan Campbell, s'il s'était suicidé, c'est qu'il l'avait bien voulu.... Il n'en était pas responsable.

Une vie nouvelle...! Voilà ce qu'il désirait; voilà ce qu'il attendait.... Sûrement elle avait déjà commencé! Il venait d'épargner un être innocent, il ne tenterait jamais plus l'innocence; il serait bon....

Comme il pensait à Hetty Merton, il se demanda si le portrait de la chambre fermée n'avait pas changé. Sûrement il ne pouvait être aussi épouvantable qu'il l'avait été? Peut-être, si sa vie se purifiait, en arriverait-il à chasser de sa face tout signe de passion mauvaise! Peut-être les signes du mal étaient-ils déjà partis.... S'il allait s'en assurer...!

Il prit la lampe sur la table et monta.... Comme il débarrait la porte, un sourire de joie traversa sa figure étrangement jeune et s'attarda sur ses lèvres.... Oui, il serait bon, et la chose hideuse qu'il cachait à tous les yeux ne lui serait plus un objet de terreur. Il lui sembla qu'il était déjà débarrassé de son fardeau.

Il entra tranquillement, fermant la porte derrière lui, comme il avait accoutumé de le faire, et tira le rideau de pourpre qui cachait le portrait....

Un cri d'horreur et d'indignation lui échappa.... Il n'apercevait aucun changement, sinon qu'une lueur de ruse était dans les yeux, et que la ride torve de l'hypocrisie s'était ajoutée à la bouche...!

La chose était encore plus abominable — plus abominable, s'il était possible, qu'avant; la tache écarlate qui couvrait la main paraissait plus éclatante; le sang nouvellement versé s'y voyait....

Alors, il trembla.... Etait-ce simplement la vanité qui avait provoqué son bon mouvement de tout à l'heure, ou le désir d'une nouvelle sensation, comme le lui avait suggéré lord Henry, avec un rire moqueur? Oui, ce besoin de jouer un rôle qui nous fait faire des choses plus belles que nous-mêmes? Ou peut-être, tout ceci ensemble?...

Pourquoi la tache rouge était-elle plus large qu'autrefois! Elle semblait s'être élargie comme la plaie d'une horrible maladie sur les doigts ridés!... Il y avait du sang sur les pieds du portrait comme si le sang avait dégoutté sur eux! Même il y avait du sang sur la main qui n'avait pas tenu le couteau!...

Confesser son crime? Savait-il ce que cela voulait dire, se confesser? C'était se livrer, et se livrer lui-même à la mort! Il se mit à rire.... Cette idée était monstrueuse.... D'ailleurs, s'il se confessait, qui le croirait? Il n'existait nulle trace de l'homme assassiné; tout ce qui lui avait appartenu était détruit; lui-même l'avait brûlé.... Le monde dirait simplement qu'il devenait fou.... On l'enfermerait s'il persistait dans son histoire.... Cependant son devoir était de se confesser, de souffrir la honte devant tous, et de faire une expiation publique.... Il y avait un Dieu qui forçait les hommes à dire leurs péchés sur cette terre aussi bien que dans le ciel. Quoi qu'il fît, rien ne pourrait le purifier jusqu'à ce qu'il eût avoué son crime....

Son crime!... Il haussa les épaules. La vie de Basil Hallward lut importait peu; il pensait à Hetty Merton.... Car c'était un miroir injuste, ce miroir de son âme qu'il contemplait.... Vanité? Curiosité? Hypocrisie? N'y avait-il rien eu d'autre dans son renoncement? Il y avait lu quelque chose de plus. Il le pensait au moins. Mais qui pouvait le dire? Non, il n'y avait rien de plus....

Par vanité, il l'avait épargnée; par hypocrisie, il avait porté le masque de la bonté; par curiosité, il avait essayé du renoncement.... Il le reconnaissait maintenant.

Mais ce meurtre le poursuivrait-il toute sa vie? Serait-il toujours écrasé par son passé? Devait-il se confesser?... Jamais!... Il n'y avait qu'une preuve à relever contre lui. Cette preuve, c'était le portrait!... Il e détruirait! Pourquoi l'avait-il gardé tant d'années?... Il s'était donné le plaisir de surveiller son changement et sa vieillesse. Depuis bien longtemps, il n'avait ressenti ce plaisir.... Il le tenait éveillé la nuit.... Quand il partait de chez lui, il était rempli de la terreur que d'autres yeux que les siens puissent le voir. Il avait apporté une tristesse mélancolique sur ses passions. Sa simple souvenance lui avait gâté bien des moments de joie. Il lut avait été comme une conscience. Oui, il avait été la Conscience.... Il le détruirait!...

Il regarda autour de lui, et aperçut le poignard avec lequel il avait frappé Basil Hallward. Il l'avait nettoyé bien des fois, jusqu'à ce qu'il ne fut plus taché. Il brillait.... Comme il avait tué le peintre, il tuerait l'oeuvre du peintre, et tout ce qu'elle signifiait.... Il tuerait le passé, et quand ce passé serait mort, il serait libre!... Il tuerait le monstrueux portrait de son âme, et privé de ses hideux avertissements, il recouvrerait la paix. Il saisit le couteau, et en frappa le tableau!...

Il y eut un grand cri, et une chute!...

Ce cri d'agonie fut si horrible, que les domestiques effarés s'éveillèrent en sursaut et sortirent de leurs chambres...! Deux gentlemen, qui passaient au dessous, dans le square, s'arrêtèrent et regardèrent la grande maison. Ils marchèrent jusqu'à ce qu'ils eussent rencontré un policeman, et le ramenèrent avec eux. L'homme sonna plusieurs fois, mais on ne répondit pas. Excepté une lumière à une fenêtre des étages supérieurs, la maison était sombre.... Au bout d'un instant, il s'en alla, se posta à côté sous une porte cochère, et attendit.

— A qui est cette maison, constable? demanda le plus âgé des deux gentlemen.

— A M. Dorian Gray, Monsieur, repondit le policeman.

En s'en allant, ils se regardèrent l'un l'autre et ricanèrent: l'un d'eux était l'oncle de sir Henry Ashton....

Dans les communs de la maison, les domestiques à moitié habillés, se parlaient à voix basse; la vieille Mistress Leaf sanglotait en se tordant les mains; Francis était pâle comme un mort.

Au bout d'un quart d'heure, il monta dans la chambre, avec le cocher et un des laquais. Ils frappèrent sans qu'on leur répondit. Ils appelèrent; tout était silencieux. Enfin, après avoir essayé vainement de forcer la porte, ils grimpèrent sur le toit et descendirent par le balcon. Les fenêtres cédèrent aisément; leurs ferrures étaient vieilles....

Quand ils entrèrent, ils trouvèrent, pendu ou mur, un splendide portrait de leur maître tel qu'ils l'avaient toujours connu, dans toute la splendeur de son exquise jeunesse et de sa beauté.

Gisant sur le plancher, était un homme mort, en habit de soirée, un poignard au coeur!... Son visage était flétri, ridé, repoussant!... Ce ne fut qu'à ses bagues qu'ils purent reconnaître qui il était....

FIN

Printed in France by Amazon
Brétigny-sur-Orge, FR